異世界漫步④
～艾法魔導國·攻略篇～
U0065934
賽莉絲
魔法學園的神祕圖書館員。
委託空攻略
地下城第四十層。
現在克莉絲解除了變化魔法。
她有一雙閃亮的銀色眼眸，
將同色的銀髮綁成雙馬尾，
在從窗外照射進來的陽光下
顯得更加閃閃發光。
不過最吸引目光的，
還是那對尖耳吧。
她並非人類種族，而是尖耳妖精。
克莉絲
與盧莉卡一起旅行的魔法師。
隱瞞著身為尖耳妖精的事實。

希耶爾
陪伴空旅行的精靈。
空
被召喚到異世界的高中生。
正在漫遊這個世界。
賽拉
戰鬥力很強的獸人。
盧莉卡和克莉絲的好友。
盧莉卡
與克莉絲一起旅行的冒險者。
光
艾雷吉亞王國的前間諜。

米亞
福力倫聖王國的
前聖女。
新魔物、食材、景色——
地下城攻略
充滿看頭!!

用「影狼的魔石」當素材
「創造」出來的是——！

4

異世界漫步

～艾法魔導國・攻略篇～

あるくひと

[Illustration]
ゆーにっと

Walking in another world

Kadokawa Fantastic Novels

CONTENTS

Walking in another world

序章

我和克莉絲兩人在賽莉絲帶領下來到了第一次造訪瑪基亞斯魔法學園時，就很好奇的那座塔狀建築。正如想像，從塔的最高層眺望的景色絕佳，不僅可以俯瞰學園，還可以一眼望盡大半個瑪喬利卡鎮。

要說到我和克莉絲為什麼在這裡，是因為賽莉絲找我們幫忙。她求助的對象不是我而是克莉絲，她說想借用克莉絲的精靈的力量。

「那麼拜託了～」

聽到賽莉絲的話，穿著瑪基亞斯魔法學園制服的克莉絲點點頭。

現在克莉絲解除了變化魔法。

她有一雙閃亮的銀色眼眸，將同色的銀髮綁成雙馬尾，在從窗外照射進來的陽光下顯得更加閃閃發光。不過最吸引目光的，還是那對尖耳吧。她並非人類種族，而是尖耳妖精。

克莉絲與賽莉絲面對面雙手相貼，閉上眼睛集中精神。

當賽莉絲詠唱某些像咒語的話語，克莉絲身上的魔力增強了。

已發動察覺魔力技能的我，感應到當賽莉絲唸完最後一句時，賽莉絲和克莉絲的魔力混合在一起大範圍擴散開來。

根據賽莉絲的說明，這個魔法是用來抑制魔物遊行發生，她原本是使用自己精靈的力量張設結界。

但由於近來地下城漸漸活性化，魔法逐漸變得抑制不住，所以她向碰巧來到這個城鎮的克莉絲求助，以借用克莉絲精靈的力量來強化結界。

「謝謝～我想這樣暫且能爭取到一些時間了～」

當賽莉絲道謝，克莉絲大大地吐出一口氣，詠唱魔法。

於是她銀色眼眸與頭髮在轉瞬間變成金色，尖耳的輪廓也變得和人類種族一樣圓潤。

看到那一幕，我回想起重逢那一天克莉絲向我告白她是尖耳妖精時的事情。

「妳為什麼要隱藏尖耳妖精的身分呢？」

對於我的提問，克莉絲告訴我這麼做的理由。

根據克莉絲所說，奶奶……摩莉根向她強調過，不可以讓鎮外的人知道她是尖耳妖精，因為那樣很危險。

她一開始半信半疑，但是隨著在旅行中聽到關於尖耳妖精的傳聞，理解了那個理由。據說特別是在帝國聽到的往事，許多都令她不忍聽聞。

當她告訴摩莉根要去尋找愛麗絲和賽拉時，摩莉根提出的條件，好像也是要她學會能變身為人類的魔法，可能是想起當時的事情，克莉絲嘆了口氣說她學得很辛苦。

還告訴我，愛麗絲和克莉絲在還小的時候耳朵都不尖。聽說隨著長大成人，克莉絲的耳朵與逐漸增強的魔力成正比地逐漸變尖。

所以賽莉絲的精靈對克莉絲在解除變化魔法時增強的魔力產生反應，發現了克莉絲的存在。據說精靈之間可以交談，賽莉絲說她從精靈那裡聽說了克莉絲的事情。克莉絲也告訴我，她同樣是透過精靈得知賽莉絲是尖耳妖精，因此她也揭露了真實身分。

「那麼你們之後要做什麼呢？」

「跟盧莉卡與賽拉會合後，我們今天就要回家了。」

我回答完賽莉絲的問題，和克莉絲一起離開房間，走下長長的樓梯。

走出塔狀建築物後，前往位於學園內的格鬥場。

「啊，是空與克莉絲。事情已經辦完了嗎？」

克莉絲的旅行搭檔及童年玩伴盧莉卡在我們走進格鬥場時打招呼。她也穿著瑪基亞斯魔法學園的制服。

她及肩剪齊的金髮隨著頭部的動作搖曳，和髮色相同的眼睛看向我和克莉絲。

「更重要的是，小盧莉卡，那是什麼情況？」

順著克莉絲的目光看去，賽拉站在格鬥場的舞台上。

她是貓獸人，頭上的貓耳不停地抽動，從屁股上方長出的尾巴晃動著。

在她眼前，魔法學園學生們的屍體倒在地上堆成小山。不，他們沒死就是了。其中也有我認識的面孔。

「他們是今天找賽拉過來對打的人。那不管倒下多少次都勇往直前的姿態，滿令人佩服的？

我也和他們交手了。」

嗯，盧莉卡的表情看起來心滿意足，感覺肌膚煥發光澤。

「賽拉，空他們來了，我們回去吧！」

賽拉聽到盧莉卡的聲音回過頭，她的頭髮是紅褐色，金色的眼睛眼神凌厲，但是在看到我們的瞬間那抹厲色就消失了。不過正確來說，應該是看到盧莉卡與克莉絲兩人的身影吧。

賽拉他們的故鄉愛爾德共和國，在距今七年前……差不多快八年前了？曾經遭到波斯海爾帝國侵略。

賽拉在當時的戰爭中遭到帝國士兵抓走淪為奴隸，盧莉卡和克莉絲為了尋找賽拉和另外一人──在當時失蹤的克莉絲的姊姊愛麗絲而踏上旅途。

這麼想也許不太妥當，但是多虧如此，我才能遇見盧莉卡她們……

可能是因為這樣，賽拉看著兩人的眼神很溫柔。她從全身散發出由衷的欣喜，而盧莉卡和克莉絲也一樣。

「把他們打成那樣沒關係嗎？」

「沒事的，主人。他們單純只是累得動彈不得而已。」

雖然賽拉說得若無其事，他們似乎進行了非常嚴格的訓練。

她會叫我主人，是因為我買下了曾經是奴隸的賽拉，現在成為了奴隸主。她的脖子上戴著代表奴隸身分的黑色項圈。

她先前交手的學園生們，是我們以特例臨時入學魔法學園時來找過麻煩的學生們。

不過現在雙方的關係不再劍拔弩張，他們有時會拜託賽拉幫忙訓練。

「賽拉大姊頭，今天真是謝謝妳！」

在我們要走出格鬥場時，背後傳來這樣的聲音。

回頭看去，剛才躺在地上的學生們站了起來，朝這邊低頭致謝。其中有些人可能是沒辦法自行站立，還搭著同伴的肩膀。

被喊做大姊頭的賽拉皺起眉頭，盧莉卡和克莉絲覺得很有趣地笑了。

離開魔法學園，我們沒有直接回到目前租的房子，先去了一趟在房子附近的大型獨棟住宅。

「啊，主人！」

走進住宅用地時，一名少女發現了我，朝我奔來。

氣勢十足地過來擁抱我的是光。這名和我一樣黑髮黑眸的少女，以前在艾雷吉亞王國做為間諜活動。經過一番周折後，現在做為我的特殊奴隸與我一起旅行。

因為是奴隸，她戴著黑色項圈，不過項圈上有證明特殊奴隸身分的三道銀線。

「小光，妳突然怎麼了……原來是空你們啊，事情已經辦完了嗎？」

米亞跟在光後面出現。

她是福力倫聖王國的前聖女，也因為遭到魔人追殺，在與聖王國的樞機主教丹大叔商量，確認了米亞的意志後決定跟隨我旅行。

她的身形與髮色及眼眸顏色都與盧莉卡十分相似。雖然脖子上也戴著證明奴隸身分的項圈，但那是因為在逃離聖王國的聖都需要這個變裝。她在那之後仍然是奴隸，是某個原因所導致。

「呃，克莉絲，怎麼了？」

由於米亞的話讓克莉絲格格發笑，米亞不解地問。

「沒有，因為剛才小盧莉卡也對我們說過一樣的話……」

啊～盧莉卡的確也問過事情是不是已經辦完了。

看樣子這對克莉絲來說很有趣。

這時一個白色物體搖搖晃晃地飛到我們身邊。

那個類似安哥拉兔的白色生物，是精靈希耶爾。

希耶爾飛到米亞肩頭，可能是覺得想睡，她用耳朵靈巧地揉揉眼睛。

當米亞溫柔地撫摸希耶爾，她非常舒服地露出高興的神色。

「欸，那裡真的有精靈嗎？」

盧莉卡看著那一幕，說出她的疑惑。

據說人類的眼睛原本無法看見精靈。

只有與精靈親和性高的尖耳妖精，以及一部分持有精靈魔法技能的人才能看見精靈……但是不知為何，我看得見希耶爾的身影。

而且不只是我，與我締結奴隸契約的光、賽拉與米亞三人也變得能看見希耶爾。

因此從盧莉卡的角度來看，米亞看起來像是在不自然地撫摸空無一物的地方。

有一次盧莉卡問我們希耶爾長什麼樣子，於是我們五人畫了希耶爾的畫像，但是盧莉卡看了以後疑惑地歪歪頭，希耶爾則鬧起彆扭。我覺得沒有畫得那麼糟糕啊……

出於這個緣故……由於如果解除奴隸契約，可能會變得看不見希耶爾，米亞現在仍然是奴隸身分。因為希耶爾毛茸茸的觸感很讓人上癮啊。

順便一提，我看得見的精靈只有希耶爾，看不見與克莉絲締結契約的精靈。雖然可以從魔力的流動感受到有東西存在，但是僅止於此。

「更重要的是這邊的情況如何？」

「嗯，看來可以按照計畫完成。即使這幾天很忙碌，我想這樣一來就能稍微休息一下了。」

光和米亞兩人今天沒有來魔法學園，是去幫忙在來到瑪喬利卡後認識的諾曼他們搬家。

身為孤兒的他們將近三十人一起住在其中一人已故祖父以前經營的旅館裡，過著相依為命的生活。他們沒有餘力修葺房子，那棟建築已變得破舊不堪。

再加上他們本來靠著當地下城的搬運工賺取生活費，然而由於冒險者們轉移到收益更好的狩獵場，不再有人僱用他們。

他們在那個時候遇到了我們，由於光的請求接下解體魔物的工作。

另外也因為旅館的狀態很糟糕，我們買下了能供他們居住的房子。

「愛爾莎和阿爾特也幫了忙。」

簡直像正等著那句話，穿著女僕服的二人組時機正巧地從屋裡走出來。

他們也是孤兒，我們收留了兩人，目前把租的房子交給他們管理。

「啊，大哥哥你們也回來了。我們接下來要和諾曼他們一起吃飯，要不要一起吃呢？」

聽到愛爾莎的話，難得有這個機會便決定一起吃飯。

當我實際上這麼回答，愛爾莎高興地點點頭，回到房子裡。

跟著她進屋，聽見愛爾莎告訴諾曼他們，我們也會共進午餐的話聲傳來。

那一天晚上。躺在床舖上後，我決定再次確認狀態。

自從在地下城第五層和影狼展開死鬥之後，已經過了一週。

儘管發生了很多事，賽莉絲已拜託我打倒第四十層的頭目以阻止魔物遊行發生，而且為了收集在地下城內能獲得的艾麗安娜之瞳的素材，差不多也是時候需要繼續攻略地下城了。

「開啟狀態。」

姓名「藤宮空」　職業「探子」　種族「異世界人」　無等級

HP450／450　MP450／450　SP450／450（＋100）

力量……440（＋0）　體力……440（＋0）　速度……440（＋100）

魔力……440（＋0）　敏捷……440（＋0）　幸運……440（＋100）

技能「漫步Lv44」

效果「不管走多少路也不會累（每走一步就會獲得1點經驗值）」

經驗值計數器　790039／810000

技能點數　２

已習得技能

【鑑定ＬｖＭＡＸ】【阻礙鑑定Ｌｖ４】【身體強化Ｌｖ９】【魔力操作ＬｖＭＡＸ】【生活魔法ＬｖＭＡＸ】【察覺氣息ＬｖＭＡＸ】【劍術ＬｖＭＡＸ】【空間魔法ＬｖＭＡＸ】【平行思考Ｌｖ９】【提升自然回復ＬｖＭＡＸ】【遮蔽氣息ＬｖＭＡＸ】【鍊金術ＬｖＭＡＸ】【烹飪ＬｖＭＡＸ】【投擲・射擊Ｌｖ７】【火魔法ＬｖＭＡＸ】【水魔法Ｌｖ７】【心電感應Ｌｖ９】【夜視ＬｖＭＡＸ】【劍技Ｌｖ５】【異常狀態抗性Ｌｖ６】【土魔法Ｌｖ９】【風魔法Ｌｖ７】【偽裝Ｌｖ７】【土木・建築Ｌｖ８】【盾牌術Ｌｖ５】【挑釁Ｌｖ６】【陷阱Ｌｖ３】

高階技能

【人物鑑定Ｌｖ９】【察覺魔力Ｌｖ８】【賦予術Ｌｖ８】【創造Ｌｖ４】

契約技能

【神聖魔法Ｌｖ４】

稱號

【與精靈締結契約之人】

雖然漫步的等級沒有升級，我為了準備搬家和購物走了很多路，經驗值已經累積到即將升級的程度。

另外，我在家中也一直沒必要地持續使用氣息遮蔽技能，終於將技能等級升到ＭＡＸ。

儘管有出現高階技能隱蔽……但學習後會用光技能點數，所以決定先擱置。

由於目標是探索尚未有人到達的地下城第四十層，那裡很可能會出現強大的魔物。考慮到這一點，想學習攻擊系的技能。

再來就是影狼魔石和祕銀的用途吧。特別是祕銀，用來製造武器可以單純地提升戰力水準，但是在創造技能可以做出的道具之中有令我在意的東西，需要祕銀當作材料。

總之需要在學園的圖書館進行一些調查吧？

閒話・1

當我坐起身時，感到一陣劇烈的頭痛。

「賽風，你總算醒啦？」

我對那帶著傻眼態度的聲音產生反應，搖了搖頭，感到疼痛加劇。

「是金嗎……」

站在那裡的是我的小隊成員之一——金。

「那麼結果如何？看你喝成這樣，如果什麼也沒打聽到，我實在沒辦法幫你說話喔。」

「雖然不太清楚詳情……不，他口風很緊。不過並非完全沒收獲。」

我呼出一口氣，迅速喝光金遞過來的水後繼續說。啊～清涼感滲透了全身。

「儘管沒打聽到是誰，艾雷吉亞王國好像派出了位高權重的大人物。我們這次會被拒絕進入地下城，原因似乎就在於這個。」

我回想起在前往此地普雷克斯的路上，有一支馬車隊超過了我們。記得當時正在從黑利亞前往首都瑪西亞的途中。

看在外行人眼中，應該是乍看之下不起眼的馬車在行駛，但是我們知道那並非尋常馬車。沒錯，簡直像是運送重要寶物的護送車一樣。

這可能跟我們這次被拒絕進入地下城有關。

對了，當時我曾一瞬間瞥見馬車內部，車裡有個像是黑髮少女的身影。

在首都瑪西亞碰到盧莉卡和克莉絲時，我會突然提起空，可能是因為想起那件事。

兩人聽到空的死訊後非常動搖，我想她們受到了相當大的打擊。

看到她們這樣的反應，我覺得自己闖禍了，但她們應該遲早會知道的。所以決定從積極的角度思考，早點知道會比較好。

雖然後來被優諾罵了一頓。

「那麼只能放棄地下城了嗎？」

金的話喚回了我沉浸在回憶中的意識。

「嗯，原本在使用的那些人似乎也受到限制。像我們這種新來的人，別說登記，可能連進入地下城都不被允許吧。沒辦法，只好一邊接委託一邊改去其他城鎮了。」

話雖如此，回王國也不是好主意呢。

正當我們四目交會地思考時，門突然打開，蓋茲走了進來。

他可能很緊張，表情看起來比平常來得緊繃。

「蓋茲，出了什麼事嗎？」

「嗯，收到了這樣的東西。」

蓋茲如此回答金，將一封信遞過來。

那是一封普通的信，但對於知情的人來說另當別論。

金的臉色一變，我也不由得猶豫是否要接過信。

不過即使猶豫，也不可能收到信卻不查看內容。

我小心地打開信，確認內容。反覆重讀了一次又一次，慢慢做確認。

「怎麼樣？」

聽到金詢問，我默默地把信遞給他。

信上的內容是新的任務指示。

儘管不知道理由，國家的高層似乎很關注她們，特別是某位少女的安全。否則應該不會發出這樣的指示。

「哈哈哈，嗯，我們本來正在猶豫下一步要怎麼辦，當成目的地決定不就行了嗎？」

「金還真樂觀呢。」

「正如金所說，煩惱也沒用。」

對於我的話，讀完信的蓋茲陳述了很有道理的意見。

「上次的指示也是這樣，到底是怎麼回事呢？」

沒有人能回答我的疑問。

唯一知道的，只有我們需要為前往瑪喬利卡之旅做準備而已。

第1章

「主人，我出發了！」

「嗯，我晚點也會過去。」

「光姊姊，要小心喔。」

「嗯，我會帶很多伴手禮回來。」

光向前來送行的諾曼強而有力地宣言。

接下來，光她們要從第一層開始前進，邁向地下城的第五層。因為與我們這些已完成直到第五層登記的人不同，盧莉卡和克莉絲尚未登記。

為此，除了我之外的五人——光、米亞、賽拉三人，再加上盧莉卡和克莉絲兩人一起前往第五層，與日後直接傳送到第五層的我會合，然後繼續邁向第六層。

當然了，她們預計會根據五人的疲勞程度來決定是否不前往第六層就折返。

「那麼克莉絲，為什麼妳穿著平常的冒險者服裝？」

我問了克莉絲在來到這裡的路上一直感到好奇的事情。

她現在的服裝不是我們目前穿著的瑪基亞斯魔法學園制服，而是與我們初次相遇時一樣的冒險者服裝。

「因為在地下城裡不知道會發生什麼事。萬一變身解除了，我會很困擾……所以選擇了有附兜帽長袍的冒險者服裝。」

「對啊對啊，而且制服的肩膀部分不太好活動。因此選擇了平常的服裝。」

當我和克莉絲交談時，盧莉卡也加入對話。

盧莉卡的冒險者服裝的肩膀部分的確設計得很簡潔。雖然右肩有護肩，但她好像用習慣了。

不過根據她們在學園中戰鬥的場面來看，即使穿制服也能自然地活動，還說制服很可愛，看起來似乎相當中意。

「小盧莉卡會選擇穿冒險者服裝是為了我。她說如果只有我一個人穿冒險者的服裝，會很顯眼。」

當盧莉卡離開後，克莉絲偷偷地告訴我。

她本人應該會否認，盧莉卡在某方面有點把克莉絲放在第一位呢。

在地下城入口做完小隊登記後，我目送五人進入地下城。

這次我沒有同行，是由於光和米亞的請求。

在上一次與影狼戰鬥時，我們分散行動，當時她們似乎產生了種種感觸。另一方面也是單純為了增進情誼，她們希望只由女性成員參加。我們當然已向學園報告過了。

「我要跟盧莉卡姊姊她們學做菜！」

光從盧莉卡和克莉絲那裡聽聞她們身為冒險者前往各地的經歷，在聽到兩人在旅途中吃過的料理後，完全被迷住了。她的眼神閃閃發光。

然後在這次的地下城探索中，她似乎要向兩人學習做菜。

雖然光在家裡和米亞一起幫忙做菜的次數漸漸增加，但在家中和在外面的情況不同。昨晚大家也一起仔細地做了準備。

我和諾曼在途中分開，我前往魔法學園。

這麼說來，最近過來教諾曼他們解體方法和護身術的佛瑞德等人，也說找到了組隊的新小隊成員，在兩天前說要去地下城。佛瑞德是跟我們在地下城第五層一起與影狼戰鬥的冒險者之一，與我們仍持續保持往來。

「是怎樣的經過讓你們決定組成小隊呢？」

一問之下，他說他們是在喝酒時意氣相投。

我認為選擇和誰組隊相當……不，是非常重要，這樣子做決定可以嗎？

「哎呀～今天你一個人呀～」

當我抵達圖書館，這是賽莉絲對我說的第一句話。

她會這麼說，是因為我本來常常獨自來圖書館，但自從克莉絲開始進學園上學後，我們經常會兩人一起過來吧。

「大家從今天起進入地下城了。」

「啊～對了，你們是提過這件事～你好像要之後過去會合，不過地下城總是變化莫測～要小心喔～」

我回想起上次的探索，點了點頭。

話雖如此，只要沒出現高階種應該就沒問題，而且我獨自一人時，主要的目的是採集藥草和收集食材。準備盡可能避免與魔物戰鬥。

我拿起每天固定會閱讀的關於魔像的書籍，坐在椅子上開始閱讀。

希耶爾看到以後，移動到她常待的那個陽光充足的固定位置，馬上睡起午覺。

試著想想，我很久沒有獨自像這樣悠閒地度過時光了。

突然想起與盧莉卡她們重逢的那一天，以及自隔天展開的忙碌日子。

◇◇◇

與盧莉卡她們重逢，不只是賽拉很高興，我也很高興。

能夠把我在相遇時所隱瞞的祕密告訴兩人，也是一大原因。她們似乎也覺得有點可疑，但刻意沒有問我，這是出於她們的溫柔吧。

而且克莉絲告訴我，她在我們於王國告別時，給我那份記載各種魔法相關情報的文件真正的原因。

儘管有點拐彎抹角，她寫下了提示，好讓我和希耶爾能夠締結契約。

因為實際上多虧如此，我們才成功地締結了契約，我認為那份文件很有幫助。克莉絲沒有直接告訴我，似乎是因為需要保密她的尖耳妖精身分。

然後包含地下城的事情在內，我們打算在隔天好好討論今後的狀況。但隔天一大早，我們租下的房子就有人來訪。

訪客竟然是瑪基亞斯魔法學園的副校長。來訪的他看起來非常疲憊。

「那麼您怎麼過來了？」

當我如此詢問，他突然表示希望讓在這裡的兩名少女——盧莉卡與克莉絲跟我們一樣臨時到學園入學。

聽到昨天才剛抵達瑪喬利卡的兩人的名字，令我感到驚訝，他可能認為會遭到拒絕，拚命地請求。

從他身上完全找不到在魔法學園首度見面時的強勢態度。

「……總之我去叫她們過來，可以請副校長向她們說明情況嗎？」

當我這麼說，他臉上浮現安心的表情，在兩人答應會去一次學園後，他帶著如釋重負的表情回去了。

後來得知，這件事是賽莉絲感覺到克莉絲的魔力後命令副校長這麼做的。

對了，我到現在還記得在塔裡和賽莉絲一起與副校長見面時，他對賽莉絲的態度非常恭敬。

這是第一件事，第二件事是諾曼他們搬家。

購買他們居住房屋的資金，來自於討伐影狼獲得的報酬。我那份報酬已經在購買祕銀時花光了，不過光她們三人用賺得的報酬出了錢。

話說在前頭，我沒有利用奴隸主的身分擅自動用她們的錢。

首先提出要這麼做的是光，米亞和賽拉也都贊成。

特別是賽拉，她明明就快存到足夠的錢脫離奴隸身分，卻為了這次購屋使得那個目標遠去。

「錢這種東西，只要再賺就行了。」

當我問她這樣沒關係嗎，賽拉害臊地如此回答。

在那之後我們忙碌地搬運行李和購買必要的日用品，在這段期間，佛瑞德他們拜訪了我家。

我曾看到光在討伐影狼後和佛瑞德談論事情，她當時似乎是在拜託他關照諾曼他們。會有這份體貼，應該是受到米亞的影響吧。由於我知道她在最初相遇時缺乏情緒表現的模樣，她現在的變化令人驚嘆。

一方面是由於這個緣故，我們最近這陣子非常忙碌。

順帶一提，佛瑞德會無償地答應幫忙，一方面是因為我們有聯手與影狼戰鬥的交情，另外好像也是想回報我在地下城內做料理給他們吃的人情。

當我一邊回憶這些事一邊看書，希耶爾醒過來搖搖晃晃地飛過來。差不多是午餐時間了嗎？

我在準備午餐時，賽莉絲也走了過來，我們兩人與一隻開始吃東西。

賽莉絲以溫柔的眼神看著食慾旺盛的希耶爾。

我看向賽莉絲，她可能是察覺到我的視線，突然抬起頭與我四目交會。

「什麼事～？」

當我慌張地別開視線，在視野一角看見她臉上浮現淘氣鬼般的調皮笑意。

其實我之所以逃跑似的避開賽莉絲的視線，並不是因為感到害羞。這是真的喔？

剛才會看著賽莉絲，是因為在思考克莉絲的事情。

從那一天鑑定克莉絲開始，有件事一直令我很在意。

【名字「克莉絲」　職業「冒險者」　Lv「22」　種族「高等尖耳妖精」　狀態「緊張」】

種族「高等尖耳妖精」這段文字。這與尖耳妖精有什麼不同……這件事我怎麼樣都無法開口去問。

不知道我內心想法的賽莉絲，身上散發充滿調侃意味的氛圍。當我一邊覺得真麻煩，一邊思考要如何應對時，從門的另一頭感受到氣息。

那是蕾拉，唯獨這一刻，她看起來宛如救贖的女神。

「空，怎麼了？」

本來以為得救了，她卻對我這麼說。

「不，沒什麼。更重要的是，好久不見了。」

其實這是我與蕾拉自從影狼的事件之後第一次碰面。

我們彼此都很忙，沒有機會見面。因為蕾拉很受歡迎嘛。

「我過來休息一下。啊，還有，我有事情想拜託空。」

「有事情拜託我？」

蕾拉走到我們的座位旁與賽莉絲打了招呼後，馬上進入正題。

「我聽說你要去第五層。所以……如果可以，想請你採集大量藥草，然後把那些藥草賣給學園。」

由於最近挑戰地下城下方樓層的人增加，對藥水的需求也正在增加。

因此據說不光是冒險者，連學園的學生們也漸漸難以取得藥水。即便他們以學園自己種植的藥草製作藥水，光靠這些似乎還不夠。

在這個賺錢的好時機，聽說前往地下城的學生也正在增加。

「雖然不知道我一個人能採多少，我會記住這件事的。」

蕾拉好像是想起她從光那裡聽說過我是採集藥草的專家，所以特地來拜託。

可能是從我這邊得到滿意的答覆，蕾拉放心地離開了。

她之後好像要針對下一次的地下城探索進行討論。

「蕾拉看起來很忙呢～」

我同意那句話。

「那麼，空這邊～情況怎麼樣呢～？你最近都在看魔像的書耶～」

「儘管與盧莉卡和克莉絲會合後人數增加了，但要前進到下方樓層，我還是不放心。所以在思考，如果將魔像當作戰力就好了。比如說用來守夜之類的，或許可以增加休息時間。」

實際上，聽說從第十一層開始，有許多小隊都是十人以上一起行動。
雖然使用創造技能好像也無法直接製造魔像，但我知道了製造魔像所需的素材。

【魔像核心】運作魔像需要的物品，只要注入魔力就會開始運作？

還是老樣子，出現了一段不知是誰想出來的說明文。
順帶一提，製作魔像核心所需的材料為：

> 【魔像核心】
> 所需素材——魔像的魔石、礦石①、礦石②、魔物的魔石①、魔石。

在我閱讀圖書館的書籍後，所需材料的所有欄位都顯示了。
正在想礦石後面的①②數字代表什麼，選擇各項目時，又出現了更進一步的說明文。

礦石①……決定魔像核心的強度。可以使用任意的礦石。
礦石②……決定魔像身體的強度。可以使用任意的礦石。
魔物的魔石①……決定魔像的外形。可以使用任意的魔石。

似乎是這樣。

因此我正在煩惱要不要把祕銀用在這裡，以提升核心的強度。

順帶一提，決定魔物外形的意思好像是如果使用狼的魔石，就會變得像狼一樣四足步行，如果使用歐克的魔石，則會變成像歐克那樣的人型。另外，依照使用的魔石而定，好像還有低機率會繼承魔石原本魔物的特性。

愈強大的魔物能製造出愈強大的魔像，但似乎也會需要相應的魔力來維持魔像。

另一個特徵是只要魔像的核心沒被破壞，只要有魔力，即使身體部分被破壞也可以重生。然而回復嚴重的損傷會消耗大量魔力，假如魔像身體脆弱，很快就會陷入魔力不足。

話雖如此，只要魔像核心完好，注入魔力後就可以無數次召喚魔像，所以還是應該優先提升核心的強度吧。

「可是魔像的魔石嗎……如果想要取得，透過冒險者公會或商業公會發出收購委託會比較好嗎？」

這個不只是魔像的魔石，礦石也一樣。

「魔像的魔石呀～對了，我以前聽說過～有傳聞在地下城裡看到魔像呢～」

「唔！那是在瑪喬利卡的地下城裡嗎？」

「沒、沒錯喔～我記得是在第十五層～但結果經過調查也沒有找到～那些冒險者因此被說是騙子，好像離開了城鎮～？」

「這已經是很久以前的事了～」賽莉絲補充說道。

第十五層嗎……又多了一個前往地下城的目的。

因為關於魔像，即使是在地下城之外，對於我們往後的旅途一定也會發揮各種作用。

◇◇◇

在光她們出發三天後，我也進入了地下城。

前往地下城前，我先去一趟諾曼那邊留下解體用的魔物。

在租屋處的庭院建造的解體魔物用小屋已經拆除了。因為我們將諾曼他們家的一個房間改造成可以進行解體的場地。

進入第五層後，我開啟MAP並使用察覺氣息技能。

從第一層到第五層，如果運氣好，不需要三天就能到達。

計畫是倘若她們在三天內通過就先返回租屋處一趟，既然沒有回來，代表尚未抵達第五層。

實際上，MAP上完全沒有人的反應。

在這個城鎮的冒險者之間，第五層與第十五層的特殊場地原本就是不受歡迎的MAP，所以沒有人並不稀奇。但是現在藥草短缺，本來認為應該會有人在這裡。因為成了可以自由採集的環境，對我來說值得高興就是了。

瑪喬利卡的地下城基本上是由牆壁和天花板圍住的迷宮，但第五、十五、二十五與三十五層是特殊場地……這些樓層形成受到各種自然景觀圍繞的MAP，讓人忘記這裡是地下城內。被稱作頭目房間的第十層、二十層與三十層也是如此。

根據冒險者學程中的資料，我目前所在的第五層是森林和草原的場地。在上次探索這裡時發現這裡可以採集到藥草，採得的堅果及果實也可以食用。我認為這裡反倒還有一些在城鎮裡沒見過的種類。由於是在被影狼追逐時看到的，所以未能仔細確認。不過這裡沒有除了魔物以外的生物，比如昆蟲之類的。

關於之後的樓層，我也確認過資料。

第十五層是礦山場地。在意象上是溪谷的谷底形成道路，供人們走在上面前進。有些人稱那裡為沒有天花板的坑道，這是因為可以從岩壁上採掘礦石和水晶。

不過沒有人在這裡採掘。一方面是因為採掘時發出的聲響會吸引魔物，另一方面是因為沒有發現足以讓人甘冒風險的珍貴礦石。雖然我想過如果國家認真調查，或許就能夠發現，但是賽莉絲告訴我，國家已經在普雷克斯的地下城進行調查。

第二十五層是森林和湖泊的場地。那是在ＭＡＰ中央展開的湖泊周遭被森林環繞的ＭＡＰ，稱作不眠之湖。會取這個稱呼，是因為這個ＭＡＰ的特殊性。

由於出現的魔物會依日夜切換，每次切換時打倒的魔物都會復活，隨時需要與魔物戰鬥。白天是歐克，到了夜晚則會出現不死生物。

還有另一點。這裡與其他樓層不同，是以入口及出口的樓梯位置固定不變而聞名的ＭＡＰ。另外資料上還記載，這裡有一些不知為了什麼目的而存在的美麗石像。其實這裡是祕密的熱門ＭＡＰ，跟第五層或第十五層不同，似乎有許多人把這裡當作狩獵場。

第三十五層在資料上記載為惡夢之森。好像是根據這裡有乍看像普通樹木，難以分辨的樹妖而這麼命名。資料似乎才編寫到一半，沒有記載詳細的情報。在稱呼後還加上了（暫定）兩字。

關於頭目房間，第十層似乎是草原，第二十層是荒野，第三十層是濕地。

我從MAP上移開視線，再次眺望第五層的風景。

待在這種大自然環境中果然讓人心情愉快。可以感受到風，也有陽光的溫暖。最重要的是，開放感截然不同。幾乎要忘了這裡是在地下城中。

總覺得希耶爾也顯得很高興……啊，是因為我提到要尋找堅果和果實嗎？

資料上寫到在第十五層的礦山場地可以看到岩壁環繞的壯觀景色，我對此也很期待。以前曾有不確定的傳聞說在那邊看過魔像，俗話說無風不起浪，如果真的有的話，也許可以得到魔像的魔石。

啊～好期待和米亞她們會合。自從聽了賽莉絲所說的事情後，我自己也很清楚，想早日前往第十五層的心情正在日漸增強。

第二十五層與魔物的戰鬥似乎有點棘手，但我對傳聞中的石像很好奇。在湖中小島上的美麗石像，感覺不是很神祕嗎？

但是……和上次來的時候相比，右側的森林看起來似乎正在擴大。

從那時候已經過一段時日，地形可能發生了變遷。

當變遷發生時，地下城內的結構會產生變化。最明顯的應該是樓梯的位置會改變，但是在特殊場地，有時森林和草地的位置及規模也會改變。

一方面是因為這個緣故，在地下城內能採到藥草的地點也會經常變動。

其他人不來地下城採藥草的理由，可能是因為找起來很麻煩。

若是城鎮外的藥草叢生地，由於有留下哪裡生長著哪種藥草的紀錄，只要去那個地點採集就行了。只要查看交貨紀錄，也會留下有什麼人在何處採集過的紀錄……或許吧。

「總之一開始就以那片草原當目標吧？」

當我開始行走，希耶爾高興地飛過草原之上。

因為在城鎮內有許多建築物等障礙物，她無法這麼暢快地飛翔。

我一邊看著轉眼間變小的希耶爾，一邊享受著風景行走。

由於沒有明確的道路，走在高及腳踝的野草中，青草的摩擦聲靜靜地響起。

使用鑑定的同時前進，其中有些植物似乎可以食用。

雖然目的是採集藥草，但我沒有不採下來這個選擇。

多虧如此，前進的速度很慢，當我注意到時，希耶爾已經回到身旁。

「希耶爾，怎麼了？」

當我發問，希耶爾忙碌地動動耳朵，指向某個地點。

看樣子她想叫我前往那裡。

跟著希耶爾在草原上前進，植物的顏色從淡黃綠色轉變為濃郁的綠色。

跨越顏色不同的界線並使用鑑定，發現那裡變成了藥草的寶庫。

「妳特地為我找到的嗎？」

這麼問時，她大大地點頭，感覺就像在表示：「正是如此。」

我出於感謝的心情撫摸她的頭，她看起來很舒服地任由我撫摸，但在不久之後，突然睜大眼睛對我表達著什麼。

我和希耶爾已經相處很久了，光看那個目光就知道她想說什麼。

「知道了。我會好好準備一頓大餐的。」

可能是很滿意那個回答，希耶爾蹦蹦跳跳般在空中飛舞。

我以ＭＡＰ確認了魔物目前所在的位置，一邊連續使用鑑定技能一邊開始採集藥草。

現在同時使用了空間魔法的ＭＡＰ、鑑定以及察覺氣息技能。

ＭＡＰ是魔法所以無關，鑑定和察覺氣息是消耗ＳＰ發動的技能。

倘若同時使用這些技能，即使正在走路，ＳＰ本來就會漸漸減少，但多虧了提升自然回復技能，消耗量也不多。不過我會注意ＳＰ的剩餘量，在低於一半時就會停止使用技能開始走路。

在反覆地採集、行走、採集、行走一陣子後，綠色的區域中出現一塊空地。嗯，那是我採集藥草的結果。

我採集藥草的同時，分別按照品質分類並收進道具箱中。

高品質的藥草用來製作自己使用的藥水，其餘的要賣給學園。如果他們認為數量太多，拿去賣給冒險者公會或商業公會就行了。

『那麼，要來吃飯嗎？』

我向遠處的希耶爾傳送心電感應，她以快得驚人的速度飛過來。

「不用這麼急喔。現在才要開始做菜。」

我用魔法整平地面，直接做出烹調場地。

第五層的特殊場地果然與普通樓層不同，可以做到和在外面一樣的事情。這是因為地面是泥土吧。

今晚來試試看能不能用魔法蓋房子好了？

我一邊烤狼肉，一邊用採集藥草時順便採的野草做天婦羅。希耶爾一開始好像對油爆的聲音感到驚訝，但對於第一次看到的料理充滿興趣。

然後當天婦羅快完成時，她可能是接近忍耐的極限，嘴角滴下口水。

「來，完成了。這個很燙，要小心喔。」

當我把天婦羅裝在盤子上遞給她，希耶爾像跳水般撲過去。

她每次都不在乎食物還很燙就吃起來，我擔心這樣沒關係嗎？與其說擔心希耶爾，不如說是因為光會跟她競賽似的狼吞虎嚥。

我看著希耶爾大快朵頤，繼續做菜。每當盤子空了，就會添上新的食物，自己也邊做邊吃，填飽肚子。天婦羅的麵衣酥脆，下次也做給光她們吃吧。她們肯定會很驚訝。

在追加大約五次食物以後，希耶爾終於心滿意足地躺下。她的食慾還是一樣驚人。這大概是因為她培養出了在能吃東西時就要好好吃的精神吧。因為最近常常會有由於其他人在場，她暫時不能吃飯的情況。

我一面收拾烹飪用具，一面確認道具箱的內容。

採集到的藥草數量相當多。至少能製作一百瓶自用的藥水。賣給學園的部分則還要更多。

「希耶爾，接下來可以進森林裡嗎？我想確認有什麼堅果與果實。」

對於我的詢問，希耶爾緩緩地睜開眼睛點了點頭。

我從草原地帶直接進入森林。

上次過來時沒有時間仔細觀看，但再次觀察，發現樹木之間的距離很近，在上方展開的許多枝葉層層疊疊，明明是白天，陽光卻不太能照射進來。因此森林裡有點昏暗。

不過樹木之間的距離很近，有些魔物行動可能會受到限制。

上次之所能夠逃離影狼，或許也有這個原因。

我注意著從樹根延伸出的細根，在森林中前進，採集可以在森林裡獲得的素材。其中也有我從未見過的堅果和果實，剝開其中一顆果實的果皮試吃，甜味隨著柑橘類的香氣一起在口腔中擴散，不禁露出微笑。

我沒有特別愛吃甜食，但這種果實不會太甜也不會太膩，若是這種口味，可以連吃好幾顆。

看到我的反應，希耶爾也躍躍欲試地催促，所以剝了一顆遞給她，她一口咬下果實，臉上浮現幸福的表情。

看樣子……必須把給大家的份也帶回去才行呢。

沒錯，如果是之前還能掩飾過去，但克莉絲似乎能夠和希耶爾交談。所以她可能會告訴克莉絲這種果實的存在。

克莉絲也是女孩子。雖然沒聽她說過，但她可能很喜歡甜點。而且克莉絲應該不會責怪我，不過其他人知道以後，我可能會遭到追究。

想像那個場面，我不由得發抖，感到背脊發寒。

「忍一下吧。這些就等到之後和光她們一起吃。」

我說服了要求還要再吃的希耶爾，採集那種果實。

順便一提，當我鑑定這種果實——

【諾布爾之果】甘甜又好吃。煮過會更增甜味。無毒性。

顯示了這樣的結果。

在採集諾布爾之果時，本來答應要忍耐的希耶爾似乎忍耐不住，對著在不遠處結果的果實咬下去……然後緩緩地墜落。

「喂，妳沒事吧？」

我慌忙靠近抱起她，希耶爾渾身痙攣，口吐白沫。嗯，這副模樣不能讓別人看到呢。

鑑定希耶爾咬過的那顆果實——

【多羅斯之果】味道苦澀。人類無法食用。無毒，但吃了會後悔。

顯示了這段說明。

……有時候我會想，鑑定結果的語句是誰決定的？

不過兩種果實的大小和形狀幾乎都相同，乍看之下難以辨別。

經過仔細調查，會發現諾布爾之果是無味的，而多羅斯之果散發著些許甜香。

「來，吃這個換換口味吧。」

我將剝掉果皮的諾布爾之果遞過去，然而她警惕地不肯吃。可能是因為形狀相似，她認為這是先前那種超級難吃的多羅斯之果。

真是的，我明明不會做這種惡作劇……雖然這麼想，但有過前科。不過當時也不知道保存食品很難吃啊。

無可奈何下，我切了一小塊果實吃給她看，希耶爾可能也判斷沒有問題，一口吃掉果實。

「這兩種果實長得很像。即使可以透過氣味來辨別，要注意別不小心吃到喔？」

我如此提醒，她嚴肅地點點頭。

希耶爾會變成那種狀態，多羅斯之果的味道應該非常難吃吧。

在那之後，希耶爾沒有再隨便吃堅果或果實，默默地跟著我。看來她受夠多羅斯之果了。

但是每當我採集新東西，她都很感興趣，每次我都會挑出希耶爾可以吃的東西遞給她。因為不時會為了以後用來布置陷阱採集多羅斯之果，那時她會露出難以置信的眼神看過來。

「今天就到這裡為止吧？」

結果那一天我們決定在森林中休息。

如果不採集，不眠不休地走下去便可以走出這片森林，但走出森林後就會進入魔物的領域，所以不需要勉強前進。

而且假如離入口的樓梯太遠，等光她們到達時要會合會很麻煩，最好別太過深入內部。

我想嘗試一件事，因此在森林中行走，尋找適合蓋房子的地方。

當找到看來正好適合的地點，那裡還生長著藥草，感覺賺到了。

把藥草通通採完後，我馬上用魔法建造房子。

這棟房子似乎與我在地下城外建造的房屋有相同的強度。我用鈍器敲打確認過，所以不會有錯。蓋房子需要的魔力量，也和在外面建造時相同。

「應該能抵擋歐克程度的襲擊吧？」

因為牆壁的強度勝過我在坦斯村建造的屏障，應該能夠堅持得住，但如果可以，我想找個地方測試看看。

「那麼來吃飯吧。」

聽到我的話，在樹上休息的希耶爾飛下來，跟我一起進入屋內。

儘管午餐有天婦羅，內容還是以肉食為主，所以晚餐我要煮以蔬菜為主的料理。另外也不忘用狼肉做培根。啊，難得有機會，也趁這時候尋找做培根用的木材好了。

最後壓碎諾布爾之果，放在鍋中燉煮。

當我拿出諾布爾之果時，希耶爾露出警惕的態度，但即使是我也不會想吃多羅斯之果。

燉煮了一會兒之後，鍋中飄來甘甜的香味。

可是希耶爾仍然在警惕。啊，是因為氣味有點像多羅斯之果嗎？

我遵照烹飪技能的指引從柴火上取下鍋子冷卻後，倒進湯碗裡擺在希耶爾面前。

希耶爾看了我一眼，盯著湯碗停止動作。

像剛才一樣先喝一口給她看，於是她小心翼翼地舔了舔湯，一瞬間睜大眼睛一口氣喝光了。

然後拍打著耳朵，要求再來一碗。耳朵搖動的速度真是快得驚人。

「只能再喝一碗喔。」

她露出不滿的表情，但我也想讓光她們嘗嘗這道湯，所以不能再給她喝了，我抱著這種意圖將鍋子收進道具箱。

希耶爾看到我的舉動後，這次沒有一口氣喝掉，而是小口小口珍惜地舔著湯。

◇◇◇

『空，我們到了！』

當我在森林中散步時，突然聽見米亞的聲音。

能夠使用地下城卡的通訊功能，這代表……我急忙擴大ＭＡＰ的範圍確認，在第五層入口有人的標示。

這是在我來到第五層的第三天午後。

『妳們剛到嗎？』

『……空，你沒有熱衷於什麼事情而忘記我們吧？』

對不起。我在森林中發現了有許多高品質藥草的叢生地，採藥草採得忘我了。

我在心中道歉，改變話題問起在意的事情。

『妳們花了這麼長時間才到第五層，是發生了什麼事嗎？』

當我仔細查看ＭＡＰ，發現顯示的人數很多。

『……其實我們在途中遇到佛瑞德先生他們，就大家一起過來這裡了。』

由於米亞那時的聲音聽起來顯得疲憊——

『如果覺得累了，要不要先回去一趟？』

我如此詢問，但米亞說不要緊。

『總之我們現在過去你那邊……』

我向身旁一看，希耶爾揮揮耳朵表示可以交給她。

『我也會過去，但希耶爾好像也願意去，你們就跟隨希耶爾的嚮導吧。』

『嗯，知道了。我會這麼告訴大家。空不用逞強喔。』

『別擔心。從距離來看，可能要到明天才能會合，所以米亞你們才不要逞強趕路過來喔。』

對我來說，沒有在原地等待這個選擇。

一般人可能會覺得很麻煩，但是對我而言，這是賺取經驗值的機會。

「那麼希耶爾，拜託了。跟米亞他們會合後，把他們帶到我這裡吧。」

聽到我的話，希耶爾點點頭後飛走了，我也跟著邁步出發。

然而令我在意的是MAP上顯示的人數。她說這是因為有佛瑞德他們在，不過三十人實在是太多了。

難道除了佛瑞德他們以外，還有其他的小隊嗎？

因為他們似乎友好地結伴同行，我不擔心米亞她們會受到危害，但也許還是儘快和他們會合比較好。米亞好像有點疲憊的樣子。

米亞傳來通訊的隔天，我走出了森林。

看來之前為了準備與光她們會合，沒有過於往深處走是做對了。

夜間，我不只跟米亞，也跟盧莉卡及克莉絲進行通訊。希耶爾似乎也順利與她們會合了，她們正在一邊掩飾，一邊一起朝我所在的方向前來。

不如說似乎所有一起行動的人都決定要直接前往通向第六層的樓梯。

……我很好奇他們到底是以什麼樣的陣容在移動。

另外，米亞他們現在似乎在離森林相當遠的地點。

一般來說，很少會有人特地選在視野不佳的森林中露營。

還有光說其他人會幫忙守夜，所以她們可以早點睡覺。還說做為交換，她們做了料理。

「那邊那些人就是他們吧。」

我朝有反應的方向走去，看到一群人聚在一起。

走得更近時，一個人和一隻生物離開了那個團體。

首先是希耶爾來到我這邊，在周圍飛來飛去。緊接著黑髮少女衝過來抱住了我。

「好久不見了，光。」

「嗯，主人，我好寂寞。」

光用頭磨蹭我，我則是摸摸她的頭，同時從道具箱中拿出一根肉串遞給用認真眼神看過來的希耶爾。

看到肉串的希耶爾高興地吃了起來。正如所料，和光他們會合後，她似乎沒有吃過東西。

在那之後，我走向米亞他們那邊，他們也朝這邊走來，沒多久我們就會合了。

「真沒想到你會一個人在這裡呢……」

這是會合後，佛瑞德對我說的第一句話。

聽到那句話，佛瑞德身邊的幾個人也點點頭。

再次環顧團體，發現有許多人，應該說大多數人都是熟面孔，這讓我感到驚訝。

靠近米亞的人是那些稱她為米亞大人的人們，而靠近賽拉的人是那些稱她為大姊頭的人們，他們都是曾一起與影狼戰鬥的冒險者。

「怎麼說呢，我們在地下城裡偶然遇見。所以大家就一起過來了。啊，還有，我來介紹我們新的小隊成員。喂，賽風，過來這邊！」

聽到那個名字時，心中一驚。
不禁看向盧莉卡和克莉絲，她們點了點頭。
因為之前聽兩人說賽風他們去了普雷克斯，沒想到會在這裡遇上。
從人群中出現的人，正是我認識的賽風。哥布林的嘆息成員們也跟在他身後。
他沒有變。看到他的身影感到很懷念，但一股罪惡感也壓在胸口。
我努力壓抑動搖的情緒，迎面看著賽風。
聽盧莉卡她們說過曾在艾法魔導國的首都瑪西亞遇見他們，但沒想到會在這裡重逢。
賽風一看到我就皺起眉頭。一定是因為我戴著面具吧……
「喔，賽風。他就是光他們提過的小隊成員空。雖然戴著奇怪的面具，但不是可疑的傢伙。還有，他說他是旅行商人，不過在戰鬥時非常強喔。」
佛瑞德豪邁地笑著介紹我，但我沒有錯過當賽風聽到空這個名字時，眉毛微微一動的反應。
「……初次見面，我是旅行商人空。也是那三人的奴隸主。請多關照。」
我瞥了光她們一眼後說道。
「喔、喔……我是哥布林的嘆息的隊長賽風。」
如此說道的賽風開始依序介紹優諾等小隊成員，但他看來也像是在確認我的反應，是我多心了嗎？
「又是個驚人的隊名呢。是各位一起討論後決定的嗎？」
當我這麼詢問，賽風皺起眉頭。

「哈哈哈，這個我之後再告訴你吧。更重要的是，空，聽說你找到通往第六層的樓梯了？」

「找到了。那麼大家一起過去，這樣可以嗎？」

正確來說，我只是在MAP上確認過而已。

「嗯，因為除了賽風他們，另外還有幾個沒去過第六層的傢伙呢。」

佛瑞德所說的還沒去過的人，應該是指那些穿戴全新裝備的人吧。他們正神情緊張地頻頻四處張望。

「空大哥！該往哪邊走呢？我們會走在前面開路喔！」

當我和佛瑞德的對話中斷時，有人開口發問。

啊，是稱賽拉為大姊頭的那些人。

但這不代表應該稱我為空大哥啊。

「不用叫我大哥喔？另外，樓梯在另一頭。」

「是，大哥！」

不，所以說沒必要用這種稱呼啊。

那些看來是新人的人也充滿幹勁地跟上去，而且看到我還鞠躬行禮。到底發生了什麼事？不如說，他們說了什麼關於我的事？

「欸，情況為什麼會變成這樣？」

我一邊跟隨在他們後面，一邊向米亞她們問起事情的經過。

根據說明，在這裡的所有人在地下城第三層聚集在一起。

最先遇到的是走在前方的賽拉隊（我擅自決定這麼稱呼）。一開始小看賽拉她們的新人，據說也在看到賽拉戰鬥的樣子後改變態度。賽拉臉上浮現認命的表情，而盧莉卡似乎覺得很好玩。一定發生了很多事吧。我決定不打聽詳情。

在那之後他們一起在第三層前進，但是一直迷路找不到樓梯，在途中又和佛瑞德他們以及米亞的親衛隊會合了。迷路的主因，似乎是因為帶頭的賽拉隊不斷選到錯誤的路線前進。

順帶一提，各小隊會從第一層開始移動，好像是為了讓新成員加入。雖然其中也有已經有地下城經驗的人，但因為是第一次組隊，所以從第一層開始攻略，也包含檢驗實力的意思。

在那些新人中，有些人看起來和光年齡相仿。

據說賽拉隊和米亞親衛隊知道我們收留了孤兒（大概是指諾曼他們），便把一些境遇相同的孩子以新人身分納入隊伍。

據說他們會晚到，有一部分是因為一邊培訓新人一邊前進的關係。他們十分仔細地教導新人戰鬥方法等各種知識。

光她們知道我正在等他們，所以想要加快腳步趕路，但由於新人們受傷了，米亞很擔心，沒辦法脫隊趕來。

「空，沒事吧？」

在走路時，克莉絲擔心地詢問。

「嗯？我沒事啊，怎麼了嗎？」

「……嗯。你看到賽風先生他們的時候，看起來很痛苦。」

是這樣嗎？我的確感到動搖，但戴著面具，他們應該看不到我的臉……

「你看，又來了。我覺得現在的空和平常有點不一樣。」

我環顧四周，判斷事情不適合在這裡談，對克莉絲說道：

「……回去以後再詳細告訴妳。假如在這裡說，可能會被大家聽到。到時候可以請妳陪我商量嗎？」

為了讓她放心，我笑著說道，不知道自己是否笑得自然。

在那之後，我們一直走到太陽下山，決定在森林中露營。

這片森林面積相當寬廣，無論如何都得在森林中度過一天。

另外，要抵達樓梯，無論如何都必須通過森林。不僅是目前的路線，從其他方向前往也都一樣。因為樓梯被森林所環繞。

「主人，我想吃你做的料理。」

由於光的一句話，伙食就決定由我來煮。

對此感到失望的人……主要是米亞親衛隊，他們一定很期待吃到米亞親手做的料理吧。

我用魔法整平地面，整備出烹調場地後，大家以我為中心開始烹飪。因為人數很多，米亞和盧莉卡她們也來幫忙了。米亞親衛隊看到那一幕後，似乎恢復了笑容和幹勁。

佛瑞德他們不參與烹飪，作為交換會輪流負責監視。

「空的料理還是一樣好吃啊。」

輪到過來用餐的佛瑞德讚不絕口地吃著肉塊時，周圍的一部分人不知為何發出殺氣。

「不，那個，因為能夠痛快地大口吃肉嘛。我還是喜歡這種充滿男人味的豪邁料理。」

而他不知為何環顧周遭，慌張地開始找藉口。

發生這種情況的原因，似乎和他們在路上的飲食狀況有關。

進入地下城的人基本上吃的是保存食品。

不過光她們會做料理，看到的人之中出現了一些想要料理的人。特別是米亞做的料理，米亞親衛隊可不會錯過。順道一提，賽拉不太常做料理。

然而光她們攜帶的食材並不多。雖然有多帶以預留彈性，但畢竟是五人份。即便有給她們道具袋，她們不像我可以無限量地攜帶東西。道具袋還要裝狩獵到的魔物，所以食材分量不夠分給大家吃。

因此他們以抽籤選出能吃到的人，佛瑞德也幸運地抽中了。

但是當時佛瑞德沒有像這樣大力稱讚料理，聽到的人……特別是米亞親衛隊似乎很生氣。

嗯，因為食物帶來的怨恨很可怕，意思可能有點不同？

「……空還會烹飪嗎？」

「這傢伙很厲害吧。而且我之前說過吧？就是這一層頭目房間化的事情。當時一個人擔任誘餌，引走影狼的人也是空喔。他還會用魔法，我們都說他不可能是旅行商人呢。」

當佛瑞德向對料理味道感到驚訝的賽風講起先前第五層發生的事情，聽到的幾個人都點頭表示同意。

「哎，因為當旅行商人有時也會遇到魔物。這是獨自旅行時留下的習慣，我現在都還會隨身攜帶逃跑用的道具。而且也有道具袋。」

原本別公開自己擁有道具袋的事可能會更好，但在場的人都已經知道了。

「話說回來，佛瑞德和賽風先生一行人是怎麼相遇的呢？」

我覺得被問得太詳細會露出破綻，為了轉移話題如此問道。

雖然聽佛瑞德說過他們是在喝酒時認識的，但我想知道更多細節。特別是關於賽風他們會在這裡的理由之類的。

「啊，叫我賽風就好了。像我們這樣的人，加上尊稱稱呼會覺得不自在。還有你平常講話的口吻，跟和佛瑞德交談時一樣也無妨。」

我對這番話感到懷念，仍面不改色地點點頭。

雖然並不是賽風曾對我這麼說過，記得在冒險者時代，有人說過這句話。

「如同先前也提過的，我們一起喝酒，發現彼此很合得來。在一聊之下得知他們本來計劃挑戰普雷克斯的地下城，但因為在那裡無法登記，所以就來到這邊。」

「喔～還有拒絕登記進入地下城這種情況嗎？」

「我是沒聽說過。不過，據說那邊的地下城是由很難伺候的貴族大人管理，可能是有某些狀況吧。」

我以為是冒險者公會在管理地下城，但仔細想想，地下城是資源的寶庫。國家會主張納入管理也不足為奇吧？

這方面的事情與我們沒有直接關係，所以不太清楚有什麼機制呢。

「算是吧。於是我們在考慮返回王國一趟，不過難得都來到瑪喬利卡了。而且還得賺些回王國所需的旅費才行。」

原來有這樣的緣由嗎？

據說還有許多冒險者，也因為與賽風他們類似的理由從普雷克斯流向瑪喬利卡。

「所以呢，我們暫時沒辦法照顧諾曼他們。這件事也告訴光了。」

在那之後，由於我們負責做料理，所以免除了守夜工作。隔天早上吃完早餐後，我們朝著通往第六層的樓梯前進。

由於知道去第六層的路，所以大家的腳步輕快，可能是因為有人數上的優勢，我們輕易地打倒了遇到的魔物。

看著他們戰鬥的樣子，我覺得米亞親衛隊和賽拉隊都很強。佛瑞德他們也是。

看來那時候他們果然只是因為與影狼這種相性不合的魔物戰鬥，以及累積了疲勞，才未能發揮原本的實力。等級也比光她們來得高。

在這種情況中，賽風他們也穩定地一路打倒魔物。

在盾牌手蓋茲吸引魔物的注意，承受攻擊時，其他四人默契十足地聯手接連打倒魔物。他們的動作非常洗鍊，沒有一點冗贅之處。

不只是佛瑞德他們，其他冒險者們也對他們的動作表示讚賞。

我們也不光是受人保護，也有跟魔物戰鬥。只要打倒魔物後，基本上好像會逐漸累積類似經驗值的東西，這個我是不會讓給別人的。

但是當我們戰鬥時，不知為何就會傳來加油聲。嗯，我不會說是誰。而且出聲喊叫會引來其他魔物，我認為應該別這麼做。即使附近沒有魔物也一樣。

也許是他們知道這一點，才會為我們送上加油。

由於有這些事情，我們在會合後的一天半後，順利地抵達了通往第六層的樓梯。

之所以花了不少時間，是因為和魔物的戰鬥很多，新加入的人們動作變得遲鈍，我們路上多休息了幾次。

原本以為是從第一層走到第六層，在體力上感到吃力，但他們似乎是不習慣在森林中行走，受到了精神上的疲憊影響。

「嗯，這是每個人的必經之路。」

佛瑞德如此說道。賽風會感到疑惑，大概是因為不知道瑪喬利卡的人們不擅長應付這個特殊場地吧。

從地下城出來後，我們直接走到冒險者公會的收購櫃檯排隊，完成了結算。

由於狩獵到的魔物已在地下城內分配完畢，結算進行得很順利。

「咦，你們是……」

正準備離開冒險者公會時，遇到了熟面孔。是公會會長雷潔。

雷潔看到我們後露出驚訝的表情，但馬上面帶笑容開口攀談。

「難不成你們組成小隊，一起去了地下城？」

看到她微笑的模樣，有好幾個冒險者臉紅了。

雖然感受到一股成熟的魅力，我以堅定的心忍耐過去。不能重蹈覆轍。因為這次不只米亞，其他女孩也在場。

瞥了旁邊一眼，看到賽風面無表情的臉孔。

他一瞬間與我目光交會，我認為我們那一瞬間的確有某種心靈交流。優諾小姐生氣時真的很可怕呢。

「不，我們在地下城內偶遇。於是這次就從半途開始一起探索了。」

佛瑞德用平常的態度回應──

「看起來隊伍裡也有新人，不要太勉強了。」

雷潔留下這句話後，離開了現場。

「那麼今天就到此解散。如果以後在地下城遇見，請多關照！」

眾人活力十足地回應佛瑞德的話。

米亞親衛隊和賽拉隊的成員們過來告別，結束之後，我們也決定回家。

回到家的我們在當天晚上談起在地下城度過的日子。

光挑戰做菜的事，賽拉豪邁的戰鬥方式讓盧莉卡和克莉絲感到驚訝的事。話題多得聊不完，明明應該已經很疲倦，大家卻直到超過平常的就寢時間還在繼續聊天。

後來愛爾莎和阿爾特也加入，聽大家說話聽得入神。

順帶一提，氣氛最熱烈的場面，是我把諾布爾之果剝好皮給大家品嘗的時候。吃了一口後，大家眼神都變了。

光揚起眼睛看過來，要求再來一顆——

「剩下的要留給商業公會，還有留著跟諾曼他們一起吃，所以忍耐一下吧。」

如此說道的我要她這次忍耐。

我說如果商業公會感興趣，在第五層採集果實的人或許就會增加，使得諾布爾之果在市面流通，變得容易取得。也許是這個說法起了作用吧。

於是我們的第四次地下城挑戰，以成功抵達目的地第六層落幕了。

但是……還有一件事令我在意。

離開時，我鑑定了賽風他們。

【名字「賽風」　職業「冒險者」　Lv「53」　種族「人類」　狀態「——」】

記得在第一次見面時，賽風他們的冒險者階級應該是C級。

即使與我在福力倫聖王國遇到的B級冒險者羅克等人還有蕾拉她們相比，那個等級也很高。

當然了，冒險者個人的實力有時不會直接反映在階級上。因為這會依照接委託的方式而有所變化。而且在當初遇見時，我尚未學會鑑定，他們也有可能在分開後大量狩獵魔物提升了等級。

即使我在理智上明白，卻忍不住感到不對勁。

因為超過50級的人寥寥可數。

我也不是對遇到的每一個人都進行鑑定，可能只是碰巧沒鑑定到高等級的人而已。閉上眼睛就可以回想起他們在王國對我的各種照顧。從那設身處地為人著想的態度，可以感受到他們不僅重視小隊成員，也同樣重視其他冒險者。

即使如此，我還是產生了不信任感，可能是因為他們隱瞞實力這件事，讓我聯想到自己也有所隱瞞。

當我找盧莉卡商量這件事時——

「階級和實力不相符的冒險者相當多喔？特別是階級提升後，有時會接到麻煩的委託，因此有些人會故意拒絕提升等級。相反的，想要賺錢或是想跟貴族之類有地位的人建立關係的人，大多會想方設法地提升階級。」

她這麼回答。

的確，如果真是這樣，我也可以理解不提升階級的做法。

因為假如我繼續當冒險者，要是知道提升階級後可能會無法再自由的冒險，一定也會選擇不升級。

因為金錢雖然重要，但自由才是最重要的呢。

第2章

經過三天的休息後，我們決定再次前往地下城。

由於米亞她們在地下城裡待了將近十天，我擔心她們是否會感到疲勞，但由於人數眾多，探索時過得很輕鬆，她們的身體狀況似乎很好。

至於獨自探索了第五層的我，多虧漫步技能，一點都不疲倦。

順便一提，在這三天裡最忙碌的人，嗯，是我。

回收諾曼他們解體完畢的成果，提供新的魔物給他們解體。

在這個時候，帶著光和愛爾莎他們舉辦一場餐會，在席間吃了諾布爾之果。

把諾布爾之果和多羅斯之果帶去商業公會，告訴他們是在地下城第五層採到的果實。還有交給他們其他少見的堅果與果實，但最受關注的還是諾布爾之果。

經過交涉之後，他們以一顆十枚銀幣的價格收購諾布爾之果。雖然用掉一顆試吃，我覺得出售十顆賺到一枚金幣是很不錯……不，是相當豐厚的收入。

不過因為還有容易混淆的多羅斯之果，這一點我也告訴他們。

之後前往學園把諾布爾之果交給賽莉絲和蕾拉，順便讓學園收購藥草，然後走到城鎮各處補充消耗的食材。這時候光她們也與我同行。

接下來我有時進行模擬戰鬥活動身體，有時在城鎮中散散步轉換心情，忙著使用鍊金術製作藥水。由於這番努力，藥水的庫存增加了許多，但在道具箱中仍然剩下大量的藥草。

然後我也在這時候找大家商量關於賽風他們的事情。

也聽說當盧莉卡她們在首都瑪西亞與賽風他們重逢時，他們為我的事情感到悲傷。雖然他們叫盧莉卡她們不要在意，但真正不在乎的人不會感到悲傷，當在地下城裡聽到我的名字時，應該也不會露出困惑的反應。

我想告訴他們我平安無事。不過另一方面，即使我在王國的遠方，還是擔心告訴他們真相會不會有問題。畢竟愈多人知道祕密，洩露的風險就愈高。

「空想怎麼做呢？」

當米亞發問，我猶豫了。

但是我知道沉默不語也無濟於事，所以坦誠地說出了現在的想法。

從光的事情也能看出來，如果我的生存曝光，有可能會再次成為目標，這讓我感到恐懼。在那種情況下，和我在一起的光可能也會面臨危險。想告訴關心我的賽風等人我平安無事，然而也擔心他們會因為我以前撒謊而責怪我等等。

「我認為如果是賽風先生他們，那不會有問題的。」

可能是為了要讓我放心，克莉絲露出微笑。

「主人，雖然我不太了解叫賽風的那些人，既然克莉絲說沒有問題，我覺得可以相信他們。在地下城裡同行的時候，我也覺得他們看起來不像壞人。而且……在能說的時候說出來，一定才不會後悔。」

賽拉露出有點寂寞的表情這麼說。

她的態度和話語，讓我下定決心。

「那麼，盧莉卡，可以拜託到公會傳話給賽風他們嗎？」

面對我的請求——

「交給我吧。」

盧莉卡爽快地答應了。

「那麼我們出發了，要看好家和照顧諾曼他們喔。」

「是的，大哥哥你們路上也請多小心。」

「一路平安。」

在愛爾莎和阿爾特目送之下，我們離開了家。

最近除了打理家務之外，愛爾莎他們也會去諾曼他們那裡教孩子們各種事情，或是與他們一起向伊蘿哈學習。

伊蘿哈做的事情超出了起初的工作範圍，我想她應該很忙碌，但不知為何總是充滿活力。她還為孤兒們準備了新的女僕裝讓他們穿。

「那麼空，這次計劃走到哪裡呢？」

當盧莉卡邊走邊問我——

「我想想……前進到第十層，是否挑戰頭目就看當時的情況決定吧。」

我回答道。

「記得第八層會出現狼群，第九層會出現各種哥布林對吧？」

「又可以帶很多伴手禮回去了。而且第七層會出現血蛇！」

聽到克莉絲的話，光馬上回應。

狼的確會成為很好的伴手禮，但我擔心諾曼他們是不是快受不了了。他們已經解體了幾百頭狼……雖然我覺得他們絕不會說很辛苦。

「是啊。有很多狼肉，回去後大家一起辦個肉食節也不錯。」

聽到那句話，希耶爾高興地飛舞，光的眼睛也閃閃發光。

米亞和賽拉看到以後，覺得很有趣地笑了。

在冒險者公會留下傳話以後，我們前往地下城入口，發現隊伍排得比平常還要更長。

「對了，聽說從有很多冒險者從普雷克斯流向這裡，但上次探索時沒遇到其他冒險者呢。」

我看著那排隊伍，不禁說出再次想到的事情——

「空一直待在第五層所以應該不知道，到第四層為止，其實人滿多的。」

背後傳來聲音。

回頭一看，佛瑞德朝我們走過來。在他背後還有賽風他們的身影。

沒想到這麼快就碰面了。

賽風好像已經收到傳話，正在跟盧莉卡攀談。

「從地下城出來以後，希望你能撥出一點時間。」

可以聽到盧莉卡的聲音。

「空你們也要去地下城嗎？距離上次才過了三天，真是精力充沛啊。」

「佛瑞德你們也是要去地下城吧？我覺得你沒資格說別人喔。」

「混帳東西，我們可是冒險者喔？身體就是本錢，這點程度很正常。而且你們那邊除了空，都是些姑娘……沒問題嗎？」

「嗯，肉正在等我。」

光啊，肉沒有正在等妳。可能是先前的肉食節發言還留在她的腦海中。

佛瑞德也非常清楚光很愛吃肉，所以露出苦笑。

「那麼空你們今天也是從第六層開始嗎？」

當佛瑞德小聲地問，我點了點頭。

「怎麼樣，要不要一起組隊前進？看樣子我們的目的地似乎是一樣的。」

佛瑞德他們這次的目標似乎也是前往第十層。縱使不知道能不能一口氣抵達，他們似乎準備了大量的保存食品。

我在猶豫要不要接受那個提議。

儘管佛瑞德他們也在，我不可能在地下城內透露真實身分，不過一起行動對我們也有好處。

雖然想跟魔物戰鬥以累積一定程度的經驗，但是假如可以，希望儘快前往下方樓層。如果人多，負責守夜的次數就會減少，能休息的時間會增加，可以保存體力。

最後考慮到魔物遊行的事情，答應跟他們一起行動。因為認為現在的當務之急是如何儘快前往下方樓層。

輪到我們時，在入口處登記了小隊，傳送到第六層。

可能是學園的學生和冒險者組隊很少見，入口的公會人員有點驚訝。

然後我們來到地下城第六層，花了一天通過第六層。一般來說，速度算是非常快。

理由很簡單，由於知道會出現的魔物是殺手蜂，我們盡可能避免戰鬥，直奔樓梯而去。即使如此還是花了一天時間，因為通往第七層樓梯的位置不佳。

另外，我們能夠直奔樓梯而去，是因為讓光她們走在前面，我看著MAP用心電感應指示該走哪條路。我向佛瑞德他們說這是訓練來蒙混過去。

「感覺很輕鬆就走到了樓梯所在地啊。路上也沒有遇到太多魔物，可能是運氣好吧。」

在通往第七層的樓梯附近露營時，佛瑞德這麼說道。

探索第七層時，這次換成佛瑞德他們走在前面，由哥布林的嘆息隊員蓋茲和主要擔任斥候的奧爾嘉帶頭前進。

結果我們花了兩天才找到通往第八層的樓梯，討伐了十七條血蛇。

「接下來終於是第八層了啊～記得狼會成群結隊地來襲？」

「小盧莉卡，是這樣沒錯喔。」

我一邊聽著盧莉卡和克莉絲的對話，一邊在米亞和光的幫助下做料理。

在烹煮料理時，突然想起在資料室閱讀過的內容。

在到第十層為止的樓層中，除了第五層外，冒險者會真正感到困難的是從第八層開始。

舉例來說，資料上記載狼最少會五頭以上一起行動，有時甚至會超過十頭一起來襲，偶爾還會有變異種混在其中。

那天晚上，我們也輪流守夜，隔天早上吃過早餐後，我們走下通往第八層的樓梯。

在第八層再次換成我們的小隊帶頭前進。

我查看ＭＡＰ，上面有不少人的反應。看來還有將近三十人的團體，可惜的是他們前進的方向與樓梯相反。

用心電感應向光指示前進方向，但在這一層遇到魔物的機率很高。每次戰鬥，我們都會嘗試各種戰鬥方式。

第一次，等待魔物接近後我使用挑釁吸引狼，趁狼的注意力轉向我時，光、賽拉與盧莉卡三人轉眼間打倒了十三頭狼。

第二次，我們主要以遠距離攻擊戰鬥，我、米亞和克莉絲分別使用魔法打倒牠們。由於數量很多，我們使用了範圍魔法，無法回收魔石以外的素材。

「魔法雖然方便，但不適合回收素材呢。」

「肉消失了……」

對於盧莉卡的話，光傷心地回答。

結果那一天我們沒有推進多少路程，就結束了探索。因為魔物的數量很多，我們不斷反覆地前進與戰鬥。

「不過魔法學園的學生還真厲害……」

「賽風，你最好不要拿他們當作基準。即使其中也有人比我們深入更下方的樓層戰鬥，那只是少數人。」

晚餐時，我聽到了賽風和佛瑞德這樣的對話。

第九層出現了哥布林鬥士、哥布林弓箭手、哥布林法師、哥布林勇士這些魔物，但不是我們的對手。倒不如說因為不需要顧慮素材，能毫不留情地施放魔法。

當然了，不只是魔法戰，我們也聯手戰鬥過。在戰鬥中，賽風他們指點了我們好幾次。

「不過和空你們一起前進，攻略地下城的速度還真快。跟我們以前朝第十層前進時相比，簡直有天壤之別。這一切都是多虧了光呢。」

聽到佛瑞德那番話，希耶爾不知為何在光身旁得意地點點頭。

順帶一提，受到稱讚的光還是態度如常。但她可能是認為無視對方不太好，輕輕點了個頭。

我們在通往第十層的樓梯前完成了登記，然後直接走下樓梯。

因為在頭目房間前有一個不會出現魔物，類似等候室的房間，我們決定在那裡進食。

打倒頭目後有時會掉落寶箱，由於那些寶箱很容易開出稀有道具，據說很多人為了這個目的反覆進行電玩遊戲中所謂的刷怪。實際上，現在似乎也有幾支小隊正在等待。

當有一組人進入頭目房間後，大門在打倒頭目前都不會開啟。唯一的例外是如果進去的人全滅，門則會打開。

「人很多呢，是不是先回去一趟再來比較好？」

「不，在這裡等比較好吧。可能會花一些時間，但這樣的人數還算少的。」

問起在這種混亂的情況下，要如何知道排隊的順序，佛瑞德就告訴我各種事情。好像只要告訴正在等待的人們，表明我們要挑戰頭目房間，周遭的人就會記下來。對佛瑞德來說這裡似乎有好幾個熟人。佛瑞德的人面還真廣啊。

「那麼時間也到了，總之先來吃飯吧？」

聽到我的話，光用力點點頭。差不多到中午了。

我們馬上在空地上開始做料理。

試著生火來確認煙霧會怎麼樣，發現煙霧會被天花板吸收消失的設計在這裡也沒有改變。

「光也要來幫忙嗎？」

「嗯，我要展示米亞姊姊她們教我的成果。」

當我在做料理時，佛瑞德被其他冒險者找過去。

不久之後，佛瑞德回來指著背後說道：

「他們說會付錢，問我們能不能分一些料理給他們。好像有很多人從昨天就開始等待輪到順序了。」

似乎有小隊戰鬥了好幾個小時，他們被迫等了很久。他說這樣還是人數已經減少過後了，我聽完很驚訝。

「空，我們也會幫忙，能不能分料理給他們呢？」

米亞也聽到這件事，問我能不能想想辦法，所以決定也為他們準備料理。

因為賣人情給對方，之後或許會獲得回報。而且與人拉近關係不會吃虧。

「光，接下來只要放調味料完成料理就行了，可以交給妳嗎？」

聽到我的話，光有力地回答：「交給我吧！」因此我把烹飪用具和食材遞給米亞她們，開始做另一道料理。

當料理做好後，我們開始分發。

冒險者們沒有爭吵，各依喜好排隊等待領取料理。他們手中拿著自製的木碗。因為實在沒辦法準備足夠人數的碗盤，我給了木頭，讓他們自己製作。說覺得意外或許不太適合，有不少人手很巧。甚至有人做出特別精雕細琢的木碗來炫耀。

雖然排隊時沒起衝突，他們似乎都在用眼神互相牽制。最受歡迎的是米亞的料理，接著光、克莉絲和盧莉卡的隊伍也排滿了。感覺剩下的人才排在我面前。賽風他們選擇拿起我的料理。

「小光，謝謝妳。」「小姑娘，謝謝。」「我會珍惜地喝的！」「米亞大人，謝謝您。」

他們面帶笑容地接過肉串和湯，在道謝後離開。

會知道我們的名字，似乎是從對話中聽到的。

「料理發完了嗎？」

「嗯，全都發完了。不過我留下了給主人的份。」

當我詢問，光帶著笑容滿足地向我展示空鍋。她好像已經把我的份事先盛到碗裡了。

「那就是青春嗎……如果我也能上魔法學園就好了。」「不可原諒，竟然讓小光對他笑。」「啊，好可愛。」「假如恨意可以殺人……」「我要把這碗湯當做一輩子的回憶……」

背後傳來感覺很危險的話語。還有湯要趁熱喝掉。另外還聽到了——

「我回去以後，要招募會做料理的女冒險者。」「只要小隊裡有充滿魅力的存在，就能努力下去了，嗯。」「熱騰騰的食物沁人心脾……喔。」「我也去讀魔法學園好了。」「佛瑞德那傢伙的小隊好像也加入了女冒險者喔？」「可是她似乎是那邊的冒險者的老婆。」「……沒錯。那傢伙是我們（單身）男人的敵人。」

這樣的說話聲。

我接過光做的料理，馬上準備品嘗。

就在那時——大家正在愉快地用餐的場面中，響起了幾聲呻吟。

有些人聽到聲音後警惕起來，大家目光都看向聲音的來源。

我也看過去，發現有幾名冒險者彎著腰快要往前倒下。仔細一看，他們是剛才從光那裡接過湯的人。

可能是知道自己正受到注目，冒險者們笑著表示沒事，但他們臉龐抽搐，拿碗的手也在微微顫抖。老實說看起來很痛苦。甚至還有人摀著肚子。

有人直盯著那些冒險者。是光，她垂下眉毛，側臉看起來有點傷心。

冒險者們似乎也注意到這一點，他們互相點點頭，一口氣喝完了湯，向她展示空碗。

光看到以後似乎有點開心，露出害羞的表情。

她一定是為他們吃光了自己做的料理而開心吧。

我也一樣，如果別人把料理吃得乾乾淨淨，我就會很開心，覺得做料理很值得。

不過那似乎就是極限。把湯喝光的人接二連三地倒下。

現場一片騷動，米亞看到情況後連忙跑過來。

確認了他們的狀況，不知想到什麼，詠唱了恢復魔法。

記得恢復魔法應該沒有治療感冒之類的疾病的效果……這麼想時，接受了恢復魔法的冒險者在我眼前起身了。而且動作快得讓旁觀的我們都感到驚訝。

米亞鬆了一口氣，一一對其他痛苦的冒險者們施放恢復魔法。

我突然感到疑問，鑑定了其中一名倒下的人，結果不禁看了第二眼。如果我沒戴面具，一定會揉揉眼睛吧。

當所有冒險者都在驚訝的我面前治療完畢後，這次大家的目光投注在我身上。正確來說，是投注在我手中的碗上。

大家也都發覺倒下的冒險者們的共同之處了吧。

瞥了光一眼，她不安地仰頭看著我。

我吞了吞口水，喝下湯。在視野一角看見米亞慌張的身影，但已經太遲了。她一定是想要阻止我吧。

關於湯的味道……我不覺得特別難喝。雖然感覺有點苦，不過要說味道，反倒是保存食品更糟糕。

我大口地喝完湯後，大家發出驚呼。

接受治療的冒險者們看著若無其事的我，露出不敢相信的表情。

「你、你沒事嗎？」

「嗯，沒什麼問題。只是味道有點苦。」

我對趕過來的米亞點點頭。

聽到那句話的冒險者們似乎得出結論，認為只是倒下的冒險者們反應太過誇張，便開始繼續進食。

「欸，空。難道那鍋湯是小光一個人做的？」

「嗯？只有最後由她調味。一開始我們一起烹煮，但佛瑞德找我過去，所以從半途開始是光做了。」

當盧莉卡悄悄地問我，我這樣回答她。

「呃，那個。教小光做菜的時候，她很聽話，理解的速度也很快。可是該怎麼說才好呢……她可能是喜歡創作？只要一不注意，她好像就會挑戰各種做法。」

總而言之，她會混合各種調味料來製作創意料理。

我心想原來如此，另外也產生了疑問。準備的調味料雖然有我自己調配的東西，但所有材料全都是在商店購買。就算混合了好幾種，也應該絕無會引起「異常狀態：中毒」事實的因素。

沒錯，剛才鑑定過的冒險者們，狀態變成了「中毒：輕微」。雖然在另一個世界也有「危

險！請勿混合！」這種說法，但應該不是指食物才對。

順道一提，我會沒事，大概是多虧了異常狀態抗性的效果。

「所以，我認為最好別讓小光單獨做料理。希望你告訴她，如果要做料理的時候，一定要找賽拉以外的人一起做。」

盧莉卡會這樣對我強調，似乎和賽拉身為奴隸時經歷的艱苦生活有關。

特別是在帝國時，她甚至得不到正常的食物供應，處在只要有東西可吃就很幸福的環境中。

在豪拉奴隸商會的時候，食物也是更注重營養而非口味，使她變得不在乎味道。當然了，她能感受到好吃的東西是美味的。

不過即使如此，在豪拉奴隸商會的待遇似乎還是比其他奴隸商更好。

實際上，我在去過的奴隸商會中看過許多可能是沒有提供足夠的食物而身體瘦弱的奴隸，但是豪拉奴隸商會的奴隸們沒有這種情況。雖然他們大概是盤算這樣奴隸外表會比較好看，更容易有人購買吧。

的確像盧莉卡擔心的一樣，我也認為讓光獨自做料理很危險。因為她有可能會製造出毒物。

「光，做料理的時候要找我，或是……米亞、盧莉卡或克莉絲喔。大家一定會教妳各式各樣的菜色。」

「……包含培根和咖哩的做法嗎？」

「嗯，那是當然。」

「嗯，我知道了。」

培根的製作難度不高，但是咖哩沒問題嗎？如果我能準備好只需要放咖哩塊的半成品，就可以輕鬆地做出來嗎？總之以後和光一起烹飪時，要注意調查是什麼原因導致發生那種情況。

在那之後沒有發生什麼大問題，我們一邊聊著各種話題，一邊等待輪到我們。

可能是因為提供了食物，總覺得我們和冒險者們變親近了。當他們知道三人是我的奴隸時，有些人覺得很羨慕，有些人用尊敬的眼神看著我。

我決定在睡前確認狀態值。

姓名「藤宮空」　職業「探子」　種族「異世界人」　無等級
HP460／460　MP460／460　SP460／460（＋100）
力量……450（＋0）　體力……450（＋0）　速度……450（＋100）
魔力……450（＋0）　敏捷……450（＋0）　幸運……450（＋100）

技能「漫步Lv45」
效果「不管走多少路也不會累（每走一步就會獲得1點經驗值）」
經驗值計數器　204830／850000
技能點數　3

已習得技能

【鑑定ＬｖＭＡＸ】【阻礙鑑定Ｌｖ４】【身體強化ＬｖＭＡＸ】【魔力操作ＬｖＭＡＸ】【生活魔法ＬｖＭＡＸ】【察覺氣息ＬｖＭＡＸ】【劍術ＬｖＭＡＸ】【空間魔法ＬｖＭＡＸ】【平行思考Ｌｖ９】【提升自然回復ＬｖＭＡＸ】【遮蔽氣息ＬｖＭＡＸ】【鍊金術ＬｖＭＡＸ】【烹飪ＬｖＭＡＸ】【投擲・射擊Ｌｖ８】【火魔法ＬｖＭＡＸ】【水魔法Ｌｖ８】【心電感應Ｌｖ９】【夜視ＬｖＭＡＸ】【劍技Ｌｖ５】【異常狀態抗性Ｌｖ６】【土魔法ＬｖＭＡＸ】【風魔法Ｌｖ８】【偽裝Ｌｖ７】【土木・建築Ｌｖ８】【盾牌術Ｌｖ６】【挑釁Ｌｖ７】【陷阱Ｌｖ３】

高階技能

【人物鑑定Ｌｖ９】【察覺魔力Ｌｖ８】【賦予術Ｌｖ８】【創造Ｌｖ４】

契約技能

【神聖魔法Ｌｖ５】

稱號

【與精靈締結契約之人】

我猶豫過要不要為了頭目戰換成適合戰鬥的職業，但從第十一層開始會有陷阱，所以決定保持探子不變動。

此外，漫步技能的等級升了一級，有些已習得的技能等級也升到上限。最令我高興的是，神聖魔法的等級升了一級吧。即使神聖魔法好像還是只能使用治療，但這是因為我和希耶爾締結契約而學會的關係嗎？

順道一提這次的食物事件，讓米亞增加了新的親衛隊員，而我好像被取了「鐵胃男」、「怪食面具」這些不名譽的綽號。

◇◇◇

「空你們的目標是前往地下城的下方樓層吧？那麼這次的頭目，你們要試著單獨戰鬥嗎？我認為這會是個好經驗。」

「喂，賽風，那樣……」

在吃完早餐，做了些類似準備運動的活動後，在探索地下城時與我沒說過幾句話的賽風向我開口。

佛瑞德連忙阻止，但賽風用手勢制止了他，目光直視著我。

聽到那番話，我認真地思考著。

記得如果考慮到往後，假如我們能獨自攻略第十層的頭目房間，或許能夠建立自信。

而且愈往下走，出現的魔物就會愈強。儘管是頭目，若在上方樓層就苦戰，那就不用談了。

「當然了，如果發生問題，我們會立刻支援。怎麼樣？」

「……知道了。我可以跟大家討論一下戰鬥方式嗎？」

聽到賽風的話，我下定決心回答。

之後大家一起安排好作戰計畫並告訴佛瑞德他們後，我們終於來到頭目房間前。昨天等著輪流打頭目的冒險者已經離開。

那扇門非常巨大，高度輕鬆超過五公尺，寬度寬到即使十人並排也還有空間。

記得只要小隊中的某個人觸摸門中央的突起物，門就會產生反應並打開五分鐘，只有同小隊的成員能夠進入。這個判定似乎與地下城卡有關，但詳細情報尚未分析出來。

我注意不碰到突起物，輕輕敲了敲門。

我認為材質是金屬，但就算使用鑑定，也和地下城的牆壁一樣都只顯示為不明。

「空，那差不多該進去了吧。」

當我在佛瑞德催促下正要觸摸突起物時，上面類似浮雕的東西忽然映入眼中。

門的邊緣裝飾著雕刻，突起物的正中央保持光滑。因此浮雕才會映入眼中，然而我當時正在使用鑑定技能，因此在看到那塊浮雕的瞬間，文字顯示了出來。

【☆哥布林國王　1・哥布林勇士　3・哥布林法師　5・哥布林弓箭手　5・哥布林鬥士　20】

那是魔物的名字，還有數字。

「空，發生什麼事了嗎？」

我突然停止動作，克莉絲擔心地看過來。

「不，沒什麼。那麼我們走吧。」

如果這代表目前在頭目房間內的魔物以及其數量……

不，要先做確認。提供不確定的情報很危險。而且我們已經知道會出現什麼魔物，也討論了戰鬥方式。嗯，雖然非常簡單，不知道是否能稱為作戰計畫。

當我碰觸突起物，門緩緩地從內側打開。

由於門原先的位置像霧面玻璃一樣看不到前方，無法確認房間內的情況。和樓層與樓層之間的分界線相同。只要踏出一步跨越分界線，就能看見前方。

不過頭目房間的不同之處，是一旦進入後，在打倒頭目……在這裡是哥布林國王之前，都不能出去。

我警惕地走進去確認周遭情況。正如資料上記載的，附近沒有魔物的身影。

「首先需要從尋找位於這個領域內某處的頭目開始著手。」

我聽著佛瑞德說話，打開ＭＡＰ使用察覺氣息確認魔物位於何處。

ＭＡＰ本身即使不放大範圍也可以映出所有地方，從一角到另一角的直線距離大約是三公里左右吧？

但是不知為何，ＭＡＰ上顯示了小隊成員，卻沒有顯示魔物。就算使用察覺魔力技能，這一點也沒有改變。

在頭目房間裡顯示功能不起作用嗎？環顧周遭，只看到廣闊的草原，沒有魔物的蹤影。只聽得見風吹過時花草搖曳的聲音。

雖然視野良好，但地形應該也有高低起伏，可能看不到所有地方。

若MAP功能無法掌握魔物的位置，那只能用目視確認了。從現在的位置無法以目視確認，代表魔物可能在遠離這裡的地方。

「首先來找出魔物在哪裡吧。」

正當我們確認周遭的安全準備行動時，察覺氣息突然感應到新的反應。同時，MAP上也出現了新的顯示。

「主人，我從那邊感覺到什麼。」

光指出的方向的確有魔物的反應。

從這一連串的情況來看，頭目房間的魔物是在我們進入一段時間後才會出現嗎？

之後我們走向魔物所在的方向，大約在十分鐘後確認牠們的身影。

我看到了一群正往這裡跑來的哥布林，數量總共有三十四隻。

「既然牠們正朝我們過來，在這裡等著迎戰吧。」

光和盧莉卡朝左右散開，我和賽拉站在中央。克莉絲和米亞站在我們後面。

我舉起盾牌為魔法做準備，光她們也準備好投擲用的小刀和手斧，那些武器都賦予過魔法。

然後我們盯著衝過來的哥布林群體，靜靜等待牠們進入射程內。

「我上了。」

本來在準備魔法的克莉絲舉起法杖，朝著哥布林群體揮下去。

法杖前端放出火焰，成為了戰鬥開始的信號。

◇賽風視角・1

進入頭目房間一段時間後，空他們展開行動。

我瞥了一眼小隊成員奧爾嘉，他點點頭回應。那是表示他們正確地朝著魔物所在方向前進的信號。

回頭看了看背後，我們進來時通過的門已然消失，那裡只有一面牆。

在之前的地下城探索中，我已經知道他們偵察魔物的能力很強。光這名少女和盧莉卡的能力無庸置疑。畢竟連我們的斥候奧爾嘉都認同了。

問題在於他們會如何與這裡的頭目戰鬥。我調查過，會出現的是哥布林國王。

雖然他們在第八層、第九層的團體戰中表現精采，但高階種族是特殊的。儘管從佛瑞德那裡聽過他們與影狼戰鬥時的活躍表現，我還沒完全相信。因為故事總是會加油添醋地傳播開來。

然而目睹了他們在我眼前與哥布林國王展開的戰鬥，這些疑慮完全消失了。

戰鬥從克莉絲的魔法火焰風暴開始。

魔法在帶頭奔跑的哥布林鬥士頭上炸裂，火焰在轉眼間擴散，吞噬了那些哥布林。我看出那股威力比優諾的魔法更強，效果範圍也更廣。

遠離魔法發動地點的哥布林得以逃脫，但接著響起連續的爆炸聲和哥布林們的慘叫。

我看到空也同樣施放了火焰風暴，光、盧莉卡、賽拉三人接連投擲小刀和手斧。會感到驚訝是因為她們擲出的武器爆炸了。

從戰鬥開始後才經過了短短幾分鐘，哥布林群體已經只剩下哥布林國王，其他都全滅了。

我不禁看向金他們，那些傢伙似乎也一樣很驚訝。不，正常來說都會很驚訝吧。小刀和手斧爆炸了耶？如果那種武器丟向這裡，我們也很難防禦。

空吸引了剩下的哥布林國王，擔任前鋒的三人發動攻擊，另外兩人用攻擊魔法分散牠的注意力，並用輔助魔法支援。那大概是神聖魔法。聽說米亞對戰鬥並不熟悉，但我認為她的神聖魔法實力在我所知的人當中也名列前矛。

其中最引人注目的還是空的動作。他用盾牌擋下哥布林國王的一擊，儘管是哥布林種族，也是高階種。那一擊的力道絕不算輕。然而他沒有被擊飛，完全接下了攻擊。那背影甚至有點蓋茲的影子，感覺很可靠。

還有盧莉卡的動作。我在王國時和她對練過幾次，但她的動作已和當時完全不同。每一擊都更加犀利，動作也很俐落。巧妙地操控雙劍，繞到哥布林國王的死角持續攻擊。

儘管有空吸引注意力，她能夠如此精準地攻擊，是實力有所進步的證明。雖然似乎因為武器的性能無法給予致命傷，但如果她得到了祕銀之劍一類的武器，我認為她一個人也足以討伐哥布林國王。

結果戰鬥以空他們輕鬆獲勝而告終。

最後，賽拉給了動作變遲鈍的哥布林國王致命一擊了結牠。不愧是獸人，非常強而有力，那一擊連以旁觀的角度來看也十分精湛。

本來做好了以防萬一的準備，但沒有那個必要。

看著打倒哥布林國王的六人聚在一起愉快地交談，我思考著接下來要怎麼做。

◇◇◇

「啊，那個該不會是寶箱？」

戰鬥結束，在我們喘口氣以後，盧莉卡過來發問。

在盧莉卡指向的地方確實有一個寶箱。

「總之先從打倒的魔物身上回收魔石和……當作討伐證明的部位吧。」

儘管討伐紀錄也會記錄在地下城卡上，不需要這麼做，但這也算是練習吧？雖然大部分的哥布林都被火燒或是爆炸炸得灰飛煙滅，是連魔石也無法回收的狀態。

回收了哥布林國王和其他幾隻魔物的魔石後，終於到了期待的查看寶物時間。

我進行鑑定，確認寶箱沒有陷阱。

光很期待打開寶箱，但這次好像把機會讓給了盧莉卡。因為當光興奮地談論寶箱時，盧莉卡也很感興趣地聽著。盧莉卡似乎對是否真的可以由自己打開感到不安，在打開寶箱前向光確認了好幾次。

集所有人的目光於一身，盧莉卡打開寶箱的蓋子。關注的人之中也有佛瑞德和賽風的身影，希耶爾可能也很感興趣，從盧莉卡的肩膀附近探頭看向寶箱裡面。

裡面裝著兩個以寶箱大小來說算是小袋子的道具。那是我經常稱作道具袋的東西。

在一般大眾看來，魔法袋和道具袋收納道具的功能是相同的，稱呼方式的差異取決於是否具備防止存放的道具變質的效果。順便一提，具有防止變質功能的稱作魔法袋。

「如果這個是魔法袋或道具袋，那就開到好東西了……總之最好先拿去公會確認功能。我想他們有用來確認的魔道具。」

我已經知道答案，但決定保持沉默。知道我會鑑定技能的米亞看過來，不過我做了一個食指抵在嘴唇上要她安靜的動作回應。

然後因為佛瑞德和賽風——

「這次我們只有在旁邊觀看。那些寶物是屬於你們的。」

說了這種話——

「不，應該要公平分配。我們有機會可以六個人單獨戰鬥非常好，而且知道有能力與頭目戰鬥，讓我們獲得了自信。」

所以我回答道。

若佛瑞德他們沒有跟頭目戰鬥的實力那另當別論，但他們有足夠的能力與哥布林國王交戰，這次是為了讓我們累積經驗而特地把機會讓給了我們。

「那麼打倒頭目是很好，不過要從哪裡出去呢？」

當賽風問佛瑞德的時候，「那個」簡直像在等待這句話般突然出現了。

在空中浮現框線，緩緩地形成輪廓。最後「那個」化為一塊板子，從我們這邊看去的正面有像是突起物的東西。

「碰觸那個突起物，中央就會裂開像門一樣打開。這東西在打倒頭目前不會出現。」

當佛瑞德碰觸突起物，板子正如他所說的從中央裂開並逐漸打開。

我們通過那裡來到一個小房間，在樓梯前果然有登記台。

「總之在這裡完成登記後，先回地面上一趟吧。大家應該都累了吧？」

我們依照佛瑞德的話，選擇離開地下城。

從地下城入口所在的小島回到公會後，冒險者組前往櫃檯更新討伐紀錄，接著大家一起走到收購櫃檯。

佛瑞德在那裡與職員交談後，我們被帶到隔間，在那裡委託職員鑑定兩個袋子。又被帶到倉庫繳納魔物。如果只是魔石或素材，可以在收購櫃檯就處理完畢，但我們還帶著未解體的魔物。

一開始職員不肯相信，當我從道具袋裡拿出好幾頭狼後，他們終於理解了。

「那麼回到大家等候的房間去吧。道具應該快鑑定完了。」

當我和佛瑞德一起回去時，佛瑞德的同伴艾德爾和賽風情緒有點興奮。

理由是已經知道經過鑑定的道具是魔法袋和道具袋。

雖然對於要如何處理這些道具引起了激烈的討論，最後大家決定把魔法袋拿去拍賣，道具袋則由佛瑞德他們買下。

由於兩者的性能都不算太高，價格不會太昂貴，但魔法袋因為其稀有價值，在拍賣會上的起拍價會從十枚白金幣開始。

對我來說，十枚白金幣已是足夠昂貴的商品，不過以魔法袋而言似乎算是便宜的範圍。

「那麼空，明天中午去諾曼他們家就可以了嗎？」

「嗯，我們計劃要舉辦肉食節，有空就來參加吧。」

當我邀請佛瑞德來參加明天的肉食節——

「那賽風先生，明天上午可以請你撥出一些時間嗎？」

一旁的盧莉卡對著賽風開口。

這是盧莉卡為了讓我告訴賽風他們我還活著而做的安排。

於是明天與賽風他們的會面就先定了下來，我不由自主地開始緊張起來。

突然想到克莉絲告訴我她是尖耳妖精的時候，或許也有這種感覺。

◇◇◇

「空，你還是再冷靜一點比較好喔？」

我現在非常緊張。無緣無故地在房間裡走來走去，反覆地做深呼吸。

現在家中只有我、米亞和光三個人。

伊蘿哈和愛爾莎他們前往諾曼他們那裡準備肉食節，盧莉卡她們則去接賽風了。

我按照米亞的話坐下來，因為覺得口渴，從道具箱裡拿出果實水來喝。經過冰鎮的果實水沁入發熱的身體。

喝了以後才發現這是用諾布爾之果做的果實水。難怪在口腔裡擴散的甘甜和風味那麼美味。

當我呼出一口氣，袖子被拉扯了一下。

「只有主人喝，太奸詐了。我想喝。」

光一如往常的反應，讓我發出苦笑。

不過多虧這樣也感覺自己漸漸冷靜下來。啊，米亞也要吧。

當我們聊著天等待時，希耶爾飛進家中。

我看到後感覺心跳再度開始加速，但比起剛才來得冷靜。

在等待中，盧莉卡帶著賽風他們走進來。

大家打過招呼入坐之後，米亞迅速地端來飲料。

我看著道謝的賽風他們，輕輕地呼出一口氣。

「你沒事吧？」

克莉絲小聲地詢問，我點點頭，因為已經做好覺悟。

「那麼，盧莉卡叫我們過來，今天有什麼事嗎？」

「是我有事情想告訴賽風你們，拜託盧莉卡這麼做的。首先……對不起。」

面對我突然的道歉，賽風他們感到困惑。這也難怪。

接著將顫抖的手伸向面具。即使應該已做好覺悟，還是會緊張。

但如果現在停手，事情一定會變得一團亂，所以我抓住面具，直接順勢摘下來。

聽到對面的賽風他們倒抽一口氣的聲音，還有椅子倒下的聲響。

下一瞬間我的視野被擋住，溫暖柔軟的事物包住我的臉頰。

「妳、妳在做什麼？」

克莉絲慌亂的聲音傳入耳中，她的手將我解救出來。儘管是被解救出來，我剛才並沒有感到痛苦。

知道了那柔軟的事物是什麼，我差點露出笑容，還是拚命地維持撲克臉。有維持住嗎？

「對不起……沒想到你還活著。」

優諾眼中閃爍著淚光。

克莉絲聽到那句話後，也臉蛋通紅地回到座位上。

「真是的……不過你真的是空嗎？」

「是的。」

「這樣嗎，你平安無事啊。但是，你至今都怎麼了？我們從公會聽說你已經死了……」

我隱瞞了自己是異世界人的事情，按照事先想好的說法，告訴他們我為了逃離王國而詐死，在敘述中混合了真相與一部分編造的內容。

「為什麼王國的人會盯上你？」

感覺那句話微微帶刺。

「……我認為是因為技能的關係。例如像這個……」

我從半空中接連拿出道具和料理。

「唔！這是空間魔法？」

「另外還有鑑定和鍊金術等等……我能夠使用幾種技能。因此受到各種組織的邀請，但是那些邀請愈來愈過分，讓我感到有生命危險。實際上，曾有好幾次面臨險境。」

「原來如此，那邊的傢伙有可能這麼做呢。」

我從賽風此時的話語中，感受到他對王國的厭惡感。

難不成賽風他們也有過同樣的遭遇嗎？

「然後我聽盧莉卡她們提起在瑪西亞遇見你們的事情……就想向你們道歉。」

「這樣啊。不過，知道你還活著太好了。當我告訴她們你的死訊時，她們非常悲傷。我後來還被優諾罵了喔？她說我應該多加考慮以後再開口。」

也許是聽到了我不安的話語，賽風以要將不安吹散的氣勢豪邁地笑著回應。

那份體貼讓我非常高興。啊，這個人，這群人都沒有變呢。不只是賽風，我看著蓋茲和優諾他們的表情這麼想。

「還有我從盧莉卡那邊聽說了，你們的目標是前往地下城的下方樓層吧。如果需要我們的力量，隨時說一聲。我們可是舊識……會盡力幫忙的。另外，叫我賽風就行了，說話方式也用普通口氣就好。如果突然改變，佛瑞德他們應該也會覺得奇怪。」

接著我們聊起分別之後的各種經歷，等時間一到就一起前往舉辦肉食節的會場——諾曼他們的家。

不只佛瑞德他們，也許是從伊蘿哈那邊聽說消息的蕾拉她們，也來參加在諾曼他們住處的院子裡舉辦的肉食節。

因為蕾拉帶來了以前帶光她們去過的甜點店的蛋糕，孩子們……特別是女孩們非常高興。相反的，男孩們更喜歡咖哩。

希耶爾也偷偷地參加，就像要補回在地下城裡少吃的東西一樣，發揮了不比大胃王選手遜色的驚人食慾。我都不記得希耶爾到底吃掉了她身體幾倍分量的肉。

大家共度的快樂時光過得飛快，諾曼他們向我道謝了好幾次。

我也玩得很開心，而且加上向賽風他們坦白了身分，感覺好久沒有這樣放鬆休息過了。

閒話・2

「公會會長，以上就是今天的報告。」

我一邊聽部下的報告，一邊確認情況。

有一段時間情況糟糕的討伐數量，似乎由於來自普雷克斯的冒險者湧入而漸漸增加。

那些人還在淺層樓層活動，所以影響可能微乎其微，但其中也有高階級的冒險者，看來值得期待。

不過為什麼人會從普雷克斯湧入，明確的原因並不清楚。詢問過普雷克斯的冒險者公會，但他們不知為何沒有明確的回答。希望不是發生了什麼麻煩……

對於冒險者來說，大幅變更活動地點是一件大事。特別是在瑪喬利卡這裡和普雷克斯，地下城內的結構截然不同。

「想這些也無濟於事。現在就坦率地對增加了探索地下城的人手而高興吧。」

因為這對我們來說是有利的好事。

「打擾了。有訪客來拜訪公會會長，請問該如何處理？」

我今天並無預約的訪客，又出了什麼問題嗎？

由於地下城活性化，已有為數不少的問題報告。

地下城第五層頭目房間化了！像這樣的大問題很少，但有幾個小問題陸續報告上來。

不過考慮到有人直接來找我，問題或許很嚴重。這麼一想就感到頭痛。

「我知道了。請他進來。」

看了職員帶來的訪客一眼，差點忍不住發出驚呼聲。在這十天內，我或許已經驚訝了一整年的份。

「辛苦了。接下來我會聽他的來意，你退下吧。」

如果我的聲音沒有顫抖就好，沒問題吧？

我在職員離開後站起身，走到那位大人面前跪下。

「伊格尼斯大人，好久不見。」

伊格尼斯大人對我的態度露出苦笑，要我站起來。

不太喜歡人類城鎮的伊格尼斯大人居然特地使用化人之術來到城鎮中，老實說很驚訝。

「那麼您今天……是為了異世界的事？為了聖女的事？還是為了高等尖耳妖精大人的事？」

我邊說邊回想起在公會見過的黑髮少年等人。

第一次看到那兩人時，不禁使用技能再次確認我有沒有看錯。

我可以使用類似鑑定的技能。雖然只限用在人物身上，相對的效果強大，即使對方配戴妨礙鑑定的物品，依然能看見情報。

他們名叫空和米亞，穿著學園的制服，但我從後來的調查得知，他們並非正式的學生。

我先報告了所看到的事情。因為關於聖女已死的消息，是來自福力倫聖王國冒險者公會的情報，我也已經耳聞了。

在幾天後的某一天，發生了比上一次更令我驚訝的事情。

高等尖耳妖精——儘管聽過他們的存在，沒想到會有親眼看到的一天。她的名字叫克莉絲。

這也是透過後來的調查得知的，她與空的奴隸之一，獸人賽拉是童年玩伴。

我也報告了這件事。他們似乎會暫時在地下城進行探索，這一點也一併報告了。

「包含這些事情在內，我是過來確認的。打算在這個城鎮短暫停留一陣子。」

那句話也讓我感到驚訝。

「有什麼我能幫忙的嗎？」

「這個嘛……」

伊格尼斯大人問起了空、米亞與克莉絲三人現在的狀況以及所在的地方。

我告訴他，空他們正為了探索地下城進入地下城，臨時入學瑪基亞斯魔法學園，以及現在的住處等情報。

接下來，我們閒聊了一會兒，也談到瑪喬利卡現在的情況。

「關於從普雷克斯湧入的人，看樣子王國為了利用地下城而存了鉅款。」

伊格尼斯大人在離去時，告訴我普雷克斯目前的狀況。

聽到那番話開始感到頭痛。

那邊的領主貪婪又頑固，以自己的利益為優先。情報沒有傳來這邊，可能是他給了公會職員封口費。公會本來是不受國家干涉的組織，但是不論何處都會有人屈服於誘惑。因為公會職員的工作雖然穩定，卻並非高薪的工作。

我向伊格尼斯大人道謝，問了他的下榻地點後，繼續回去處理業務。

第3章

從地下城回來後經過了一週。

去地下城很重要，讓身體休息也同樣重要。難得有機會去學園上學，希望光她們能稍微體驗那裡的氣氛。畢竟大家都各自過著艱難的人生。另外還希望她們好好學習解除陷阱的方法。

我只去了學園一天，其他的日子都在地下城中度過。

去學園的時候，也去聽關於陷阱的課程，不過可能是多虧了技能，我似乎可以輕鬆地解除陷阱，所以想一邊走路賺取漫步技能的經驗值，一邊收集素材。

因為商業公會對諾布爾之果有興趣，我以為有人會在那裡採集，但是查看MAP時沒有看到多少人。這肯定是神要我採集諾布爾之果的旨意。因為原本的庫存在肉食節時幾乎都用光了。

「不過還結了真多果實呢。記得這一帶應該是上次來的時候採集的地方。」

上次來這裡大約是在兩週前，但是從景色來看，地形應該沒有發生變遷。

然而不只是諾布爾之果，之前採集過的藥草也重新長出來了。如果有時間，我想調查這些植物的重生周期，然而沒有這方面的調查紀錄。

之後我從地下城返回家中，聽光她們談論在學園的事情。

「主人，今天我和賽拉姊姊與盧莉卡姊姊一起戰鬥了。」

「大家都精疲力盡地累倒了。小光很嚴格呢。」
「不，賽拉平常也是那種感覺喔。」
光和賽拉愉快地交談著，盧莉卡則一臉傻眼地糾正內容。
今天似乎在上冒險者學程時進行了模擬戰鬥，有許多學生參加，以個人戰和團體賽形式戰鬥好幾次。聽說最近參加者正在增加。
克莉絲被約兒抓去討論魔法，而米亞似乎與特麗莎一起參加神聖魔法的研究會。
「對陷阱的學習進行得怎麼樣了？」
「萬無一失。交給我們。」
光和盧莉卡充滿自信地點點頭。
「啊，還有空拜託我的計畫表，已經交出去了。」
「那麼我們就按照計畫明天做準備，在後天出發吧。」
當我聽到米亞的話，這麼回答——
「我們這樣是沒問題，可是空不休息沒關係嗎？」
因為克莉絲擔心地詢問，我回答沒有問題。
後來我們談論著在地下城中採集到的東西，佛瑞德和賽風他們登門來訪。
他們在肉食節時說過會在休息兩、三天以後再去地下城，所以是回來了嗎？我覺得他們看起來神情有點疲憊，總之先讓他們進來。
「那麼今天有什麼事嗎？魔法袋賣出去了嗎？」

我不記得我們有什麼約定，能想到的只有這個原因，但一問之下並不是。

順帶一提，現在這個類似客廳的地方裡，有我、佛瑞德以及五名哥布林的嘆息成員。光她們有的在準備食物，有的在整備裝備。嗯，因為體格高大的男人很多，所有人都進入房間就會很擁擠呢。

「其實，有事要說的不是我，而是賽風他們。喂，說吧。」

佛瑞德用手肘頂了頂賽風，賽風一臉抱歉地搔搔腦袋開始說道：

「說來很丟臉，我們沒有地方可住了。所以找佛瑞德商量，他建議我來找你談談看……」

賽風他們的經濟狀況並非身無分文。

只是受到人潮從普雷克斯湧入的影響，現在變得難以找到旅館，即使有空房，也都是價格昂貴的房間。

「空，能想想辦法嗎？」

克莉絲剛好在幫忙愛爾莎他們，聽到我們的談話後問我。她的眼神訴說著想要幫忙。還是那麼心地善良。

我在王國時受過他們照顧，也想出力相助，但這個家已經沒有空房間。諾曼他們的家還有空房間，就讓他們住在那裡吧？

「這個家沒辦法容納更多人了，諾曼他們那裡還有空房間，我想那邊應該沒問題。不過做為在那裡住宿的條件，希望你們不去地下城的時候，教導諾曼……孩子們各種事情。」

這和光之前對佛瑞德他們提出的請求差不多。

佛瑞德似乎也明白我想說什麼，以過來人的身分向賽風他們說明。

之後我去了諾曼他們的家做確認，看看有沒有問題，最終賽風一行人決定與諾曼他們同住。雖然有些孩子有點緊張，幸好在肉食節上有過交流，孩子們似乎接納了他們。

「空，你今天真是幫了大忙。」

佛瑞德看著被帶往房間的賽風他們對我說道。

「……嗯，畢竟我們有一起探索過地下城的交情。而且聽說親切待人，善行將會回報到自己身上。」

賽風他們求助時的尷尬，可能是因為不想在我們面前露出無助的一面。他們一定是不想破壞可靠的前輩冒險者的形象吧。

我覺得不用在意那種事情，直接找我幫忙就行了。真是見外。

「那是什麼啊？你還是老樣子，是個難以捉摸的傢伙呢……對了，空，你們準備要去地下城了嗎？」

我對佛瑞德的話點點頭。

「欸，這次我們也可以同行嗎？我也到達了第二十層，我想可以給你們一些建議。」

有人帶路很有幫助，如果魔物的等級基本上是我們能打倒的程度，由於ＭＡＰ很優秀，可能並不需要嚮導……

不過還有陷阱的問題，與他們同行也不是壞事。因為倘若人手多就可以分擔守夜等工作，很有幫助。

而且現在我們之間的隔閡已經消除，我也很高興能和賽風他們一起前往。

「我們計劃在後天出發，但佛瑞德你們才剛回來吧？需要調整出發日期嗎？」

這麼一來就需要向學園報告，更改出發日期。

「不，沒有問題。那麼我回去告訴賽風他們。那就拜託了。」

於是我們下一次探索也決定要和佛瑞德與賽風他們一起去地下城。

◇◇◇

「那麼請多關照啊。」

在公會和佛瑞德他們會合後，我們直接傳送到第十一層。

第十一層是完全不會出現魔物的樓層，阻礙探索者前進的只有陷阱。往後的樓層不僅有魔物，還會出現陷阱，難度會大幅提升。順帶一提，特殊場地和頭目樓層沒有陷阱。

我先開啟ＭＡＰ並使用察覺氣息技能，發現為數不少的人類反應。聽說許多人會在這裡練習解除陷阱，可能就是那些人。因為這裡比起有魔物出沒的地方來得安全。

我在學園學習了發現和解除陷阱的方法。重點在於仔細觀察，找出不協調的地方……嗯，看不出來。不過光和盧莉卡似乎看得出來。我會做的只有解除陷阱，但不知道陷阱位置在哪裡。

「主人，這裡有陷阱。」

「空，那邊很危險喔。」

她們提醒我。

看著兩人解除陷阱，突然感覺到微弱的魔力流動。

這難道是？

使用察覺魔力技能，MAP上顯示了新的反應。有些位置與人重疊，不久之後，反應一個又一個消失了。

「空，怎麼了？又有什麼發現嗎？」

米亞悄悄地問我，我點點頭，透過心電感應告訴她我以察覺魔力技能查出陷阱的位置，她露出一副彷彿想說：「又來了～」的無言表情。

不，這是多虧技能的效果，不是我做了什麼事喔？

接下來在第十一層，我們主要都在解除陷阱，但最後基本上是由我、光和盧莉卡三人來做解除陷阱的工作。

順帶一提，我被選中是因為鑑定陷阱後，就可以知道解除的方法，這或許跟學到的陷阱技能有關。

賽風他們的小隊也是由金和奧爾嘉負責陷阱，其他人不處理這方面的事情。

熟悉陷阱後，我們開始正式朝下一層前進。

由於賽風他們已經走遍這一層，因此由我們的小隊帶頭，依照慣例，用最短的距離朝下一層前進。這麼做似乎是為了讓我們經驗不足的人走在前面，藉此練習發現和解除陷阱。

「光果然非常幸運嗎？她有找樓梯的才能嗎？」

當佛瑞德驚訝地問——

「欸，你們該不會知道樓梯的位置？」

一旁的賽風這麼問我。

「這是多虧了技能。」

我用只有賽風聽得見的音量小聲地回答。

因此在第十二層也決定由光和盧莉卡帶頭前進。

從這裡開始，出現了許多不認識的魔物。在第十二層以後，我曾交戰過的魔物……只有歐克和虎狼吧？

第十二層出現的魔物是史萊姆，物理攻擊難以生效。如果運氣不好，牠的酸液攻擊會損壞武器和防具，所以我們用遠距離的魔法攻擊打倒史萊姆。克莉絲、優諾、艾德爾和我負責施法。

第十三層則是狗頭人。那種魔物長著類似狗的頭部以雙足行走，襲擊了我們。

牠們主要使用利爪和啃咬攻擊，像人類戰士一樣裝備防具。

雖然我們的武器攻擊範圍較大，看似有優勢，但牠們會用防具抵擋攻擊，一旦被拉近距離近身攻擊，我們反倒會面臨危機。而且牠們速度也很快，在適應前好像會覺得很棘手。不過在我們之中沒有人陷入苦戰。

第十四層的魔物是大哥布林。似乎是哥布林的亞種，也有人說那是哥布林進化後的型態，但其生態成謎。

與哥布林大約和小孩相當的身高相比，大哥布林和成人差不多高，肌肉也很發達。盧莉卡說牠們的攻擊沉重，如果被打個正著，手會震得發麻，但我沒有這種感覺。這是多虧了狀態值嗎？光巧妙地避開攻擊不正面接招，在戰鬥中戲耍敵人。

如果照這樣順利前進，應該明天就能攻略第十四層吧。

「接下來終於要到第十五層了嗎？資料中記載那裡是礦山場地，實際上是什麼樣子呢？」

我一邊準備宿營，一邊詢問唯一去過那裡的佛瑞德他們三人。

「那個地方難以說明呢。有很多類似溪谷的路徑……感覺像是走在斷崖絕壁之間的窄路上，反覆地進入不時出現的寬闊空間尋找樓梯。從那些石壁上似乎可以採到礦石和水晶，但因為會造成負擔，沒有人會特地採掘。另外聽說假如試圖採掘礦石，發出的聲音會吸引岩石鳥聚集過來，非常麻煩。」

而且不知是什麼原理，只要帶著在這裡採掘的礦石，就會受到岩石鳥群執拗的追逐。

不過有方法可以避免這個問題，只要把礦石用空間魔法的收納魔法收起來或是裝進魔法袋中就行了。但據說也有紀錄指出，放在道具袋裡是無效的。

魔法袋相當於道具袋的升級版，不會遭受襲擊的原因可能與這方面有關。

隔天，我們按照計畫找到了通往第十五層的樓梯，決定在登記後回到外面。

據佛瑞德所說，這次所花的時間比他們上次來的時候更少。

他對於一次探索就能從第十一層走到第十五層感到很驚訝。

「那麼我們在四天後再次探索地下城可以嗎？」

佛瑞德問我需不需要再多休息一會兒。

實際上當他們攻略到第十層時，之後休息了大約十天才繼續探索。

「我會確認疲勞的情況，如果沒問題再出發。」

關於這件事，昨晚和光她們討論過了。

實際上，我們小隊的成員沒有人感到特別疲累。就我從旁來看，佛瑞德和賽風他們看起來也沒有累積太多疲勞。

這應該是因為我們有好好地進食，休息時也有好好休息吧。

另外，我們把狩獵到的魔物收進道具箱中，搬運魔物素材的負擔不重，我想也是一個原因。

其他可能的原因，還有從第十二層以後，MAP上顯示的人數增加了。因此我們與魔物的戰鬥次數減少了。

不過在這三天裡，我必須做一件事。

那就是購買或是使用鍊金術製作採掘工具。

雖然聽說採掘無利可圖，但地下城裡總是充滿未知，需要做好萬全的準備吧。

特別是以我的情況來說，只要收進道具箱裡就不會造成阻礙。

◇◇◇

經過三天的休息日，我們再次重返地下城探索。

向學園提交計畫表後，他們不知為何非常驚訝。

一踏入第十五層，首先感受到的是壓迫感。道路寬約三公尺，左右兩側聳立著高度超過兩百公尺的石壁。觸摸石壁，感覺到粗糙的手感，進行鑑定，結果顯示石壁內埋藏著礦石。

我想起了在艾雷吉亞王國時，與盧莉卡和克莉絲一起去過的礦山鎮阿雷沙。那裡是礦坑，所以看不到天空，硬要說的話更像一座迷宮，所以給人的印象有點不同。

開啟ＭＡＰ，宛如蟻穴般的地圖浮現出來。

窄路的前方是一個廣場，從那個廣場又延伸出幾條窄路。看來要通過這些路才會抵達樓梯。還發現如今大約有四支小隊在這一層。

再次回想在資料室看過的岩石鳥情報。

岩石鳥是大型鳥類，牠們堅硬的喙攻擊很有威脅性，以身軀當作武器進行衝撞的突擊，已經讓許多冒險者都感到恐懼並奪走他們的性命。另外，岩石鳥對於遠距離攻擊和魔法有高度抗性，除了火屬性的魔法外都難以起作用。具有遠距離攻擊抗性的意思是指即使用弓箭射擊牠們，箭矢也會不知為何偏離目標。

資料上建議在這一層移動時要儘量避免發出聲音，因為岩石鳥對聲音非常敏感。另外，岩石鳥基本上只在白天活動，夜間不常活動，但這個規律似乎並不是絕對的。

「如果遇到岩石鳥襲擊，首先必須使牠們停止行動。最好的做法是蓋茲或空用盾牌阻擋。還有，雖然火魔法是牠們的弱點……在這個狹窄的空間裡使用會引發慘劇，所以千萬不要使用。」

由於岩石鳥被火魔法擊中，身體就會爆炸，在這個狹窄的地方使用可能會導致石壁崩塌，有

被活埋的風險。

我們點頭同意佛瑞德的指示，小心地避免發出聲響往前走。

第一天，我們一直走到太陽下山，決定在廣場上露營。周圍沒有岩石鳥。

「明明沒有和魔物戰鬥，卻消耗了不少精神呢。」

聽到賽風這麼說，大家一邊進食一邊點頭同意。

實際上，我們一路走到這裡都沒有跟岩石鳥交戰。即使從遠處傳來的鳥叫聲和從MAP上消失的顯示來看，似乎有其他小隊正在戰鬥。

「不過，真漂亮呢。」

聽到克莉絲的話，女生們……米亞和優諾都陶醉不已。她們的側臉與平常不同，散發出一股魅力，老實說我看得心跳加速。

在她們所望之處，有著由水晶形成的花朵狀結晶和水晶樹，壁面也被水晶覆蓋。

在太陽下山時吸收了橙色光芒的水晶從藍色變成紅色，短暫地展現一片夢幻的景色。三人似乎還沉浸在美景的餘韻中。雖然她們在白天應該也看過水晶在陽光下閃閃發光。

現在受到月光映照，水晶有些地方散發著淡淡的光芒。並非所有的水晶都在發光，因為只有高純度的水晶塊才會發光吧，鑑定結果也顯示它們的品質非常好。

用餐過後，佛瑞德他們和我們決定分組守夜。

首先由我們負責守夜，警戒周遭。

根據從MAP上看到的，附近沒有人也沒有魔物。希耶爾飛過來停在我的肩頭，我確認佛瑞德他們已經休息後，從道具箱裡迅速地拿出肉串。
希耶爾看到後迫不及待地吃起肉串，然後要了一根又一根。不必那麼激烈地用耳朵拍我喔。
『對了，希耶爾，上面有什麼有趣的東西嗎？』
希耶爾在途中飛來飛去，一直隨心所欲地活動到這個時間。她似乎也去過絕壁之上。
有點好奇那道絕壁上面是什麼樣子。魔物的反應也集中在那裡，如果有岩石鳥的巢，我很想看看。不，其實是想狩獵牠們。
面對我的問題，希耶爾露出了得意的表情。

【利亞夫之盾】注入魔力後會纏繞風。具有使身體變輕的效果，更容易進行閃避。

這是可以使用創造製作的盾牌之一，材料為：

【利亞夫之盾】
所需素材——魔礦石。魔水晶。岩石鳥的羽毛。岩石鳥的魔石。魔石。

就是這些。
而且最近發現，用自己的創造技能製作的道具更容易以賦予術賦予魔法。
但是只為了我的需求而招來魔物……

「空，怎麼了？你的表情好奇怪喔？」

正在苦惱時，在附近的米亞說出失禮的話。我只是在認真地煩惱而已喔？

「我想製作一種魔道具，或者說裝備，需要打倒岩石鳥並取得牠的魔石和素材呢。」

「啊～這樣會給佛瑞德先生他們添麻煩呢。」

當我解釋後，米亞理解地點了點頭。

「還有，我在想這道石壁的上面會有什麼～從希耶爾的態度來看，我覺得有些東西。」

米亞聽到那句話後看向希耶爾，但她似乎已經厭倦了，打著哈欠，用耳朵靈巧地揉揉眼睛。

看來是睡覺時間到了。吃飽就睡，真是個自由奔放的人。好吧，她並不是人。

「嗯～不過這的確令人好奇。我們之前經過的地方也有水晶從壁面突出來，宛如綻放的花朵一樣。如果從那上面眺望，或許能看到空說的新景色呢。」

看來只能請克莉絲去問希耶爾上面有什麼了嗎？

「呃，你想爬到那上面去？」

「對，我好奇那裡有什麼。或許會有什麼寶藏對吧？」

我突然的話語，讓佛瑞德錯愕地叫了出來。看來他非常驚訝。

「不，我想你大概是第一個這麼說的人。因為大家根本不會有想到上面的想法。」

我推測岩石鳥的巢穴可能在山壁上，而且從ＭＡＰ上顯示的反應來看，實際上就是如此。

另外，如果這裡有魔像，我認為可能就在上面。

只是昨晚我叫醒半睡半醒的希耶爾讓克莉絲詢問情況，她說上面有與這裡無法相比的水晶塊和亮色系的岩石。可惜的是，希耶爾似乎沒看到類似魔像的東西。

經過鑑定，我發現我們看到的這面山壁裡只有礦石和水晶。遺憾的是，沒有以前在艾雷吉亞王國的礦山中發現的魔礦石和魔水晶等稀有礦物。而且考慮到使用察覺魔力時，感應到了岩石鳥以外的其他反應，總覺得好像有什麼東西。

如果急著趕路，別繞去其他地方，趕快通過這一層應該才是正確選擇，但令人好奇的事情還是令人好奇。

「佛瑞德，我也贊成空的意見。我們在第五層也發現了各種少見的食物，這裡說不定也有什麼東西喔？」

「嗯～空的確找到了各種東西……但是，首先你打算怎麼爬上去呢？」

正如佛瑞德所言，除非會飛，否則似乎不可能到達高度超過兩百公尺的絕壁上方。

「總之假如找到了看來能攀登的地方，到時候再來想辦法吧？」

可能是我和賽風的話引起了佛瑞德的興趣，最後我們這樣做出結論。

倘若要攀登岩壁，因為岩壁幾乎是垂直的，需要搭建鷹架。

『希耶爾，有沒有我們也能輕鬆爬上去的地方？』

聽到我的話，希耶爾做出思考的動作，合起兩耳拍了一下以後飛走了。

克莉絲表示，她好像說會去尋找。

在那之後，我們一整天都在走遍各處尋找樓梯。如果有找到適合攀登岩壁的地方，才會到上面去，這件事的優先順序比較低。

途中在廣場上看到了正與岩石鳥戰鬥的冒險者，他們似乎有不少人受傷了。

「喂！需要幫忙嗎？」

當佛瑞德這麼大喊——

「對不起！拜託了！」

一個急迫的聲音回答。

隨著那句話，賽風他們小隊衝了過去。

上空有三隻岩石鳥正在盤旋，緩緩地增強氣勢。

我們也跟在後面，我對準正要展開下一次攻擊的岩石鳥使用了挑釁技能。

原本正看著遇襲冒險者們的岩石鳥改變方向，對準我俯衝而下。

我用盾牌接下那猛力的一擊，但衝擊幾乎讓我的身體離地。

我勉強堅持下來，岩石鳥就在眼前靈巧地揮動翅膀準備再度返回空中，不過在那之前，賽拉已經靠近並一擊砍下牠的頭顱。

雖然我們看起來輕鬆地打倒了岩石鳥，透過盾牌傳來的衝擊讓我的手臂發麻。單論威力，或許還在哥布林王的一擊之上。

就在那時，一聲特別響亮的鳴叫在現場響起。

看向聲音傳來的方向，兩隻岩石鳥同時俯衝而下。

這些岩石鳥正飛向遇襲的冒險者們。但舉起盾牌的蓋茲擋在他們前方。

接著優諾和奧爾嘉對岩石鳥發動了攻擊。優諾使用了風魔法，奧爾嘉則用弓箭射擊後方的岩石鳥。

風魔法是龍捲風嗎？可能是鎖定了範圍，一隻岩石鳥捲入暴風中失去平衡。這時，奧爾嘉射出的箭矢命中了牠的胸部。

岩石鳥發出哀鳴，立刻調整姿勢往下降。即便牠看來沒受到太大的傷害，其中一方的攻擊遭到拖延，使兩隻岩石鳥之間產生了時間差。

此時，蓋茲在鳥撞到的瞬間傾斜盾牌製造角度，把一開始突擊過來的岩石鳥往後方擋開。岩石鳥直接彈飛到蓋茲的左後方，被等在那裡的賽風斬落。

對於接著突擊過來的另一隻岩石鳥，這次蓋茲從正面接下了攻擊。他似乎在岩石鳥撞擊的瞬間，身體連帶盾牌一起撞上去給了牠一記反擊，岩石鳥的身體彈飛出去。

這時剩下的小隊成員之一金接近並補上最後一擊，結束這場戰鬥。

從那些冒險者求助開始，一切都發生在不到一分鐘內。

「讓我再次感謝你們吧。謝謝，得救了。」

戰鬥結束後，自稱布魯的冒險者擔任代表過來道謝。

我和米亞用治癒魔法治療了傷患們。

據說布魯他們是十人組成的小隊，到達過的最深樓層是第十九層，但因為成員變動，他們再次來到這一層。

一開始他們與兩隻岩石鳥戰鬥，可能是聽到了戰鬥的聲音，另外又出現了三隻岩石鳥。他們設法打倒了兩隻，但由於有人受傷，當時正處於劣勢。

布魯說，其中一個主要因素是受到回復藥水短缺的影響。布魯他們也對傷患使用了藥水，然而因為庫存減少，讓他們在使用時感到遲疑。

「難道說你們已經在地下城裡待很久了嗎？」

「今天是我們來到這一層的第六天。」

「原來如此。我們進入地下城三天了，但在進來的前一天，學園向公會供應了藥水，現在變得比之前容易取得了喔。」

當佛瑞德告訴他這件事，布魯垂下肩膀，認為時機不湊巧。

因為在藥水的供應緊缺時，有氏族大量囤積，使得藥水變得很難買到。即使想禁止壟斷，實際上氏族的所屬成員眾多，有許多人都在攻略下方樓層，因此確實有藥水需求。

另外，許多販售藥水的商店都調漲了藥水的價格，應該也有影響。

結束討伐後，我們狩獵的三隻岩石鳥毫無爭議地成為我們的戰利品。

「欸，空，你能想想辦法嗎？」

我把岩石鳥的屍體收進道具箱時，米亞拉了拉我的袖子。

的確，探索空間還在繼續。不如說從ＭＡＰ來看，這裡正好是折返點。布魯他們之所以探索進展緩慢，似乎是受到選到錯誤路線的影響。因為地下城裡有死路和繞遠路的路線。

布魯也說，他們好幾次都遇到死路又掉頭折返。

「可以說一件事嗎？」

我加入佛瑞德和布魯的談話。

「嗯，你叫空對吧。謝謝你為我的同伴們治療。」

看來他從佛瑞德那裡知道了我的名字。

「我聽到你跟佛瑞德的談話。正如你所見，我們小隊裡有能使用神聖魔法的人。所以我們的藥水很充足……可以出售，你意下如何？」

如果免費轉讓，他可能會感覺像在接受施捨而感到不快，所以決定賣給他們。

經過討論後，我們談妥了用一隻岩石鳥來交換各種藥水組合。

雖然我覺得明顯是我收到太多報酬，但由於運送整隻岩石鳥很麻煩，這筆交易就此成立。

「欸，佛瑞德，差不多也到中午了，要不要就在這裡用餐？」

難得有機會，我們決定也做菜給布魯他們吃。

他們感覺比我出售藥水時更高興，還喜極而泣，這是為什麼呢……？

◇◇◇

「空，希耶爾似乎找到可以攀登的地方了。」

開始探索第十五層的第五天，希耶爾回到了我們身邊。

根據克莉絲從希耶爾那裡聽來的消息，她似乎發現了看來可以攀登岩壁的地點。

『希耶爾，可以拜託妳帶路嗎？』

希耶爾前進的方向，正好也是第十六層樓梯所在的方向。

我用心電感應要光跟在希耶爾後面走。

我們在希耶爾的引導下抵達一條死路。不過有些不同的是，死路的岩壁斜度雖然很陡，但只要努力或許可以攀爬上去。還有克莉絲翻譯希耶爾所說的話，這個地方的高度比別處來得低。

話雖如此，佛瑞德他們實際看到後說這不可能上得去。

「欸，佛瑞德，總之我覺得我爬得上去，可以試試看嗎？」

佛瑞德他們對於我的提問感到猶豫，但最後同意讓我挑戰。

他們可能是覺得等我發現無法辦到以後就會放棄。

「那麼如果我爬到上面，會放繩索下來。」

於是我決定挑戰，然而按照目前的狀況，或許的確不可能攀登。

不過我有顛覆這個不可能的方法……那就是技能。老實說，不知道這技能以後是否有機會派上用場，但我戰勝不了好奇心。加上技能點數還有5點，或許也是重要因素。

NEW
【登山Lv1】

效果是提供登山相關知識和輔助功能。或許類似料理技能。

在學會技能的那一瞬間，我知道了手應該放在斜坡的哪裡，腳應該踏在哪裡。

另外還顯示了岩壁表面露出的水晶部分容易打滑的警告提示。

我在登山技能的引導下登上岩壁。探頭往下看，同伴們似乎感到很驚訝。

看看周遭，沒有魔物的蹤影。使用了察覺氣息確認，結果也是一樣。

把用來綁繩索的金屬鉤釘入地面，然後用它放下繩索。

本來這時候應該會發出聲響，但我施展了組合空間魔法和風魔法來遮蔽聲音的寂靜魔法，讓聲音不會散播到周遭。

當我放下繩索，大家由賽拉帶頭陸續爬上來。

「岩石鳥沒有襲擊嗎？」

最後爬上來的賽風問道——

「看來運氣不錯。」

我這麼回答。

我把繩索放回道具箱，再度環顧周遭。金屬鉤留在原處，因為下去的時候還會用到。

可能是因為視野開闊，從岩壁上可以眺望得很遠。

而且由於沒有遮蔽物，五顏六色的水晶在陽光照射下閃閃發光。其他還有形成矮丘的地方和隨意散落的大岩石。

其他人似乎也被這片景象吸引，我先走向附近的岩石進行鑑定。

【礦石】【魔礦石】【礦石】【礦石】【祕銀】【礦石】【礦石】【銀礦石】【魔礦石】【礦石】

嗯？等一下。

我再次確認，但沒有錯。鑑定結果顯示為祕銀。

「喂，你在做什麼？」

當我依照鑑定結果，拿出在進地下城的前一天準備的採掘用鎚子（前端是尖的）要敲擊岩石時，聽到賽風的驚呼聲。

然而我已經揮下鎚子，鎚子撞擊岩石……沒有發出聲響。因為和剛才一樣使用了相同的寂靜魔法。

這件事似乎讓賽風更加驚訝，但我沒有理會，繼續採掘。

這樣做確實很強硬，可是我無法解釋自己是透過鑑定發現能夠採掘到祕銀。畢竟佛瑞德他們也在場。所以我認為證據勝於論據，打算拿出實物來說服他們。

於是在採掘十分鐘後，那個終於露出來了。

「喂，這是……」

最先發現的人似乎還是賽風。

「岩石上有道裂縫，我覺得在裂縫裡看到像是祕銀的東西。」

我從道具箱拿出祕銀，並解釋因為它的顏色和這個一樣。

在那之後，我在興奮的一行人面前繼續採掘，獲得了各種礦石。順帶一提，我向他們解釋採掘時沒有發出聲響，是因為用魔法遮蔽聲音。精通魔法的優諾疑惑地歪頭，但她沒有多說什麼。因為實際上確實沒有聲音響起。

對了，不只是我，佛瑞德和賽風他們也有參與採掘，但採到的幾乎都是礦石，頂多偶爾夾雜著魔礦石。這代表採掘沒有簡單到隨便挖挖就能找到祕銀的程度。因為實際上鑑定出來的結果也大多是礦石。

也許是因為如此，由於我採掘到許多稀有礦物，不知為何受到佛瑞德他們的崇拜。

我毫不節制地挑祕銀採掘，是因為想製作同伴們的祕銀武器，對於這一點並不後悔。

「採掘到祕銀……這麼一來空也算是大富翁了。」

佛瑞德在守夜的時候羨慕地對我說。

「那些祕銀要用來製作同伴的武器，不會拿去賣錢。」

「即使如此祕銀武器還是眾所嚮往的一個目標。因為那不是誰都能使用的，請人製作還得花一筆錢。不過如果這裡能採掘到祕銀的消息傳開，看來會引起大騷動……要保密嗎？」

「我覺得公開也可以。外行人即使來採掘，假如沒有像我一樣幸運，大概也挖不到。」

聽到那句話，佛瑞德露出苦笑。

「嗯，向冒險者公會報告吧。你認識領主的千金，或許也可以請她轉告領主大人。對我來說如果她們為這個新發現發放獎金，就算是賺到了。」

倘若是惡劣的冒險者，可能會要求我分配或是交出祕銀，但佛瑞德沒有這麼做。

他大概是因為這樣的品格受到大家的愛戴，並且交遊廣闊吧。

在這方面他與賽風他們很像。王國裡有許多人都仰慕賽風一行人。

話題聊完以後，我們並肩仰望夜空。希耶爾也坐在我的頭上。雖然看不見，但希耶爾一定也像我們一樣看著月亮吧。她沒有睡著吧？

差不多是月亮升至最高點的時間了。

在第十五層，月亮升到最高點位置的瞬間會短暫地熠熠生輝。宛如在通知我們一天已結束，日期即將更迭一樣。

那也是守夜的樂趣之一。

於是，那一刻到來了。

但在這時候，我們對新發生的事情感到驚訝。

與先前在懸崖下時不同，當月亮熠熠生輝時，受到月光照射的岩石及水晶表面也微微發光，這些光芒不久後脫離岩石，上升形成光柱。

那道光芒包圍我們，只能目瞪口呆地看著那一幕景象。有種彷彿漂浮在光之海中的錯覺。

希耶爾在那光芒中像游泳一般從左邊飛向右邊，可能是很興奮，她劇烈地拍打耳朵。

然而，夢幻般的時光沒有持續太久。

月亮的光輝減弱，位置微微下降。

與之同時，光柱也像是被地面吸收般漸漸消失……感覺到魔力驟然增強。

「空，是魔物嗎？」

可能是從我的動作察覺到什麼，佛瑞德問我。

瞥了一眼MAP，確認上面突然顯示了剛才並不存在的反應。

反應不只一個，雖然數量不多，但有好幾個。這是新的魔物誕生的瞬間？

不過那跟原本即存在的岩石鳥的顯示方式不同，我透過察覺魔力感受到的魔力性質也不同。

「佛瑞德，不好意思，你能叫醒大家嗎？我去確認發生了什麼事。」

「喂，你一個人沒問題嗎？」

「嗯，如果查出了什麼，我會用卡片的通訊功聯絡你們。」

我使用遮蔽氣息，迅速趕向反應出現的地方。在途中也不忘使用護盾魔法做準備，以在碰到突發情況時能夠抵擋第一擊。

不久後，進入視野的那東西是……

『是魔像嗎？不，是魔像沒錯！』

『『魔像？真的嗎？』』

聽到我的報告，佛瑞德和賽風兩人異口同聲地驚呼。

一開始會不禁用疑問語氣，是因為這是第一次看到牠。能立刻報告那是魔像，是因為使用了鑑定技能。

【名字「——」 職業「——」 Lv「28」 種族「魔像」 狀態「——」】

等級相當高。
我在圖書館調查資料後了解到，魔像具有很高的生命力和防禦力。
只要破壞魔石就能使牠停止活動，但這樣無法得到魔像的魔石。
為了得到魔石，需要破壞牠的身體，迫使牠使用魔力重生，把魔力消耗殆盡。
關於防禦力，這種魔像的身體由泥土和岩石構成，比起在書上看到的鐵魔像或祕銀魔像來得好對付。但牠對斬擊有抗性，所以如果要攻擊，使用鈍器會更適合。用劍也能打倒牠，不過需要足以劈開岩石的威力。
聽了賽莉絲的話，我知道有可能會出現魔像，那為什麼沒準備鎚子之類的鈍器呢？因為我使用鈍器練習過，但實在太沒有天分了。說真的，技能真是偉大啊。
你可能會想，那只要學習能讓人運用鈍器的鎚術技能就行了，然而我不能為了不知是否真的會出現的魔像消耗寶貴的技能點數。
再來就是看魔法能發揮多少作用了……
「石之子彈。」
我認為碎石的攻擊類似打擊，試著在第一招使用這個魔法。
響亮的撞擊聲響起，但與音量相比，攻擊完全沒有效果。不僅如此，還有好幾個反應正朝這裡接近。

看樣子引起了岩石鳥的注意。另外受到攻擊的魔像似乎也認定我是敵人，向這邊走來，發出重重的腳步聲。

我在牠進入攻擊範圍前再次施放魔法。這次是射出風之刃的風刃魔法。

但是那個攻擊也對魔像……起了點作用。儘管無法破壞牠，削掉了風刃擊中的部位。

我見狀施放龍捲風，但魔像在魔法擊中的瞬間交叉雙臂擺出防禦姿勢。

當魔法的效果結束時，魔像的身上出現無數像擦傷的痕跡，還是風刃能削出更深的傷痕。

我運用平行思考連續使用風刃。魔法一發接一發命中，在第七發成功斬下一條手臂。

接著在眼前，當魔像的身體一瞬間發光後，斬下的手臂重生了。

即使如此只要反覆這麼做，魔像的魔力就會耗盡。

但是魔力效率很低。雖然這取決於魔像擁有的魔力量，照這樣下去，不知道要喝多少瓶魔力藥水才能打倒一個魔像。實際上，我感受到魔像的魔力還很充足。

既然如此，用劍攻擊進入攻擊範圍的魔像，卻被輕易地彈開。朝劍身注入魔力後揮砍，即使可以傷到牠，看來沒有造成多少損傷。

不，如果是普通魔物，即便傷口不深也會造成疼痛使其動作變慢，但是魔像沒有痛覺，我分辨不出攻擊是否有效果。

「主人，離遠點。」

我依照自背後傳來的聲音，迅速與魔像拉開距離。

有東西宛如交換位置般從我身旁掠過，發生爆炸。

爆炸的氣浪衝擊過來，我勉強堅持住沒有摔倒。
當視野恢復清晰時，得以確認魔像的狀態。
魔像左肩以上的部分已經炸飛，受到相當大的損害。
「主人，抱歉。」
但是賽拉開口道歉。
沒錯，爆炸聲非常響亮，朝這裡飛來的岩石鳥數量進一步增加了。
我可以用MAP確認這個情況，賽拉是以目視確認的吧。由於天空一覽無遺，即使是偵察能力不高的賽拉似乎也看到了。她在夜間也能看見，肯定是多虧了夜視魔道具的幫助。
「不，這不是賽拉的責任。反正照這樣下去，要打倒牠應該需要花不少時間。在那些岩石鳥到達前，澈底打倒魔像吧。啊，不過要避開軀體的中央部分。我想完好無損地取得魔石。」
針對身體正在重生的魔像，我對賽拉簡單地說明了魔像的特性。
「明白了。不過我要先試一下這個有沒有效果。」
賽拉雙手各握著一把斧頭，縱身一躍縮短距離，揮下右手的斧頭。
可能是感受到賽拉那一擊的威脅，魔像迅速進入防禦姿勢。
毫不在乎地揮落的一擊深深地劈開交叉的雙臂，但那股氣勢在劈到一半時停下。
當防禦成功的魔像正要轉而發動攻擊時，她左手的斧頭對準劈到一半停止的斧頭揮下。
尖銳的金屬撞擊聲響起，強行壓進去的斧頭破壞魔像的手臂，順勢從左肩以斜角切開了魔像的身體。

胸部以上部分消失的魔像還要試圖重生，身體一瞬間發光，但那道光芒消失，動作停止了。從魔像身上已經感覺不到魔力。

「呼，解決了。」

賽拉喃喃地說道，魔像的身體同時崩解了。

當構成身體的岩石化為沙子消失後，一塊紅色的魔石掉在地上。

該怎麼說……她讓我見識到驚人的力量。

「喔，打倒了嗎？」

戰鬥結束，撿起魔石的時候，賽風和金兩人正好趕到。

「靠著賽拉的出色表現設法解決了。比起這個，其他人呢？」

「我們看到岩石鳥飛過來，所以留下他們。比起對付魔像，蓋茲、優諾和奧爾嘉三人應該更適合對付岩石鳥。」

至於佛瑞德，好像留下來在那邊統整隊伍。

「總之在這裡儘量減少岩石鳥的數量吧。雖然牠們聽見聲音朝這裡飛來，一旦進入牠們的視野，不知道哪一邊會遭到攻擊呢。」

以距離來說，我們離得更近，但未必所有魔物都會襲擊我們這邊。

如果使用挑釁，或許能在一定程度上吸引牠們過來，但數量太多……不，假如使用那個，就有可能擾亂牠們嗎？

當我們舉起武器準備與岩石鳥戰鬥時，我再次感受到魔力驟然增強。而且就在腳下。

「躲避！」

聽到我的吶喊，三人瞬間反應過來往後跳。

然後，我們先前站立之處的地面隆起——

「喂喂，真的假的？」

就像賽風的抱怨所示，魔像出現了。

數量還不只一個，第二個、第三個接連出現。而且其中只有一個顏色明顯不同。

【名字「——」 職業「——」 Lv「28」 種族「鐵魔像」 狀態「——」】

儘管每個個體的等級都相同，但呈現鐵色的個體種族變成了鐵魔像。

相對於約兩公尺高的普通魔像，鐵魔像的體型高出一個頭。

「一邊對付魔像一邊對付岩石鳥會很吃力吧？」

金的話讓賽風陷入思考。

先從能夠解決的敵人開始解決，是戰術的基本。幸好在岩石鳥到達這裡前還有時間。話雖如此，可用的時間似乎不多。

「賽風，你們兩人先一起對付鐵魔像吧。我們來對付普通的魔像。還有，這個給你。」

「……這是什麼？」

「這個叫利維爾之血……類似能吸引魔物的魔法藥劑。想成效果與防魔物道具相反就行。」

「你打算用在牠們身上？」

「一瓶丟向鐵魔像，剩下的如果岩石鳥來襲，就丟向牠們。假如順利，或許能讓牠們自相殘殺。」

我也給了賽拉利維爾之血。

然後和賽拉分別準備了賦予過火屬性魔法的投擲用小刀和手斧，對準魔像接連投擲。

我在行動時已完全沒有要取得魔像的魔石之類的想法。不，雖然在腦海的一角還是有一絲這種想法，依舊壓下那個念頭，只思考著如何破壞魔像。

爆炸一次又一次發生，投擲小刀又擊中爆炸發生之處，可能是觸發連鎖效應，引起了遠超單一規模的巨大爆炸。

那股威力讓賽風和金都驚訝地看過去，但他們馬上展開行動對付鐵魔像。

就像試圖幫助同伴，鐵魔像朝我們這邊走來，兩人擋在鐵魔像前方開始攻擊，以吸引牠的注意力。

「主人，你知道魔像的狀態嗎？還是照這樣繼續投擲比較好？」

的確，比起全部用光，留下一些來對付岩石鳥會更好嗎？

用察覺魔力探測魔像的魔力量……發現魔力所剩無幾。

「看來照這樣下去能打倒魔像，一舉解決牠吧。」

岩石鳥那不會輸給爆炸聲的鳴叫聲也傳入我們耳中。

因為我覺得如果等到爆炸煙霧消散，視野變得清晰後再給魔像最後一擊，或許會正好碰上岩石鳥的襲擊。

於是正如預期，在岩石鳥到達前，從魔像身上感覺到的魔力消失了。

我一邊注意岩石鳥，一邊瞥了賽風他們一眼。

賽風他們正把鐵魔像耍得團團轉，但可能是武器不適合，攻擊看來沒有奏效。不，我從鐵魔像身上感覺到的魔力量正在慢慢地減少。

這是牠正在使用魔力重生的證據，代表賽風他們的攻擊對鐵魔像發揮了效果。

而且，他們似乎也成功地潑灑了利維爾之血。

那麼我們只需做好能做的事情。

我舉起盾牌準備面對飛來的岩石鳥。牠們即將進入挑釁的有效射程範圍。我計劃讓賽拉在我用盾牌接下攻擊，使得岩石鳥停止動作時，不打倒第一隻岩石鳥，優先對牠潑灑利維爾之血。

當握住盾牌的手使力，準備在牠進入射程範圍後使用挑釁技能的瞬間，眼前發生了意料之外的事情。

岩石鳥像要逃離挑釁的範圍般突然上升，避開我們，飛向光他們所在的方向。

當然不是所有的岩石鳥都這樣，也有一些個體留下，簡直就像要阻止我們前去救援。牠們在上空盤旋，尋找可趁之機。如果我們試圖行動，牠們就會發出威嚇般的叫聲。

「主人，該怎麼辦？」

飛向那邊的岩石鳥數量明顯更多，之後飛來的岩石鳥也都兵分二路。

難道是我們高調地攻擊魔像引起了牠們的警惕？

最後這邊剩下七隻，而飛向光他們那邊的超過了二十隻。

「賽拉，可以拜託妳當誘餌嗎？只要牠們的高度降低一點，就會進入我的挑釁射程範圍。」

我呼出一口氣壓抑焦躁的心情，向賽拉提議。

那邊還有蓋茲與佛瑞德他們在。要信任同伴，先打倒眼前的岩石鳥！

「……原來如此，知道了。」

只有這樣一句話，賽拉似乎理解了我想說什麼。

賽拉做出要前往光他們那邊的動作，幾隻岩石鳥就像要妨礙她一般突然下降。

當我對那幾隻個體使用挑釁技能，牠們對賽拉的注意力轉向這邊，朝我飛來。

不需要勉強阻止所有的攻擊。為了讓賽拉容易使用利維爾之血，除了一隻以外，其他攻擊只要躲避閃開就行了。

順著第一、第二隻的氣勢移動盾牌，對第三隻則砸下盾牌反擊，毆打岩石鳥。失去平衡的岩石鳥差點撞上地面，但牠拍動翅膀承受住了。

賽拉趁機潑灑利維爾之血，擺出要直接攻擊的動作，岩石鳥進行閃避，逃向高空。

當身上沾著利維爾之血的岩石鳥與群體會合，周圍岩石鳥的反應……分成了攻擊牠和不攻擊牠兩種。

以前對影狼使用時，哥布林和狼都一心一意地襲擊影狼，但這次沒有發生這種情況。

看到七隻中只有兩隻發動攻擊。其他岩石鳥則突然下降，向我們展開突擊。

雖然不知道起作用與否的因素為何，數量還是減少了大約一半。

把變得礙事的盾牌收進道具箱，握劍展開迎擊。我正好右手持劍，左手拿著投擲用的小刀。之所以能用這種風格作戰，是因為要補充投擲用的小刀時只需想像，小刀就會出現在手中。即使通常都需要做出從刀套中拔刀之類的動作，但是從道具箱拿出東西，不需要額外的動作。

我運用魔法、劍與投擲小刀，以支援賽拉為主進行戰鬥。最後賽拉打倒了四隻岩石鳥中的三隻，我打倒剩下的一隻。

這麼一來還剩三隻，但這時候之前在上空受到攻擊的一隻岩石鳥墜地，還剩下兩隻。

「主人，如果剩下兩隻，這裡由我一個人就可以搞定……」

賽拉這麼說時，我感覺到光他們那邊有魔力急劇增強。

風先往光他們那邊吹去，接著又颳起逆風。風勢強勁到不用手臂遮擋以免強風撲面，就會覺得難受。而且那不是普通的風，還帶著熾熱。是熱風。

帶著炎熱的風持續吹了一段時間後突然平息，簡直像像剛才的狂風肆虐都是假的一樣。

剛才在上空飛翔的岩石鳥也不知不覺間消失了。可能是被那陣風吹走了。

當我困惑地呆立在原地，心想發生了什麼事——

『空，不好了。克莉絲她、克莉絲她……』

聽見米亞焦急的聲音。

從她的聲調可以清楚地感受到，發生了非同小可的狀況。

賽拉似乎也聽到了那個聲音，她不禁看向光他們所在的方向。

「空，這些傢伙由我們解決。你們快去！」

賽風的吶喊，讓差點失去冷靜的我回過神來。
「知道了。之後的事情交給你們了。」
所以我衝了出去，全力奔向克莉絲他們所在的露營地。

◇克莉絲視角

我在休息時被叫醒。
這次叫醒我的方式不像平常那樣溫柔，動作很粗魯。
考慮到還有點睡意，看來現在不是預定起床的時間。
理解這一點後，我在腦中切換狀態。
雖然還有些遲鈍，長期的冒險者生活讓我知道，這種時候一定是發生了意外狀況。
「克莉絲，好像出現了魔物。」
小盧莉卡的話讓我感到疑惑。
記得這個樓層會出現的魔物應該只有岩石鳥。
然而從小盧莉卡的話中，感受到不同的意思。一種不知道那是什麼魔物的不安。我認為那是只有我才感覺得到的。
那時，聽到了空透過地下城卡通訊功能傳來的聲音。

接著賽風先生他們的驚呼聲同時傳來。

「……魔像？」

米亞露出困惑的自言自語，彷彿代表了在場所有人的想法。

「總之我和……金與賽拉去幫助空。佛瑞德，這裡由你負責指揮。蓋茲……交給你了。」

賽風先生的話還沒說完，賽拉已經衝了出去。

賽風先生和金先生也跟隨在後。

「總之魔法師組到中央來。奧爾嘉你們去偵察周遭。」

我們依照佛瑞德先生的指示行動。

「沒事的，克莉絲。因為空很強。」

可能是我把不安表現在臉上了？米亞對我如此說道。

嗯，米亞說得沒錯。現在的空和跟我們初次相遇時不同。那個，他變得非常可靠。

據說戰鬥順利結束，他們打倒了魔像。

不過，他說岩石鳥聽到戰鬥的聲響，正朝我們這邊來。

我們也為了迎戰開始做戰鬥準備，但這次又收到聯絡說出現了三個魔像。

「我們也應該去支援吧。」

在佛瑞德先生做出判斷時——

「最好不要去。」

小光開口制止。

我朝小光指出的方向望去，看到了一群正從另一個方向接近的岩石鳥。

小光說如果就這樣會合，我們一次要對付的數量會超過五十隻，小盧莉卡和奧爾嘉先生也點點頭同意她的看法。

「只能用魔法迅速打倒牠們，再過去支援了啊。因為這裡沒有障礙物，難以防守。」

在這裡可以盡情使用對岩石鳥有效的火魔法，即使爆炸也不會受到傷害。

那麼，現在正如佛瑞德先生所言，迅速打倒岩石鳥後再趕去空那邊是最好的做法。我握著法杖的手加重力道。

但是，這時候發生了出乎意料的情況。

一個是在離我們非常近的地方出現了魔像。另一個是原本飛向空他們那邊的岩石鳥群，有一大半聚集到我們這邊來了。

雖然大家以蓋茲先生為中心壓制了魔像，但這也使得我們無法使用賦予魔法的投擲用小刀。蓋茲先生靠得這麼近，爆炸的餘波可能會波及到他。

我們三人瞄準岩石鳥同時廣範圍施放火焰風暴，然而牠們可能是直覺很敏銳，總是會飛到射程之外，然後又像挑釁般飛回來。

在魔物中也存在具有高度智能的個體。岩石鳥也屬於那一類吧。我聽說本來魔物也會累積經驗成長，但在地下城裡的魔物情況如何呢？

只能說照這樣下去，我們將會先耗盡力量。儘管多虧了空，我們擁有充足的魔力藥水，不過也聽說如果在短時間內多次飲用，藥水就會失去效果。

我……環顧四周，深深地壓低兜帽。

小盧莉卡注意到這個舉動看向我，我回以微笑。

在已消耗魔力的狀態下使用魔法可能會對身體造成負擔。我喝下魔力藥水，回復魔力並詠唱魔法。

小盧莉卡說詠唱魔法就像在唱歌一樣，但我自己聽不出來。

感到體內逐漸充滿魔力，但跟平常的感覺不同。有點喘不過氣，魔力的增強感覺比平常更加強大。

可是現在沒有時間思考這些。魔法師優諾小姐他們都氣喘吁吁。特別是佛瑞德先生的同伴，看起來快到達極限了。

我集中精神。借用火精靈和風精靈的力量，以籠罩廣大區域的意象使用魔法。

看到直覺敏銳的個體想脫離現場逃跑，但不會讓你們逃掉的喔？

「熱風新星。」

這是在廣範圍內產生熱風將敵人焚燒殆盡的魔法，也是借精靈之力才能使用的極強大魔法。

魔法發動，狂風肆虐。

火焰宛如有意識一樣追逐著逃走的岩石鳥。

岩石鳥悲痛的哀鳴傳入耳中，接著又傳來爆炸般的聲響。

我用法杖支撐著身體，咬緊牙關。

可能是使用魔法的反作用力，全身都感到疼痛。

感到身體逐漸失去力氣。

把力氣灌注到雙腿以免倒下，但是失敗了。

我的身體傾斜，順著重力倒下。

以為會撞到地面，這時有人扶住我。

在感到慶幸的同時，也很緊張。

我現在是解除變身的狀態。不能讓小盧莉卡、米亞和小光以外的人看到我的臉。

儘管戴著兜帽，但是靠得這麼近，對方應該會看見。

「克莉絲，妳沒事吧？」

那個聲音讓我放心了。是米亞。

接著，我的意識漸漸下沉……

◇◇◇

當我們趕到時，米亞正在照顧倒下的克莉絲，光和盧莉卡站在旁邊保護她們。優諾和另一位魔法師也在附近，屈膝跪在地上。

我蹲下來看向克莉絲的臉龐，看到她變成銀色的頭髮。

從優諾他們的樣子來看，似乎沒有餘力看克莉絲這邊，但等到戰鬥結束後，佛瑞德他們一定會過來。

該怎麼辦呢？

偷偷看向佛瑞德一行人那邊，他們正以蓋茲為中心和魔像戰鬥，然而似乎缺乏有效的攻擊方式，在進攻上顯得無計可施。

「交給我吧。」

當賽拉參戰後，戰鬥沒多久就結束了。她充分活用方才的戰鬥經驗，不是用投擲，而是用斧頭的斬擊給予致命一擊。

她結束了戰鬥雖然令人高興，但我還沒有想到隱藏克莉絲身分的方法。

總之只能不讓他們靠近了嗎？

『米亞，我會設法讓佛瑞德他們不靠近這裡。妳先把克莉絲的頭髮藏在裡面然後壓低兜帽。另外，我用鑑定確認了狀態，她只是耗盡魔力，經過休息後就會恢復意識。』

確認米亞對我的心電感應點點頭後，我把後面的事情交給她，去找佛瑞德他們。

「謝了。更重要的是，賽風和金呢？還有克莉絲沒事嗎？」

佛瑞德可能是在意克莉絲的情況，擔心地看向她。

「她大概是過度使用魔法耗盡了魔力。接下來交給米亞她們就行。還是說，你打算看女孩子的睡臉？啊，我也是被米亞罵了，才會過來這邊。」

我不禁說出米亞的名字當成藉口。抱歉，米亞。

「這、這樣啊。那交給她們照顧比較好吧。而且有米亞在她身旁，就可以放心了。」

不愧是米亞，佛瑞德也很信任她。

「對了！賽風他們還在和鐵魔像戰鬥。我們這邊看來沒問題了，或許該過去支援。但……」

我看向周圍，滿地都是岩石鳥燒焦的屍體。

雖然附近沒有魔物的反應，但魔像剛才突然出現了。即使要過去支援，因為魔法師組動彈不得，我們無法全員一起前往。

再次確認ＭＡＰ，周圍完全沒有魔物的反應。嗯？完全沒有？

「喔，這邊結束了嗎？」

於是聽到了賽風的聲音。

看來他們在那段短短的時間內打倒鐵魔像，趕來這邊了。

「克莉絲的狀況怎麼樣？」

「我認為她是耗盡了魔力。現在米亞正在照顧她，休息後應該就會沒事了。」

「是嗎……不過，要怎麼做？在這裡休息，還是下去？佛瑞德怎麼看？」

我的報告讓賽風露出鬆了一口氣的表情，然後問佛瑞德接下來的計畫。

「不確定因素很多……今天就下去休息吧。」

沒有人反對佛瑞德的判斷。

看到魔像的報告至今只在傳聞中出現過。因為根本沒聽說過有人真的登上懸崖，實際上魔像可能到了夜間就會出現並四處徘徊。

另外考慮到魔像是不同時間分批出現，接下來也有可能還會出現。

我們收好行李，回收能夠回收的東西後移動到懸崖底下。

昏倒的克莉絲則由我來揹。本來以為揹一個人會很辛苦，但在這裡也能受到登山技能的效果幫助，所以還算輕鬆。

在那之後，我們輪流休息直到早上，決定這次要就此離開地下城。

因為克莉絲雖然在早上醒來，狀態還沒完全恢復。

「對不起，空。」

被我揹著的克莉絲開口道歉——

「沒什麼需要道歉的。如果我沒有說想爬上來，就不會發生這種事了……對不起。還有，謝謝妳保護了大家。」

我向她道謝，克莉絲沒有回應，而是用力地抱緊了我。

我感受著克莉絲的體溫，走在大家的後面。

我們在與魔像戰鬥後隔天的黃昏前，抵達了通往第十六層的樓梯。

本來準備直接回家，但為了報告魔像的事情，決定去一趟公會。

佛瑞德希望向有一定地位的職員而非普通職員報告，卻被告知目前擔任職務的人都沒有空。

「不能在櫃檯報告嗎？」

「因為這件事很重要。直接報告會更可靠，而且消息有可能在傳遞途中被壓下……」

可能是過去有不愉快的經歷，佛瑞德露出苦澀的表情。

「……或許透過空的關係，直接向領主大人報告比較好。這可以辦到嗎？」

「沒有問題。」

有伊蘿哈在，只要說這是關於地下城的重要事務就行了吧。還可以交給她祕銀當成證據。

結果我們決定向蕾拉的父親兼瑪喬利卡的領主威爾報告，今天就先回家了。

閒話・3

「可惡，可惡，可惡！」

我一口氣灌下了酒，揮拳砸在桌上。

回頭想想，自己開始走霉運，就是從無法進入普雷克斯的地下城開始。

我以冒險者身分開始活動，在培養出一定的實力後把活動地點轉移到普雷克斯，夢想在地下城一夕致富。

我的活動生涯到今年已經是第十八年。有時會接受來自公會的指名委託，也做出了貢獻。

然而卻突然被禁止進入地下城。

即使詢問原因，他們也不肯答覆，最後我們選擇離開城鎮。

不只是我們，許多冒險者也離開了普雷克斯鎮。

禁止進入地下城的人的共同之處，就是並非普雷克斯本地人。不，有幾支小隊留下了吧？回想起他們的面孔，都是和貴族關係密切的傢伙。

回憶到這裡，再度一拳砸在桌子上。

原本一起組隊的成員，也在來到這個城鎮後隨著時間過去逐漸減少，現在剩下七人。

而且耳聞那些離開的人的活躍表現……成功的消息，我感到更加煩躁。

剛來到這座城鎮時，我們可以順利地進行探索。

雖然對這裡的地下城與普雷克斯的地下城在內部結構上的差異感到困惑，出現的魔物很弱，不是我們的對手。

可是從第十一層開始，情況就不同了。陷阱的存在折磨著我們。

即使對付出現的魔物沒有陷入苦戰，卻不斷出現因陷阱造成的損失。

藥水難以買到，我們被迫用比平常昂貴的價格購買，使得積蓄慢慢減少。住宿費的上漲更加速了資金的困窘。

對於未來感到不安的同伴們一個接一個離開小隊，加入原本就在這個城鎮活動的冒險者們。

而我……留下來的我們無法這麼做。

我也有以前在普雷克斯活躍過的骨氣與自尊心。無法現在去向年輕人低頭。

「可是該怎麼辦……照這樣下去……」

聽到同伴吐苦水，我很想朝他大吼，但還是忍住了。

「看來各位遇到了困難？」

聽到突然傳來的聲音，我朝聲音傳來的方向看去。

不只是我，和我同桌喝酒的同伴們也一樣。

「啊，不好意思。我聽到了一點你們的談話。」

那個男人……黑衣男子頭上纏著布條，臉上浮現可疑的笑容。

「你是誰？」

雖然有幾分醉意，我先前都沒有察覺他的存在。

「其實我遇到了困擾，正在尋找能夠幫助的人。我覺得各位看起來很有實力，所以才過來攀談。當然了，會支付相應的報酬喔？」

天下沒有白吃的午餐。

我們互相以眼神示意，變得更加警惕，但看到黑衣男子把金幣一枚接一枚堆疊在桌上，我們的目光被吸引住了。

「怎麼樣？我先支付這筆錢當作定金。」

那裡有十堆金幣。每一堆各疊著二十枚金幣。

「如果你們能夠順利完成我的請求，會給你們這十枚白金幣作為報酬。」

他的邀約足以打破我們的警戒心。

我們相看一眼，點頭同意。

「不愧是各位，我沒有看錯人。等到準備好之後會聯絡你們，在那之前請自由活動。啊，不過請不要進入地下城。如果想聯絡時你們卻不在，我會很困擾。還有，假如我的準備需要多花時間，也預計會提供追加的資金援助，那就拜託了。」

黑衣男子對我們的反應露出滿意的笑容，從我們面前離開。

留在原地的我們……迅速地收起金幣不讓周圍的人看到，然後加點了酒。

三天後，黑衣男子再次出現在我們眼前。

「啊？突然叫我們去地下城是怎麼回事！」

我不禁加重語氣，這也是無可奈何。他的確說過有事情要拜託，但要我們去地下城是完全出乎意料之外。

「不好意思。這有一點原因……我調查了各位的情報，發現各位是非常優秀的冒險者。然後也調查了各位為何會不再進入……這裡的地下城。我認為憑各位的實力，只要沒有那些陷阱應該能夠走得更遠。」

「沒，沒錯。確實正是如此。」

聽到黑衣男子的話，我自己也感覺到激動的情緒正漸漸平靜下來。

忍不住表現出煩躁。

這一點應該反省。

現在和這個男人起衝突並不是好事。

因為我們不能為了一時的情緒失去賺錢的來源。

「所以我會準備一位能夠解除陷阱的專家。他當然沒有各位那麼厲害，但有能力足以自保。我認為他不會成為累贅。」

「你的意思是要我們帶著那傢伙攻略地下城嗎？」

「是的。而且我也想一起去，所以希望你們擔任我的護衛。」

護衛這個男人？這樣一來，情況又會變得不同了。

而且現在我們的小隊在人員減少後戰力大減，說真的，能走到哪一層得實際試試看才知道。

但我不能讓他察覺這一點。

因為他有可能會趁人之危。

「所以呢，我想請各位把離開的同伴找回來。我這邊也會準備人手，不過跟長期一起戰鬥的人相比，在聯手合作上可能會造成拖累。」

聽到那番話，我不禁皺起眉頭。

即使試圖忍耐，想起那些離我們而去的傢伙，心中熊熊的怒火就會復燃。

「我當然也會支付這部分的報酬。我想想……每找回一人，就支付一枚白金幣如何？然後，你們每帶我們多前進一層，都會支付追加的報酬。另外我們的目的地是第三十五層，如果能到達那裡，會支付一百枚白金幣。對了，如果有需要的裝備，這方面的費用也由我支付。」

記得有聽說過第三十五層的魔物素材很受歡迎，價格高漲。

而且即使是在這個城鎮長期活動的氏族中，除了【守護之劍】這個氏族外，沒有人到達過那一層。

那麼如果我們能到達那裡，不僅能得到財富，或許還能獲得名聲。

如此一來，就算普雷克斯的地下城再次開放也不需要回去了。在這個城鎮建立新氏族反倒也是不錯的選擇。

而且如果能到達那裡，那些對我們態度不敬的公會職員可能也會想要我們的力量而狼狽地低頭懇求。

我認為是個不錯的差事，與同伴們彼此點點頭。

◇◇◇

……事情進行得很順利。

被逼到絕境的人類真是容易操縱，對我來說很有幫助。

特別是遇到困難的冒險者，只要拿錢引誘就很容易控制。

接下來要按照指示，抓住領主的女兒……要執行這件事，還是在地下城最適合吧。這一點需要進行調查呢。

假如能在地面抓住她當然最好，但實在沒有可趁之機。

看來他有暗中安排護衛跟著女兒，沒有讓她發現呢。

本來以為他安逸得缺乏危機感，這表示他與普雷克斯的領主不同吧。

第4章

「魔像啊……不過，這樣嗎～克莉絲她～」

我在相隔許久來訪的圖書館裡，對賽莉絲述說在第十五層發生的事情。

希耶爾也高興地享受著賽莉絲的撫摸。不過，她在這之前飽餐了一頓應該也是原因之一。

因為去地下城時，總是有飲食限制……不如說，她經常得獨自寂寞地吃飯，所以能像這樣無拘無束地大家一起用餐，對希耶爾來說是無比幸福的時光吧。

「可是發現祕銀之類的～你應該也很辛苦吧～我也聽說了那個消息喔～」

賽莉絲如此說道，但那個消息應該還是最高機密。她是在哪裡聽說的呢？

那一天，我從地下城回來後拜託伊蘿哈傳話給威爾。我說有關於地下城的重要事情要談，並把祕銀交給她。

在隔天收到了答覆。我和佛瑞德兩人應威爾的邀請前往宅邸。他還派來馬車接送。

佛瑞德一直很緊張，顯得畏畏縮縮的。

房間裡不只威爾，冒險者公會的會長雷潔也在。

「那麼你們是空還有佛瑞德吧？可以告訴我發生了什麼事情嗎？」

我和佛瑞德一邊字斟句酌，一邊說出在第十五層發生的事情。

我們爬上岩壁的事。

在那裡採掘，發現各種礦石的事。

夜間遭到魔像襲擊的事。

這場有時會接受詢問的討論，穿插休息時間，進行了將近兩小時。

「老實說這件事令人難以置信，但實際上真的有實物嘛。」

「是的，雖然據說公會那邊以前也有人看過魔像……我認為首先需要調查魔像出現的條件。還有，如果可能，需要具備採掘知識的人呢。儘管空似乎幸運地發現了礦石，我認為就算盲目採掘也不會有成果。」

「的確沒錯。若是這樣就要派遣礦工……首先需要有人護送他們過去。騎士和……冒險者那邊也可以派出人手嗎？」

「可以用指名委託嗎？會貴一點，可是要帶外行人過去，需要具備一定的實力。」

在討論的後半段，我們毫無存在感。啊～飲料真好喝。

在我事不關己地聽著對話時，威爾問我們有沒有意願。

我能夠使用ＭＡＰ，可以安全又迅速地帶人過去。而且要走路這點對我來說也不是壞事。

只是自從賽莉絲拜託我攻略地下城以來，已經過了將近三個月。

雖然她說多虧克莉絲，讓情況有了一些餘裕，但那也是兩個月前的事。

「抱歉。如果可以，我想儘快攻略地下城，這次希望能容我回絕……」

「是嗎。那件事也很重要，這也沒辦法。佛瑞德，你意下如何？」

「……可以讓我和同伴們商量一下嗎？」

佛瑞德思索了一會兒，似乎決定回去和同伴們商量。

「抱歉，空。都是因為我們這邊的情況。」

「這方面也是沒辦法的事嘛，佛瑞德你們也有自己的考量。」

隔天佛瑞德來到家中低頭向我道歉。看來他決定接受威爾的委託。

「我和賽風他們談過了，他們也選擇攻略地下城。那麼如果可以，你能和他們繼續組隊嗎？他是個好人，而且和姑娘她們似乎也是從以前就認識的熟人。」

佛瑞德會對我這麼說，似乎是擔心現在從普雷克斯湧入的冒險者人潮已告一段落，要找新的小隊會很麻煩。

「知道了，我會和賽風他們見個面談談看。」

「嗯，就這麼做吧。他們也在擔心會不會被趕出房子呢。」

最後那句是玩笑話對吧？看到如此說道的佛瑞德感到很有趣地笑著，不禁覺得他們可能真的在擔心。

佛瑞德回去後，我告訴大家這件事時——

「我贊成。他們知道空的情況，實力也信得過。」

盧莉卡立刻贊成。

大家也都點頭同意那句話，沒有人反對。

當我前往諾曼家告訴賽風這件事──

「嗯，交給我們吧。這樣就不會被趕出房子了！」

「這真是幫了大忙。如此一來，他喝酒的量應該也會減少吧。」

原來他們真的在擔心嗎……

而且正如她的發言，優諾小姐是看起來最高興的人。

因為優諾說醉漢會對孩子造成不良影響，聽說最近賽風即使喝酒也只喝少量。

「那麼克莉絲的身體狀況已經不要緊了嗎？」

「是的，給你們添麻煩了。」

「沒這回事。反倒是多虧了她，我們才脫離危機。那麼，下一次什麼時候出發？要休息久一點嗎？」

「我打算看看克莉絲的狀況，大約在五天後出發，這樣可以嗎？」

「嗯，沒問題。我們會在那之前做好準備。」

「關於藥水和食物我這邊會準備，其他的東西就拜託了。」

「喂喂，這樣我們就幾乎沒事情可做了吧？」

「那就請你們陪陪諾曼他們吧。只要教他們解體的方法以及運用身體的方法就好了。」

那一天，我們也決定留下來和諾曼他們一起度過。

當我們談完走出去時──

「啊，是大哥哥和大姊姊們！」

正好遇到在忙碌工作的愛爾莎。

愛爾莎和阿爾特經常過來這裡教孩子們做家務。

他們現在好像正在晾床單，庭院裡有許多白布迎風飄揚。

除了愛爾莎，其他女孩們也親暱地一邊聊天一邊做事。

為了不打擾她們，男孩們似乎在角落手持模擬刀向蓋茲他們學習戰鬥方法。才想著怎麼在談話的地點只有賽風和優諾兩人，原來他們都在這裡。盧莉卡看到那一幕後開始躍躍欲試，結果加入了他們。賽拉也跟著過去，不如說是被拉過去了。

「大哥哥，如果方便，可以教我們做菜嗎？」

工作似乎已告一段落，愛爾莎提出請求。

她在家中偶爾也會開口要我教她做菜。可能是對占用我的時間感到過意不去，她每次提出請求時總是露出不安的表情。但是在請米亞教她的時候就不會這樣。

「……我想想。妳們有什麼想學的料理嗎？」

我問她們想學什麼，她說想學做番茄燉湯和奶油濃湯這兩種料理。

我教過愛爾莎做番茄燉湯好幾次，可能是這裡的孩子們拜託她來問的吧。

因為離洛奇亞很近，蔬菜類容易以相對便宜的價格買到，想起上次在這裡做這兩道菜時也很受歡迎。對了，用番茄醬做的披薩也受到好評。

我們在買下這棟房子後翻修並擴建廚房，因此即使將近十人聚集在廚房裡，空間也很寬敞。

米亞他們也加入了，大家一邊聊天一邊做菜。

在我說明料理做法時，她們會認真地聆聽，其他時候則會分享日常生活的感受。

大部分都是感謝的話，告訴我她們每天都過得很開心。

雖然有時候也會聽到對男孩們的抱怨，但大家大體上似乎相處得很融洽。

她們也談到未來想做什麼。有的孩子想和我們一樣就讀瑪基亞斯魔法學園學習魔法，也有想要開店的孩子。

她們向我道謝，表示能夠談論未來的夢想，全都是多虧我們的幫助。

「我也很高興能遇到大哥哥你們。」

愛爾莎害羞地說，阿爾特也點點頭。

料理做完後，我們和賽風他們一起用餐。

感覺愉快的時光一轉眼就過去了。

我們決定在完全入夜前回去。諾曼他們似乎還想跟我們多相處一會兒，聽聽各種故事——

「我們會再來玩的。」

「嗯，到時候再一起玩。」

但當賽拉和光對他們這麼說——

「嗯，大姊姊，再見。」

「一定要再來喔！」

孩子們如此回應。

◇◇◇

「那麼你是因為明天要出發，所以過來露個臉嗎～」
「還有就是過來道歉吧？因為地下城攻略遲遲沒有進展。」
「嗯～這方面多虧克莉絲幫忙，有了一些餘裕，所以沒關係～還有～你可以轉交這個給克莉絲嗎～？」
「這個是？」

【賽克特的項鍊】具有改變外表的效果。從今天起，變身成不一樣的你！

……鑑定結果的說明文就當做沒看到吧。需要的是效果呢。
之後我在閒聊了一會兒後走出圖書館，正打算回家時，遇見了約書亞。
因為最近我們都去探索地下城，真的很久沒有見面了。
「這不是空嗎，好久不見。」
「是啊，最近我們彼此都很忙。」
問了一下近況，約書亞他們目前正在為挑戰第十八層做準備。
不過可能是疲勞的關係，約書亞說話時表情顯得無精打采。

相反的，當我說我們已經抵達第十六層時，他非常驚訝，還有點茫然。

「因為我們碰巧有緣與冒險者們一起行動。」

雖然我這麼告訴他，但從他的反應來看，不知道有沒有聽進去。

當天晚上，由於從明天起要進入地下城，決定確認這五天的成果和自己的狀態值。

姓名「藤宮空」　職業「錬金術士」　種族「異世界人」　無等級
HP480／480　MP480／480（＋50）　SP480／480
力量……470（＋0）　體力……470（＋0）　速度……470（＋0）
魔力……470（＋50）　敏捷……470（＋50）　幸運……470（＋0）

技能「漫步Lv47」
效果「不管走多少路也不會累（每走一步就會獲得1點經驗值）」
經驗值計數器　61017／930000
技能點數　4

已習得技能
【鑑定LvMAX】【阻礙鑑定Lv5】【身體強化LvMAX】【魔力操作LvMAX】

【生活魔法ＬｖＭＡＸ】【察覺氣息ＬｖＭＡＸ】【劍術ＬｖＭＡＸ】【空間魔法ＬｖＭＡＸ】【平行思考ＬｖＭＡＸ】【提升自然回復ＬｖＭＡＸ】【遮蔽氣息ＬｖＭＡＸ】【鍊金術ＬｖＭＡＸ】【烹飪ＬｖＭＡＸ】【投擲・射擊Ｌｖ９】【火魔法ＬｖＭＡＸ】【水魔法Ｌｖ８】【心電感應Ｌｖ９】【夜視ＬｖＭＡＸ】【劍技Ｌｖ６】【異常狀態抗性Ｌｖ７】【土魔法ＬｖＭＡＸ】【風魔法Ｌｖ８】【偽裝Ｌｖ８】【土木・建築Ｌｖ８】【盾牌術Ｌｖ７】【挑釁Ｌｖ８】【陷阱Ｌｖ５】【登山Ｌｖ２】

高階技能
【人物鑑定ＬｖＭＡＸ】【察覺魔力Ｌｖ９】【賦予術ＬｖＭＡＸ】【創造Ｌｖ６】

契約技能
【神聖魔法Ｌｖ５】

稱號
【與精靈締結契約之人】

漫步技能的等級升了2級，變成47級。因為雖然行走的距離在增加，所需的經驗值也在增加。由於技能的效果，我不會感到疲勞，但考慮到在這段短期間內走過的步數，我覺得大家體力很好。如果沒有技能的效果，我會變成什麼樣子呢？

異常狀態抗性技能也不知為何升到了7級。感到疑惑是因為技能等級是自行升級的。還是說是吃了光做的那鍋料理而升級的？

然後因為製作了許多東西，賦予術的等級終於達到ＭＡＸ。這主要是我對投擲用道具賦予魔法的結果。由於數量很多，記得一個一個賦予魔法很費工夫。

不過更重要的是以創造技能製作道具。由於在第十五層得到心心念念的祕銀與魔像的魔石，可以製作從之前就想製作的道具。特別是關於魔像的魔石，最後得到三顆是關鍵所在。因為魔像的魔石是製作魔像核心的所需素材，於是拜託賽風讓我全部買下來了。

關於祕銀武器，我做出了我們六人份的武器。考慮到要處理珍貴的祕銀，在製作時把職業從探子變更為鍊金術士。在形狀和重量上參考我們目前使用的武器，同時聽取大家的意見來製作。光是對此最高興的人，應該是因為能夠以注入魔力的方式來大幅提升攻擊力吧。

由於短劍的攻擊力比長劍等武器來得較低，特別是在面對像這次的魔像一樣堅硬的魔物時，完全無法給予有效的打擊，這一點應該也有影響吧。

順帶一提，賽拉和盧莉卡有空時也會練習注入魔力。

其他製作的東西有利亞夫之盾、卡納爾的扣具以及魔像核心。

利亞夫之盾最後一共做了五面，一方面是因為有多餘的素材，但也是因為想提升創造的熟練度，升級技能等級。我各給米亞和克莉絲一面盾牌。順帶一提，盾牌上賦予了結界術，只要注入魔力就可以使用護盾魔法。不過缺點是消耗的魔力量很大。

接著創造的是卡納爾的扣具。

【卡納爾的扣具】能夠減輕裝備者的疲勞，提升回復能力。

這個類似我學到的技能——提升自然回復。請大家使用來確認效果，他們都說感覺變得不容易疲勞了。但願這不是安慰劑效應吧。

使用的素材如下。

> 【卡納爾的扣具】
> 所需素材——祕銀。魔礦石。魔水晶。史萊姆的魔石。魔石。

這要多虧在第十五層採掘礦石的成果。雖然手頭的史萊姆魔石不多，還是設法為每個人都做出一個。

最後是這次創造的主要目標魔像核心。

創造魔像核心的結果——

【魔像核心・影狼類型】

產生了這樣的成品。

使用的素材有魔像的魔石。祕銀（礦石①）。魔鐵鋼（礦石②）。影狼的魔石（魔石①）。

創造時必備的魔石，使用了哥布林國王的魔石。這是因為希望儘量製作出強大的核心，而選擇高品質魔石的結果。

然後在所有作業都結束後，開始尋找能學習的技能。

因為首先製作出魔像核心是很好，但我認為還需要學習可以有效操控魔像的技能。

即使在目前的狀況下還是能召喚魔像。一個方法是對魔像核心使用大量的魔石，以使用魔道具般的感覺操作，另一個方法是注入我的魔力就行了。

通常呈現球體狀的魔像核心，得到魔力後會形成軀體。這次則是變成以四足步行，類似狼的形態。

如果要說問題，就是魔力消耗量非常大。

魔像核心充滿魔力時會運用那些魔力形成軀體，然後依照登記為主人之人的指令行動。主人可以登記為多人，至少我們六人都能夠登記。

然後魔像在開始行動的同時就會不斷消耗魔力，而且消耗的速度非常快。

實驗了好幾次，照這樣下去頂多只能運作三十分鐘。假如讓牠重生損壞的部位，運作時間應該會變得更短。

這是因為魔像持續在釋放魔力。

同時也是因為無法儲存魔力的緣故。

拿以前製作的練習操作魔力用的魔道具當例子，在持續注入魔力時魔道具會發光，但停止注入魔力後，光芒就會消失。

在尋找技能時，找到了看起來派得上用場的技能。準確來說，這是賦予術等級練滿後新增到清單上的技能。

NEW
【賦予魔力Lv1】

效果就像是賦予術的魔力版。

但即使賦予魔力，也不代表魔像會半永久地運作。其效果只是減緩魔力的消耗速度，隨著技能等級提升，運作時間似乎會延長，賦予時消耗的MP量也會減少……嗯，以現在的情況，使用一次賦予魔力幾乎會耗盡我的MP。

而且這個技能還有其他用途。例如賽拉不擅長為武器注入魔力，若我事先對她的武器賦予魔力，她就可以使用帶著魔力的武器。

不愧是要花費3點技能點數來學習的技能。

這麼一來，技能點數還剩1點。

之前就對似乎對攻略地下城有幫助的技能感興趣，但那似乎是高階技能，這次無法學習。因為技能點數只剩1點了。

再繼續踏實地走路升級吧。

◇◇◇

「那麼，從今天起再次請多關照！」

我和情緒比平常興奮的賽風一起進入地下城。

這次的探索計畫是通過第十六層與第十七層，在通往第十八層的樓梯登記後先回來一趟。

「可以等我一下嗎？」

我一如往常用ＭＡＰ確認樓層的情況。

魔物的反應很多，人類的反應也不少。

而且從他們的行動來看，似乎正在回到這邊。可能是已做完樓層登記的人們。

「欸，我之前就一直覺得，每到新的樓層你就會做些什麼。你在做什麼啊？」

「喔，之前說過我能使用空間魔法吧。這是那種魔法之一，可以用地圖形式……觀看地下城內部。」

當我說明ＭＡＰ的功能——

「那麼我們至今之所以不常遇到魔物，能夠迅速通過樓層……」

他很驚訝。

「都是多虧這個魔法喔。不過偵察功能有時會捕捉不到某些魔物的反應，這方面只能當作參考吧？」

若是可以，我想召喚魔像，但這次遇到人的機率看來很高，所以決定作罷。

第十六層出現的魔物有狗頭人、狗頭人鬥士、狗頭人弓箭手、狗頭人盜賊，因為是首次見到的魔物，我們決定多戰鬥幾次來熟悉牠們。

「可惡，那傢伙是怎樣！」

「啊，小心點，那裡有陷阱！」

「喂喂，那個盜賊是打算啟動陷阱吧！」

盧莉卡在賽風抱怨時發出警告，奧爾嘉發出了驚叫。

關於狗頭人的實力，我沒有感覺牠們有多強。

只是狗頭人盜賊很狡猾，不惜波及同伴也想啟動陷阱，看到形勢不妙時就拋棄同伴自己撤退。而且這還沒有結束，牠們還會帶著同伴再度來襲，真是為所欲為。

所以每次遇到狗頭人盜賊都會試圖優先打倒牠們，但牠們總是巧妙地利用同伴當擋箭牌來擋住魔法和遠距離攻擊。

「真是能幹的傢伙。」

光這麼稱讚牠們，在經過幾場戰鬥後，光輕鬆地打倒狗頭人盜賊。

第十七層出現的魔物是大哥布林。即使單獨一隻在第十四層也出現過，這裡牠們會組成五隻以上的團體一起行動。

就實力來說，感覺牠們比狗頭人更強，不過牠們的戰鬥方式很直接，即使數量增加，我們也沒有陷入苦戰。一方面或許是因為與賽風他們配合得更好了。

「雖然不如蓋茲厲害，但空擔任坦克的技巧也愈來愈熟練了。你減少用劍戰鬥是為了克莉絲和米亞嗎？」

「這也是一部分原因。聽說愈深入下方樓層，從遠距離攻擊的魔物也會漸漸增加，而且我有能夠擔任攻擊角色的優秀同伴嘛。」

「嗯，確實沒錯。特別是賽拉也太強了吧。」

如同賽風戰戰兢兢的態度所反映的，賽拉的戰鬥能力出類拔萃。

在那之後我們找到第十八層的樓梯並進行登記後，遇到約書亞他們。

「這不是空嗎……呃，這幾位是？」

「喔，他們是和我們一起探索地下城的冒險者們。好像是盧莉卡和克莉絲的熟人，因為這層關係決定一起行動。」

遇到我們的約書亞他們感到很驚訝。

他們似乎是學園的二十四名學生一起挑戰第十八層，在經過五天的探索後歸來。

記得第十八層出現的魔物是虎狼……那種魔物真的很強。留下了一點心理陰影。

「你們要繼續前進嗎？」

「不，我們今天計劃要直接回去。要一起回去嗎？」

本來以為他們會覺得我多管閒事而拒絕，但約書亞他們決定和我們一起回去。他們看起來狼狽不堪，不忍心放著不管。表情也缺乏活力，看起來很低落。

和我們一起移動的約書亞一行人，對各種事情都感到吃驚。

由於他們看起來非常疲憊，因此我們帶頭打倒出現的魔物，也在現場做了料理請他們吃。

「儘管是和冒險者們一起行動，我明白空你們能這麼快到達這裡的理由了。之前知道空你們很強，沒想到強到這種程度。」

「嗯，因為盧莉卡和克莉絲……新加入的兩人是經驗豐富的冒險者。和我們一起行動的冒險者……賽風他們也直接給了我們戰鬥方式上的建議。」

當我稱讚他們，盧莉卡可能是覺得難為情而揉揉鼻子，克莉絲則害羞地低下頭。

但賽風他們不知為何露出苦笑。

「而且武器也能配備齊全了。」

現在我們使用的是祕銀武器。雖然形狀和重量都和原本使用的武器相同，但握柄等部分是新的，握起來感覺不同。即使差異不大，我們認為最好熟悉新武器，所以決定使用。

好幾名學生看到那些武器後，對我們投以羨慕的眼神。

蕾拉她們也在使用，看來祕銀武器果然令人嚮往。

「儘管是已經走過一次的路線，沒想到能這麼快就回來……空你們記得路嗎？」

「算是吧，我擅長記東西。更重要的是你還好嗎？」

從地下城回程的路上，我覺得約書亞似乎一天比一天變得更無精打采，為此感到擔心。

「是呀，都是多虧了空你們。這次真是感謝。」

約書亞開口後，其他人也跟著道謝並離開公會。

但是約書亞最後的笑容看起來有點勉強。

「我們是不是做得有點太過火了？」

由於許多學生看起來瀕臨極限，我們優先返回外面，結果幾乎是瞬間打倒了出現的魔物。

一開始他們只是覺得驚訝，但當這種情況持續發生，從他們的目光中感受到有些人對我們的看法發生了變化。

「這是個困難的問題呢。不知道他們實際上感受到什麼，如果因為與我們之間的實力差距而灰心喪志，身為冒險者是無法繼續前進的。我們也見過許多高手，但還是為了前進而咬緊牙關堅持過來。」

盧莉卡根據她的經驗這麼說道。

聽到這番話，不只克莉絲，賽拉也點點頭。

因為賽拉正是在沒有力量就會死的環境中成長的。

◇◇◇

在與賽風他們商量過下一次地下城探索事宜後的第二天。

我們決定進入第十層的頭目房間確認魔像核心·影狼的性能。

因為大家應該都很累，我本來計劃一個人前來，但他們對魔像感興趣，而且似乎認為讓我獨自去頭目房間太危險。

魔像核心．影狼的首戰對我們造成衝擊。

牠的戰鬥方式威風凜凜，不，是壓倒性的。

牠用速度戲耍小兵哥布林們，用啃咬和前腿攻擊在轉眼間打倒牠們，然後與哥布林國王一對一戰鬥，最終以影子攻擊束縛牠的動作，咬斷牠的脖子將其打倒。

看樣子製作時使用了影狼的魔石，讓魔像能夠用影子進行特殊攻擊。

當我們回收魔石並打算離開時──

「欸，難得都來了，要不要在這裡多待一會兒？」

盧莉卡如此提議。

我詢問原因，她說因為在這裡不用在意別人的目光，可以自由地操縱魔像──影狼。

這的確有道理。

原本以為這次也會有很多人要挑戰頭目房間，但沒有人在等待，而且戰鬥時間也不長，所以不必馬上出去也無妨吧。

「說得也對。來確認一下牠的動作吧。」

我也很感興趣呢。

於是命令影狼不要傷害對手，開始除了米亞和克莉絲以外全員參加的模擬戰鬥。

影狼與四人交手也表現得很好，但還是我們比較強。在反覆戰鬥的過程中，我們曾被影子攻擊得手忙腳亂，不過戰況顯現了經驗上的差距。

「很強。值得期待。」

「對啊。運用影子配合的攻擊做得很好。」

「沒錯。具備快慢變化的攻擊很有威脅性，我們很難做到這樣的動作。」

當三人一邊誇獎一邊摸摸影狼的頭，希耶爾看到後吃醋了。順便一提，受到撫摸的影狼沒有反應。

希耶爾在三人……光和賽拉身邊飛來飛去，搖動耳朵想要關注。

當光和賽拉撫摸她後，這才似乎平靜下來。但我的確看到她對魔像投以看勁敵般的眼神。

順帶一提，我們從出現的寶箱裡獲得了回歸石。

◇◇◇

「喔～發生了這種事啊～」

我在相隔許久拜訪學園的圖書館，對賽莉絲談起前幾天在地下城裡遇到約書亞他們的事。

「嗯～這方面是要自己解決的問題呢～再說了，在加入【守護之劍】的亞修他們打破紀錄之前～記得學園學生於在校期間攻略成功的地下城樓層最高紀錄～應該是第二十二層喔～考慮到這一點～以他們的年齡能攻略到第十七層是很了不起的事情喔～」

賽莉絲為我說明，由於亞修和蕾拉她們的紀錄引人注目，可能使得人們普遍認為這點程度是簡單就能攻略成功。

「我會找機會～把這件事告訴校長的～」

「還有另一件事想找妳商量。」

我告訴她我製作了魔像核心，問她在地下城裡使用是否沒問題。

正確來說，應該是問她如果在使用時被人目擊該怎麼辦。也提到我想了一個藉口，打算說是從頭目寶箱得到的。

「因為地下城的寶箱會出現各種物品～若有人問起這麼回答就行了～不過有壞人存在，要小心喔～因為最近來自外面的人變多了～似乎也有學園的學生和他們發生糾紛的報告～」

的確，來自外面的冒險者們可能有許多人都不知道「禁止騷擾學園的學生」這個心照不宣的規則。

「話說回來～克莉絲現在有戴著賽克特的項鍊嗎～？」

「是、是的。不會很奇怪吧？」

「嗯～很完美喔～空也這麼認為吧～？」

「是啊。她看起來和平常一樣，讓人難以相信她沒有使用變化魔法。」

現在克莉絲戴著賽克特的項鍊。

這種項鍊可以讓對方看佩戴者想像的形象，而且我們在使用後發現，效果還有能夠抑制克莉絲解除變化時釋放出來的魔力。

雖然對於感受不到魔力流動的人，不戴項鍊也沒有影響，但的確存在少數對魔力敏感的人。

實際上，賽莉絲會知道克莉絲的存在，就是因為感受到了魔力流動。

「唔～因為我自己看不出來，所以會覺得不安。」

克莉絲說，她在鏡中看到的自己是銀眸銀髮，耳朵也是尖的。

看樣子項鍊的效果只是讓第三者這麼看到。

實際上當我們看鏡中的克莉絲時，她是金眸與金髮，耳朵也是圓的，和人類沒有差異。

克莉絲一開始也猶豫過要不要戴賽克特的項鍊。

即使如此她還是決定戴上，主要似乎是因為之前在第十五層發生的事情。

因為她知道在使用變化魔法時，無法充分發揮自己的力量。而且如果在解除變化後立刻施展強大的魔法……精靈魔法，會對身體造成很大的負擔。

聽了克莉絲的話，賽莉絲認為她可能是之前不常使用精靈魔法，還沒有適應。

本來以為既然變化魔法也是借用精靈的力量，那應該也算是在使用，但她說變化和攻擊魔法在性質上不同。

「一開始先別用大規模的魔法～先從小的魔法開始用起，逐漸適應比較好～」

「好的，我知道了。」

克莉絲坦率地點點頭，賽莉絲用溫柔的目光看著她。

接下來，我們三人聊得忘記時間，暢談各種話題，在光她們來到圖書館時結束聊天。

原本在窗邊曬太陽的希耶爾也感受到她們的氣息而醒來，搖搖晃晃地飛過來尋找食物。從她那不穩定的樣子可以看出還沒完全睡醒。

不過當我拿出料理，香味在室內飄散開來時，希爾瞪大雙眼，似乎完全清醒了。

而且最期待在這間圖書館裡用餐的人，其實是盧莉卡。

盧莉卡向賽莉絲借來艾麗安娜之瞳戴在身上，神情陶醉地看著希耶爾大快朵頤地享用料理。

盧莉卡第一次看到希耶爾時，情況可真是不得了。那天她甚至一整天都沒去上課，一直在圖書館盯著希耶爾度過。我記得很清楚，她的側臉一直喜形於色，笑逐顏開。

在那之後，她對我抱怨可以跟希耶爾多次互相接觸真是太奸詐了，甚至說出我也要當奴隸這種過激發言。

沒想到盧莉卡居然這麼喜歡可愛的東西……這有點出乎我的預料。是的。

當我說明只要有材料，就能做出艾麗安娜之瞳時，她抓住我的衣領，詢問需要什麼材料。

那股氣勢讓我有點畏縮，這是祕密。

不，她眼神的認真程度相當可怕。

所以盧莉卡是暗中對攻略地下城充滿熱情的人之一。

「妳看，小盧莉卡。又灑出來了喔。」

克莉絲像平常一樣提醒她，但盧莉卡只是含糊地回答，我不認為她有在聽。

不過對我來說，非常高興能夠知道艾麗安娜之瞳的明確效果。

在那之後我一如往常地說服不情願的盧莉卡歸還艾麗安娜之瞳，我們離開了圖書館。

一邊安慰盧莉卡一邊走下樓梯時，遇到約書亞。

我和約書亞打了招呼，心想之前也發生過這種情況呢，正準備告別時，約書亞叫住我。

「空，有件事想拜託你……可以占用一點時間嗎？」

本來以為我一個人就行了，他說希望光她們也一起參與談話。

約書亞希望我們下次攻略地下城時能讓他們同行。

「這是沒問題，但下次我們要去第十八層，既然對手是虎狼，也不知道會發生什麼情況，這樣可以嗎？還有冒險者們也會一起參加沒關係嗎？」

首先要打倒虎狼很困難。雖然從冒險者階級C級起就可以接討伐委託，記得基本上不會以單獨的隊伍跟虎狼戰鬥。不過聽到這個情報已是一年多以前的事，印象有些模糊。

我們的等級升級了，又有賽風他們在，應該不成問題，但我對這個對手沒有好印象。

「嗯，即使是這樣也無所謂。而且他們是之前在地下城裡同行的那些人吧？若是那些人，那就沒問題。還有如果從空的角度來看我們會變成累贅，告訴我們就行了。」

我向約書亞詢問詳情，這次似乎只有約書亞小隊的六個人會一起前往。

「其他人呢？」

「嗯，其實我們吵架了……」

約書亞尷尬地表示，他們在討論往後的地下城探索時發生爭執，聯合探索團隊解散了。

從他的口吻可以感受到正在後悔……不過他們或許需要一段時間冷靜。

據說聯合探索團隊由四支小隊組成，每支小隊之前都攻略進展順利，但到了這個階段卻多次探索失敗。據說有些人因此喪失自信，有些人失去了幹勁，發生種種問題。

約書亞他們也在經過一番苦思後，決定這次想親眼好好確認我們這些同齡人的戰鬥表現。

「那麼我們明天來討論探索地下城的事情，然後決定何時挑戰地下城吧。」

我們與約書亞他們的地下城探索，從結論來說進展順利，成功抵達了第二十層。

第一次看到虎狼時，我也和約書亞他們一樣感到緊張——

「虎狼不是我們的對手。」

但賽拉充滿自信的可靠話語讓我冷靜下來。

「交給我們吧。」

賽風自信十足的話語也發揮了很大的作用。

對約書亞他們來說，他的發言似乎更能感到安心。

基本的戰鬥方式是採取由持盾的我和蓋茲絆住虎狼，攻擊成員們趁這段時間打倒虎狼這種穩健的戰術。虎狼看到情勢不利的情況試圖撤退，但我使用了挑釁阻止牠逃走。

我在一起行動時發現約書亞他們的武器對虎狼的攻擊效果不佳。

武器性能與我們的祕銀之劍相比有差距是沒辦法的事，然而這樣在面對虎狼時陷入苦戰也是無可奈何。學園會提供制服，武器似乎得自己準備。

而且我從談話中得知，用盾牌阻擋攻擊的肉盾沒有發揮作用。

在學園的學生中，用盾牌的學生本來就很少。即使是在模擬戰鬥中使用盾牌的學生……頂多只有一個人吧？不過這只是我參加時的情況。

隨著深入地下城，魔物逐漸變強，許多學生突然得擔任肉盾，因此經驗不足。

如果魔法有效，或許能夠打倒牠，可惜虎狼是動作敏捷難以命中的魔物。直覺也格外敏銳。

休息時，約書亞他們雖然緊張，還是積極地與賽風他們交談。似乎主要都在發問，賽風他們則仔細地回答了那些問題。

一方面也有這個原因，在抵達第二十層時大家看來已經熟悉不少。

「那麼頭目房間怎麼辦？要直接前往嗎？」

「還是不去了。我想等到我們能靠自己的力量來到這裡後，再去挑戰。」

聽到約書亞的話，他的小隊成員們也強而有力地點頭同意。

就這樣，我們與約書亞他們的地下城探索結束了，後來聽說約書亞他們與因為爭吵而分道揚鑣的其他小隊的學生們進行了深入的溝通，決定再次展開探索。

為了籌措資金，他們會先以能賺錢的樓層為中心進行活動。

我站在第二十層的頭目房間前，注視著眼前的門。

門的形狀與第十層相同，在突起物上面有類似浮雕的東西。

進行鑑定後，果然顯示了魔物的名稱和數字。

【☆狗頭人國王 1・狗頭人將軍 2・狗頭人守衛 14・狗頭人弓箭手 10・狗頭人鬥士 20】

我曾多次造訪第十層的頭目房間，但每次出現的魔物數量都會變化。也確認了出現的魔物與浮雕上顯示的數字相符。

「如果這是真的，不就是個大發現嗎？」

「能事先知道第四十層的頭目房間會出現的魔物，的確很有幫助。」

我這麼回答盧莉卡的話。

若是到第三十層為止的頭目房間，可以從資料確認過去出現了哪些魔物。

但第四十層的頭目房間還沒有人挑戰過，所以能事先知道魔物的種類和數量真的很有幫助。因為只要知道出現的魔物，就能準備相應的對策。

「那麼走吧。」

我告訴他們在浮雕上能確認到的魔物及其數量，便進入頭目房間。

第二十層的頭目房間是廣闊的荒野ＭＡＰ。已經踩實的地面是紅土，感覺有風吹過就會掀起沙塵。另外視野內的樹木都已枯萎，還可以看到小塊岩石散落在地上。雖然行走上沒問題，但與魔物戰鬥時可能會造成阻礙。

我召喚影狼進行戰鬥準備時——

「那個是什麼？」

賽風問我。

賽風他們的視線都投注在影狼身上。這是理所當然的反應。光，摸影狼的頭希耶爾會吃醋，要節制一下。還有那個不是寵物喔。

「這是魔像。我從頭目房間的寶箱裡獲得了魔像核心。」

按照事先決定的設定，回答了賽風的疑問。

正如賽莉絲所說，賽風他們儘管感到困惑，似乎接受了這個解釋。不，正確的說法或許是因為無從確認是否屬實，所以不得不接受。

我猶豫過是否告訴賽風他們實話，表明其實這是我製作的！但決定這次先不說。

與魔物的戰鬥不同於第十層，花費了不少時間。

原因應該是狗頭人守衛的存在吧。牠使用的盾牌好像是魔法盾，巧妙地擋下了我們的攻擊。

再加上牠們在將軍的指揮下動作協調一致，難以突破防守。每當覺得可以打亂隊形時，馬上就會有另一個狗頭人過來支援並重組隊形，試圖靠近時，弓箭手會進行牽制。

「感覺像是在和受過訓練的士兵戰鬥呢。」

「啊，小光流血了。我來幫妳治療，過來這邊。」

盧莉卡與賽拉針對戰鬥方式交換意見，米亞正在治療光。

「克莉絲，沒事吧？」

克莉絲看起來有點疲憊。

她不僅連續使用精靈魔法，還施放了不少普通魔法。

而我也是自從聖王國的魔物潮後，就沒有在一場戰鬥中使用過這麼多魔法了。

「聯手合作的魔物也很難纏，但帶著道具的魔物果然是個威脅。這一點可能和跟人類戰鬥時相似吧。」

聽到賽風的話，我也有同感。

實際上狗頭人守衛不僅動作敏捷，使用的還是魔法盾。以後可能會出現更多像這樣的魔物。

「那麼這次會出現什麼呢？」

我們從寶箱裡回收了回歸石和錢。

回歸石在緊要關頭有幾顆都不嫌多，所以很有幫助。

只是感覺我會覺得浪費而猶豫要不要用呢。真難決定使用時機。

第5章

第二十一層出現的是不死生物。我和佛瑞德他們一起探索時曾聽說過，因為賺不到錢，這裡是冷門的樓層。

從不死生物類魔物身上無法取得素材，能出售的只有魔石。即使是最弱的骷髏魔石品質也很好，所以會以高價收購。

不過要取得魔石似乎並不容易。

打倒不死生物的方法有兩種，一種是破壞魔石，另一種是聖屬性的攻擊。

聖屬性的攻擊是指透過神聖魔法或光魔法進行攻擊，另外還有用神聖魔法之一的祝福或聖水賦予武器聖屬性，或是使用銀製武器直接攻擊。

由於能使用神聖魔法或光魔法的人不多，要取得魔石就需要用聖水或銀製武器打倒牠們。坦白說這得花很多錢，即使能取得魔石也常常會虧損。因為銀製武器不僅昂貴又容易損壞，似乎是在緊要關頭用來對付不死生物的王牌武器。

另外從第二十一層開始，與之前的樓層有很大的不同之處。

那就是之前的迷宮中一直都是明亮的，但這裡一片黑暗……受到黑暗所包圍。

因此從這一層開始，具有夜視效果的魔道具變成了必備品。

此外開始會出現察覺氣息技能無法偵察到的魔物。特別是不死生物，不使用察覺魔力就無法發現。

因此光、盧莉卡和奧爾嘉都感到困惑。

相反的，米亞似乎能隱約感覺到魔物在哪個方向。

還有另一件事，我從這一層開始使用新學會的技能。是從之前就已在關注的那個技能。

> NEW
> 【隱蔽Lv1】

這是遮蔽氣息的高階技能。簡單來說遮蔽氣息是對自己生效，隱蔽則是對他人生效的技能。如果與使用者……在這裡指的是我，離得太遠就會失去效果，但只要技能等級升級，作用範圍似乎也會漸漸擴大。

這對於未來的地下城探索似乎會派上用場，我想儘快提升技能的等級。

「那麼米亞，這大概會造成不小的負擔，拜託妳了。」

「嗯，交給我吧。」

今天的米亞充滿幹勁。

從第二十一層到第二十九層基本上都是出現不死生物。例外是第二十五層和第三十層的頭目房間，但如果沒有能使用神聖魔法或光魔法的人就賺不到多少錢。

不過我們有米亞在。為了這一天……不如說只要有空，米亞一直在製作聖水。聖水的製作方式似乎可以對水使用神聖魔法的祝福來製成。

然而是否成功要看機率，並非一次祝福必定能製成聖水。

順帶一提，米亞告訴我神聖魔法研究會的人們為了賺取學費和零用錢，會在有時間的時候製作聖水。

從這裡開始的攻略，基本上要靠米亞以祝福賦予武器聖屬性來戰鬥。

但是用祝福或聖水賦予的聖屬性有時限，難以隨時維持。

本來在連續與魔物戰鬥時使用是最適合的做法，然而因為不知道魔物在何處，難以掌握使用時機。不過我有ＭＡＰ，因此可以專挑魔物聚集時請她賦予屬性。

如果賺不到多少錢，那沒必要勉強前進，但第二十五層是確定賺得到錢的狩獵場，所以大家都將那裡當作目的地。

突然想起來到第二十一層前，在學園的圖書館和克莉絲及賽莉絲聊過的事情。

話題是關於光魔法。

即使在屬性魔法中，能使用光魔法的人也很少。不過並非完全沒有。

實際上在與影狼交戰的冒險者中，也有能使用光魔法的人。

還有這是我個人的想像，曾認為神聖魔法的神聖箭和光魔法的光箭效果相同。不清楚聖屬性和光屬性的差異。

根據兩人的說明，神聖魔法以回復魔法和補助魔法為主，攻擊系魔法的種類不多。主要是專門針對不死生物等不死系，對於闇屬性魔物效果不如光魔法。

光魔法似乎有許多攻擊系的魔法，其威力也超越群倫。特別是對闇屬性和不死屬性的魔物效果很好，但由於在實戰中要運用自如比普通魔法困難，以光魔法為主的使用者不多。

這時突然想到之前在第五層戰鬥過的影狼。那傢伙使用影子的技能攻擊我們，詢問賽莉絲後得知牠屬於闇屬性。

那麼光屬性是牠的弱點，牠卻沒有優先攻擊能使用光魔法的人，而是攻擊我和米亞，讓我覺得很奇怪。

「啊～大概是因為沒有人能以實戰水準使用光魔法吧～因為若不是專門研究光魔法的使用者～都會傾向主要使用其他魔法呢～」

賽莉絲這麼解釋。

她表示所以影狼才會優先攻擊可能構成威脅的我和米亞。

「還有～聽說光魔法無法連續使用～說不定是因為使用魔法需要的魔力很多呢～」

賽莉絲談到了光魔法。

這時她似乎對自己無法使用光魔法感到非常不甘心。

……這就是我的可學習技能清單上沒有光魔法的原因嗎？

因為清單上原本也沒有神聖魔法。現在能使用神聖魔法，都是因為跟希耶爾締結了契約。

「米亞，差不多可以請妳使用祝福了嗎？」

我一邊查看MAP，一邊拜託米亞。

當然了，這要考慮到米亞剩餘的魔力量。

話雖如此，我們基本上會避開魔物，同時走最短路線前往樓梯。

「今天就在這附近休息吧。」

影狼聽到我的話坐下待命。希耶爾坐在牠背上，看起來宛如在騎乘一般，也顯得非常滿意。

「那麼我要使用了。」

當我們開始準備露營時，米亞使用了神聖魔法的聖域。

聖域是以指定的地點為中心展開光之領域的魔法，具有和防魔物道具相同的效果。特別是對不死生物非常有效，相反的對於普通魔物效果則會稍微減弱。

「那麼我要做料理了，你們有什麼想吃的嗎？」

我聽完大家的希望後，開始烹飪。做了肉排和番茄湯。

「在地下城裡吃熱騰騰的料理……一但習慣這種事，以後可就難適應了。」

對於賽風的話，哥布林的嘆息成員們深深地點頭。

「嗯？各位不自己做料理嗎？」

聽到米亞發問，正在吃飯的賽風他們的手停了下來。

「喔、喔。剛開始冒險的時候，我們曾為了節省開銷嘗試自炊……」

根據賽風的說法，他們過去曾嘗試自己烹飪，但是做不出好吃的食物，最後得出結論還不如吃保存食品。特別是優諾當時正值對各種事物都感興趣的時候，似乎是最熱衷烹飪的人。

「那麼趁這個機會跟我們一起做菜如何？有擅長做菜的空他們在，就連一開始幾乎不會做料理的我，經過指導後也學會了呢。」

有人對米亞的那句話表露興趣。就是優諾。

從那天起，優諾開始加入米亞她們一起做料理。

她首先從煮湯開始練習，減少使用的食材，從簡單的湯開始做起。切蔬菜的動作有些笨拙，賽風擔心地看著，但她沒有受傷，似乎能夠順利地進行。

優諾做的料理一開始有時會調味失敗，或是可能因為切的蔬菜大小不一而導致火候不佳，有時會有還有點硬的部分，這些問題也在日漸改善。

雖然不知道是先從煮湯開始做對了，還是米亞她們教得好，或者是優諾的努力開花結果，不久之後學習的成果顯現了。

「真、真好吃？」

最終甚至讓賽風說出這樣的評語。

優諾聽到以後看來打從心底感到高興，簡直像小孩子一樣雀躍不已。

看到她高興的模樣，賽風嘴角浮現笑意。

自從那件事情以來，我覺得女生們變得更有凝聚力，或者說關係迅速變好了。

由於年齡差距，優諾原本和其他人保持了一點距離，最近則是經常看到她和米亞她們愉快地聊天。

「謝謝你，空。我很久沒看到優諾那麼高興的樣子了。」

在露營的守夜輪值排到同時段時，賽風向我道謝。

「我沒做什麼事。如果要感謝，就向米亞她們道謝吧。」

實際上，我只有最初的一、兩次去幫忙，之後都是由米亞她們教優諾做料理。

「混帳東西。直接告訴她們，那個……我會難為情啊。」

賽風如此說道，然後我們聊了一下。

他似乎已隱約感覺到優諾對烹飪感興趣。

賽風說，他們剛開始冒險時曾為了烹飪花掉不少錢，導致沒錢買裝備和消耗品而過了一段苦日子，因此即使現在生活變得寬裕，她也難以說出想做料理的想法。

雖然這只不過是賽風的推測，但看到優諾聽到那句「真好吃」後露出高興的笑容，他認為應該是這樣沒錯。

進入地下城的第十天，我們找到通往第二十五層的樓梯。

考慮到每前進一層，地下城就會變得更大，我認為這個速度相當快。

其中有兩層到樓梯的距離很近，也是我們能快速前進的原因。依照那種情況，認為樓梯在遠處而前進的人，反倒會耗費時間經歷困難吧。

地下城就是因為這樣才可怕，真的很感謝ＭＡＰ。

還有極力避免和魔物戰鬥也是一大原因，假使遇到，大都也會從遠距離外立刻打倒魔物。

第二十一層出現骷髏和極少數的骷髏騎士。第二十二層出現殭屍狼和暗影狼。第二十三層出現食屍鬼和亡魂騎士。第二十四層出現哥布林殭屍和暗影哥布林，不過從第二十二層開始出現的殭屍系魔物都散發著濃烈的腐臭味，我們不太想進行近身戰。

雖然有藥劑可以抑制臭味，但地下城是密閉空間，所以氣味不會散去。

我不禁心想如果這方面能像烹飪時產生的炊煙一樣，會自然消散就好了。

這種設計讓人感受到惡意。

因此在用餐時使用風魔法來驅散周圍的臭味，然而一直這麼做會導致魔力不足。假如遇到魔物，我還想使用魔法。

由於這種情況，我們急著趕路，很快抵達了第二十五層。

還有一件事讓我在意，那就是不死生物的習性。

可能是知道我們是神聖魔法的使用者，牠們會針對米亞和我攻擊。另外，克莉絲和優諾似乎也比其他人更容易遭到攻擊？在有人應對牠們之前，牠們常常忽略前鋒，朝後衛這邊進攻。

這方面的事情在資料上沒有記載，回去以後問問看賽莉絲好了？

◇◇◇

「嗚～我會再來的～」

盧莉卡發出沒出息的聲音離開圖書館。

現在盧莉卡只有在這裡才能和希耶爾嬉戲，所以這也沒辦法嗎？

她平常活潑的樣子消失無蹤，垂下肩膀有氣無力地走著。

「沒辦法，因為希耶爾很可愛。」

「就是說啊。就是說啊。」

盧莉卡對光的話有所反應。

她們正在談論的希耶爾，看起來有些開心地坐在盧莉卡的頭上。

如果當事人知道這件事應該會激動得要命，可惜她看不見。

「不過影也是好孩子。騎在牠身上的感覺很棒。」

魔像影狼不知不覺由光命名為影。

順帶一提，她會說騎在牠身上的感覺很棒，是因為看到希耶爾坐在影身上後，也產生興趣坐上去，結果非常中意。

一開始坐起來似乎不太舒適，但隨著次數增加，影似乎學會在光騎乘時進行調整，把她乘坐的部分變得柔軟。總覺得牠在無用的地方發揮了學習能力。

還有也問了賽莉絲關於不死生物的習性。賽莉絲似乎對不死生物的相關知識不太有自信，但她說以前去地下城時，魔法師經常會成為攻擊目標。

骷髏之類的魔物沒有眼睛，或許是對魔力有所反應。

當我們喧鬧地走下樓梯時，就像在印證有二就有三，又碰巧遇見約書亞。

「啊，這不是空嗎？今天不去地下城嗎？」

「嗯，現在是下次探索的準備期間，我來圖書館查資料。」

雖然我們來到學園的原因，有一半以上是出於盧莉卡想見希耶爾的需求。

「比起這個，發生了什麼好事嗎？」

「為什麼突然這麼問？」

「嗯，因為和上次見面時相比，你的表情很輕鬆。」

我們最後一次見面，是在一起前往第二十層的時候。我耳聞約書亞後來和原本合作的那些人再次開始探索，他現在不再顯得心事重重，而是露出開朗的表情。

這與我們在冒險者公會第一次見面時，他看到【守護之劍】興奮得眼睛發亮的表情很相似。

「其實從那次以後，我們大家一起討論並立下目標，要好好把裝備準備齊全，同時慢慢向前推進。因此最近在第五層賺錢，主要在第十五層到第十七層訓練。空，你知道嗎？在第五層能採到一種叫諾布爾之果的果實，可以賣很多錢喔。而且吃過一次自己採集的果實，很好吃呢。」

約書亞強調諾布爾之果有多麼美味，看到他這樣，米亞她們感到有趣地笑了。

聽說他們還順便採了藥草賣給學園，用這些錢買藥水。

由於藥水費的開銷減少，照這樣繼續存錢似乎也能購買新的武器。

他還吃過和諾布爾之果相似的多羅斯之果，結果嘴裡的味道變得很糟糕，但這使得本來沒有滋味的保存食品變好吃。即使如此，他再也不想吃多羅斯之果。

還結識了同樣也來採集諾布爾之果的冒險者，並且成為朋友。

由於地下城內的資源重生速度除了發生變遷時以外，目前還是個謎，所以他們會互相分享情報。主要是關於哪一帶可以採到諾布爾之果、藥草叢生地的地點或是魔物的目擊情報等等。

只是這時候，他提到了正在留意的一點。

「我儘量和從以前起就在這個城鎮當冒險者的人結交。我知道也有像賽風先生他們那樣的好人，但也聽說過外來冒險者的不好傳聞。」

在新來到城鎮的冒險者中，似乎有些人知道對方是學院的學生後，會表現輕視的態度，所以約書亞會避開這種人。

實際上在學園的學生中最近似乎也有人被纏上，所以正在呼籲大家要小心。

「那麼，空，以後再一起冒險吧！」

最後如此說道的約書亞走進校舍內消失了。

◇◇◇

這裡通稱不眠之湖。是由造訪過第二十五層的冒險者們取的名字。

這裡跟第五層和第十五層一樣，會日夜交替。

走下樓梯便已身處森林中。

眼前正好有一條能讓人通行的獸徑，我們只能先沿著這條獸徑前進。因為樹木枝葉遮蔽了天空，感覺簡直像走在隧道裡。

沿著被樹木圍繞的路往前走，視野變得開闊，最終出現一座大湖。

湖的前端消失在地平線另一頭，不知延伸到何處，看不到盡頭。雖然不知道正確的寬度是多少，看來至少有一百公尺以上。愈往深處，湖泊似乎就愈寬廣。

湖面在陽光映照下閃閃發光，不知道湖裡是否有魚？突然察覺來到這個世界以後，還不曾吃過魚料理。

為什麼一旦察覺就會覺得很懷念呢？總覺得環遊世界各地的理由又增加了，不禁露出苦笑。思維受食物支配，簡直跟希耶爾沒兩樣。

可能是因為我這麼想，希耶爾一臉不滿地看著我。

轉動視線，在湖畔只有一小片草地，相距不到十公尺的地方就是環繞湖泊的森林。

這一層在森林中似乎有歐克的聚落，基本上白天會出現歐克。其中也混有高階種，據說這一層以前出現過歐克領主。

然而這一層最大的特徵，是白天與黑夜出現的魔物不同。夜間會出現歐克殭屍、骷髏和骷髏騎士。特別是歐克殭屍，資料上記載白天打倒的歐克愈多，牠們的數量愈會增加。

另外還有不分晝夜都會出現的魔物，那就是住在湖中的青蛙人。

牠們基本上不會進入森林中，但如果避開森林走在湖畔就會遭到襲擊。

青蛙人的體表黏滑，攻擊難以發揮效果，比歐克更強。據說如果拉開距離，牠們會吐出不知能伸得多長的舌頭來攻擊，是棘手的魔物。另外還會吐水進行攻擊？

思考到此處，我發現還沒有開啟ＭＡＰ。

平常一踏進樓層時就會這麼做，但這次進來後瞬間就身處森林中，所以忘記了。

開啟ＭＡＰ擴大範圍，使用察覺氣息和察覺魔力兩種技能進行確認。

上面顯示了許多反應。

不只是魔物，人的數量也很多。這或許是進入瑪喬利卡的地下城後，第一次在同一層看見這麼多人的反應。

另外第二十五層的MAP結構有點特殊，應該說整體形狀如橄欖球般呈橢圓形。樓梯分別位於兩個尖端位置，愈靠近中心部分愈寬。

「那麼我們從哪邊過去呢？」

賽風向我詢問。

「不管走哪邊都會遇到人。假如想避開，可能需要經過森林深處。」

有許多冒險者把這一層當作狩獵場。

聽說其中有些人是【守護之劍】等氏族的成員。

這是因為這一層會出現許多魔物，可以累積戰鬥經驗，特別是能夠和大量的不死生物交戰。這代表就算使用聖水，獲得的利益也綽綽有餘。

和這麼多魔物戰鬥雖然有風險，但實際情況是許多人都在這裡累積經驗與賺錢，然後再挑戰更深的樓層。

在往後的樓層中，只依靠鍛練有素的體魄是不夠的。如果沒有適合的裝備，打倒魔物會變得愈來愈困難。

這就類似用約書亞他們的武器很難打倒虎狼。

正因為如此，第二十五層成為了熱門的狩獵場，在這裡活動的冒險者絡繹不絕。雖然這可能有一大部分是從第二十一層到第二十四層之間都很難賺到錢的反彈效應。

「嗯，這也沒辦法呢。因為每個人應該都想占據靠近樓梯的地點。」

因為發生狀況時如果在樓梯附近，就可以逃進那裡。

那些具有一定戰力的人則會更深入內部。因為愈往深處走，出現的魔物數量就愈多，所以愈往深處走愈能獲得大量的魔石。

「還是說要試著和青蛙人戰鬥一次嗎？我認為沿著湖畔走會更快抵達往下一層的樓梯喔。」

我們接受賽風的提議，試著和青蛙人戰鬥一次，結果還是決定在森林中前進。

雖然我們有足夠的戰力對付青蛙人，數量實在太多了。不如說青蛙人一個接一個從湖中爬出來，數量多到真不知是從哪來的。

查看MAP發現附近的青蛙人幾乎都聚集過來了。不過當我們離開湖邊進入森林後，牠們就沒有再追來。

「真、真是可怕的經驗……」

「是啊，還是老實地走過森林比較好。」

聽到盧莉卡的話，賽風也氣喘吁吁地回應。

提議跟青蛙人戰鬥的賽風被優諾斥責了。

有點明白這裡為何命名為不眠之湖，而非不眠之森的理由了。

「總之避開其他人移動吧。我也想調查到了夜晚會出現什麼魔物，最好根據情況來重新商量要如何攻略。」

根據資料，當附近有活人時不死生物會被吸引過去，但如果附近沒有活人，牠們就會向某個地點移動。

那就是通往第二十六層的樓梯所在地。也就是說愈接近樓梯，與不死生物戰鬥的機會愈多，應該說若不突破不死生物的障礙，就無法抵達樓梯。

當然了，趁著白天突破也是一個方法，但樓梯附近也有許多歐克的聚落。

而且正因為知道這些特性，冒險者們才會在第二十五層的入口附近狩獵。即使是離樓梯最遠的那些人，從MAP上來看也沒有越過中線，都在樓層的這半邊。

據說在第二十五層，有唯一一個不可思議的安全區域。

那就是位於出口……通往第二十六層的樓梯附近的浮島。

從棧橋可以前往浮島，據說島上有一座格格不入的石像。

第二天。

森林中樹木茂密，層層疊疊的枝葉遮蔽了陽光。

儘管如此，每棵樹之間的間隔卻寬敞得足以供幾個人並行。因為每棵樹本身都很大。

我們決定在白天穿過各歐克聚落之間前進，夜晚則在走一段路以後使用米亞的聖域休息。

雖然聖域在這裡也有一定程度的作用，但無法完全避免與魔物發生戰鬥。這是因為魔物數量太多，以及聖域魔法對於骷髏的高階種骷髏騎士的效果不大。

骷髏騎士似乎也會出現在第二十一層，但因為極少出現，結果並沒有遇到。

「歐克似乎每個聚落各有各的地盤。牠們互不干涉，不如說有保持警戒的舉動呢。」

「嗯，看起來關係很不好。」

「所以你才會提議前往牠們地盤相交的地方嗎？」

聽到我說的話，盧莉卡和光兩人點點頭。

我知道不同種族的魔物會敵對，卻沒想到連同種族之間也會起衝突。不過這可能是地下城特有的現象。

第三天。

遠處傳來冒險者與歐克戰鬥的聲音。

現在以MAP來說，我們大約走了整體的三分之一路程，但在周邊這一帶狩獵的人，一個團體的人數超過五十人。

這是因為頭目房間規定一次只能容納三十人進入，在這裡則沒有那個限制吧。

從顯示的反應來看，他們似乎把團體分成三組。分別是去狩獵的人、保衛營地的人和休息的人嗎？

看來也差不多該決定要以哪個時段為主要活動時間了。

我們本來人數就少，能休息的時間不多是個問題。雖然我沒有在移動中的負擔，與大家相比疲勞的程度比較輕。因為在走路時完全不會感到疲倦。

前來第二十五層時，我們討論過要不要在學園或冒險者公會募集前往第二十六層的同伴，但最後放棄了這個想法。

最主要的理由，在於我們認為難以信任臨時組隊的隊友。

「這個環境非常不適合我們呢。」

「對呀，樹木生長得這麼密集就無法使用火魔法，風魔法也會被枝葉遮擋而威力減半。」

由於無法參加與魔物的戰鬥，優諾和克莉絲帶頭幫忙做料理。

「不過空不需要休息嗎？你和我們不同，剛才也參加了與歐克的戰鬥。」

「我沒問題喔。儘管參加了戰鬥，但也不是站在前線。而且做菜是轉換心情的好方法。」

「喔～是這樣啊。」

妳這樣來回比較我和克莉絲然後露出理解的表情，我會感到頭疼耶？

面對優諾的目光，克莉絲的臉頰也泛起一絲紅暈。

「呵呵，受歡迎的人真辛苦啊。」

優諾愉快地笑著說道，那句話是什麼意思呢？

第四天。

我查看ＭＡＰ，得知我們剛好走了大約一半的路程。

因為從這裡開始沒有冒險者的反應，看來與魔物的戰鬥次數會增加。

「那麼大家就休息到晚上嗎？」

「我設置了陷阱防止歐克們來襲，即使在這棟房子裡遭到突襲大概也能爭取到時間。」

我在四個聚落包圍的中心地點，用土魔法建造房子。

為了在魔物靠近房子時能夠察覺，在房子周圍裝了鳴器，也製作阻攔魔物用的陷坑。

光、盧莉卡和奧爾嘉也幫忙進行這項作業。

雖然在我用魔法建造房子時吃了一驚，但看到米亞她們並沒有特別大呼小叫，我意識到這似乎並非什麼值得驚訝的事情。

接過米亞她們煮的湯，吃完飯後就去休息為晚上做準備。

房子施加了偽裝技能，又用隱蔽技能消除大家的氣息。也不忘用結界術的護盾圍住房子。

命令影在外面待命，如果歐克們靠近就擾亂牠們或是引導到其他聚落。

順帶一提，依照影現在的戰鬥能力，就算五頭歐克包圍應該也完全不成問題。

『希耶爾也會幫忙監視嗎？』

我對坐在影背上的希耶爾發出心電感應，她以堅定的表情轉向我點點頭。

『那之後的事情就拜託妳了。不過這片森林中生長的堅果和果實很多都有毒，可別吃喔？』

我如此叮嚀道。

雖然希耶爾即使吃了也不會死……不如說到現在才發現自己不太了解精靈的生態。

也許下次請克莉絲詳細告訴我比較好。

那一天直到晚上都沒有發生什麼騷動，我們得以久違地好好休息。

第五天。

當太陽升起的同時，骷髏和歐克僵屍消失了。

從茂密的樹木之間照射進來的一絲陽光，宛如希望之光。

看到那一幕的同伴們有的在原地坐下，有的躺了下來，有的靠著樹幹休息。

「……空，你不累嗎？」

「我當然累，但更重要的是得先確認周邊的情況吧？」

對於驚訝的賽風，我回答正在用ＭＡＰ確認魔物的分布。不過我的疲勞程度大概比起賽風他們來得輕微。儘管也有一起揮劍與不死生物戰鬥，但我在走路時不會疲倦，又有提升自然回復發揮效果。

這樣看來，如果也能為賽風他們製作卡納爾的扣具就好了，可惜的是缺少材料，無法做出足夠給所有人的數量。缺少了祕銀和史萊姆的魔石。

祕銀是稀有金屬，狩獵史萊姆的人也不多。這種魔物不強，但是會溶解裝備，因此很棘手。

由於史萊姆動作緩慢，聽說無法從遠距離用魔法打倒牠們的人大多會避免戰鬥。

但不可思議的是，即使受到史萊姆的酸性攻擊，人類皮膚還是會完好如初。真是個謎。

我透過米亞把卡納爾的扣具交給優諾。給她時有說明過，這是用來減輕疲勞的道具。

「這裡似乎離歐克的聚落很近，我們移動吧。還是乾脆襲擊聚落，打倒所有歐克？這樣至少能休息到晚上。」

以ＭＡＰ確認，在相對較近的地方有五十頭以上的魔物反應。

即使前一天打倒這一層的魔物，牠們隔天日出時也必定會復活。而且復活的地點也固定，像歐克就會從其居住的聚落展開一天。

在這一層，時間是依循這樣的規則流動。

例外是發生變遷時，因為會改變聚落的位置，魔物的出現位置也會因此更改。

「不，就算要殺，也是等到我們更接近樓梯後再動手比較好。如果殺的歐克數量多，晚上出現的不死生物數量和強度似乎會變化。」

「那麼雖然在大家疲憊的時候這麼說很過意不去，我們移動吧。現在歐克聚集在聚落中，遇到牠們的機率應該很低，而且這裡離聚落有點太近了。」

我引導大家前往安全區域，在那裡一邊吃早餐一邊商量接下來要怎麼做。

第六天。

「我可沒聽說我們襲擊的聚落有歐克將軍啊。」

「數量的確很多，處理起來很麻煩。」

「的確沒錯……而且還有弓箭手和法師。不過那個魔像是不是很強？」

「正是如此。多虧有牠，我才能獨自堅持住。」

盧莉卡收劍入鞘後開始揉揉手臂，賽拉也劇烈地喘著氣。賽風以敬畏的眼神看著靜靜佇立的影，獨自承受了歐克將軍牠們攻擊的蓋茲也點頭同意。

影本身具有足以打倒哥布林國王的能力，還能使用操縱影子的特殊能力，我知道牠相當強。

即使如此，儘管有蓋茲引開敵人的注意，影在這次的戰鬥中殲滅了由歐克將軍指揮的集團。

那是在我們削減歐克數量時發生的事。

影的活躍表現的確驚人，但戰況實際上是僅有毫釐之差的驚險攻防。

那是因為如果戰鬥再拖久一點，影的魔力就會耗盡。雖然使用特殊能力也會減少魔力，牠應該是受到攻擊時消耗了魔力重生吧。

影外表看起來沒有受傷，是因為重生能力正在運作。

我先用魔力賦予為影重新填充魔力，然後開始準備食物。

受到香味吸引，原本倒在地上的人都爬起來，我端出料理給他們後決定休息。

就我從ＭＡＰ上看到的，我們目前的所在地點距離樓梯還有大約半天的步行路程。

但是前方有一個大型歐克聚落擋在路上。

隨著接近樓梯，歐克聚落的數量減少，規模卻變大了。

我們這次襲擊的聚落也是，我認為歐克的數量實際上遠超過一百隻。

面對這麼多歐克能取得勝利，應該是多虧了克莉絲和優諾的魔法。

諷刺的是由於聚落變得愈大，開墾森林的範圍就愈廣闊，因此風魔法十分有效，只要小心不讓火勢蔓延到森林，也可以使用火魔法。

特別是克莉絲的精靈魔法具有壓倒性的威力，我覺得近半數的歐克都是她一個人打倒的。

但這也增加了成為攻擊目標的風險。因為歐克們在戰鬥中也會發現誰是威脅。

她多年的搭檔盧莉卡沒有讓任何一隻歐克接近克莉絲。

「那麼今天就休息到晚上吧。即使是我也全身痠痛，覺得有點難受。」

對於賽風的話，大家都點頭表示同意。

大家不想在歐克住過的房子裡休息，所以決定在陽光充足的地方用土魔法整平地面然後鋪上床單，在那裡休息。

由於長期在陽光遮蔽的森林中生活，唯獨這一刻想在舒適的陽光下休息是大家共通的心情。

我命令影警戒周圍，然後像大家一樣躺下來閉上眼睛。

在即將日落時，我們開始行動。

即使久違地好好休息了一番，大家的疲勞還沒有完全消除。他們沒有抱怨，但仔細觀察就可以從動作中看出這一點。

「我們要去傳聞中的安全區域吧？」

「沒錯，因為現在是黃昏時分，很快就會到空白的時間了。」

我回答了米亞的問題。

所謂空白的時間，是我們對白天與黑夜魔物交替時段的稱呼。

其實在那個交替時刻，歐克的行動會有短暫的時間變得緩慢。而且在歐克完全消失後到不死生物出現前，會有一段時間的間隔。

在這段期間，除了青蛙人以外的魔物都會從這一層消失，因此我們打算利用那段時間來增加移動距離。

「看樣子進行得很順利呢。」

我一邊喘著氣，一邊回頭望向棧橋的另一頭。

跑步對體力消耗很大，多虧了狀態值和技能讓我能夠長時間奔跑。

「不過魔物真的都不靠近呢。」

賽風也看著棧橋的另一頭說道。

不死生物聚集在棧橋的那一頭，但誰也沒有嘗試渡過棧橋。

另外在浮島周邊也聚集著青蛙人，牠們將臉稍微露出水面看著我們。感覺有點陰森。然而牠們也沒有更進一步靠近。

不，有一隻青蛙人靠近過來……然後發出臨死前的慘叫聲消滅了。

「唔，感覺會夢到那個叫聲。」

「嗯、嗯。」

「有夠吵的。」

盧莉卡用雙手捂住耳朵，克莉絲的臉色發白，光不高興地皺起眉頭。

青蛙人們目睹了那個場面後，一隻接著一隻地遠離浮島，不久便從我們的視野中消失了。

那些骷髏也一樣，牠們本來在棧橋前停下動作，後來消失在森林中。

看到那一幕後，再次抬頭仰望浮島……正確來說，是那尊石像。

包含底座在內，石像的高度大概有三公尺以上？底座上站立著女性的雕像，她身穿華麗的禮服，右手的錫杖高高舉起，看起來彷彿在指示道路。

實際上雕像指出的地方正好是通往第二十六層的樓梯。

「是不是發生了什麼悲傷的事情呢？」

「我覺得她看起來像在生氣耶。」

賽風用完全相反的話回答了優諾。

實際看到那尊石像的面容後產生的感想因人而異。記得地下城的資料上也記載著，那是會根據觀看者而變化表情的神奇石像。

順帶一提，那名女性在我眼中看來就像是在求助。

第七天。

我們本來不知道浮島在白天是否也同樣安全，從結論來說即使到了白天，魔物也沒有靠近這裡。正確來說有歐克出現在棧橋前方，青蛙人也開始聚集在浮島周圍。

然後像昨晚一樣，看到一頭魔物……這次是歐克闖入棧橋，發出臨死前的慘叫並消滅之後，那些魔物離開了。

青蛙人在太陽升起後記憶會重置嗎？還是說今天聚集過來的是與昨晚不同的個體？

儘管真相未明，知道可以安心休息是個重要的發現。

「只有這裡像另一個世界一樣。」

「嗯，真漂亮呢。」

米亞和克莉絲並肩眺望著浮島的中央地帶。

那裡盛開著美麗的花朵，若只看那個場面，幾乎會忘記這裡是地下城。當花瓣乘著風飛舞，賽拉看著那幕景色，少見地發出了「哈嗚」這種可愛的感嘆聲。

不過她與目睹了這一幕的我目光交會時，臉頰泛起紅暈轉開了頭。

我避開野花所在的地方生火煮湯，然後應光他們的要求，從道具箱中取出之前在小吃攤購買的食物。

由於盧莉卡、克莉絲和賽風他們沒去過福力倫聖王國，於是把在那裡的路邊攤購買的小吃遞給他們，得到了好評。

可能是因為自己國家的家鄉菜受到讚美，米亞看起來有點高興。

「我剛開始當冒險者時，聽說光是會用空間魔法，就會有高階冒險者過來招募。那時候還以為是騙人的。但如果知道空間的性能是這樣，的確會受到招募呢。」

「賽風你們沒遇到過會使用空間魔法的人嗎？」

「……嗯，沒有呢。另外會使用卻隱瞞沒說的人可能也不少。」

然後我們想著彼此的旅途見聞與身為冒險者的經歷，度過了今天。

第八天。

深夜醒來吃過飯後，我們開始朝著通往第二十六層的樓梯前進。

前一天日落時，骷髏再度聚集在浮島邊，但在一具骷髏犧牲並消滅後就離開了。那時沒有任何一隻青蛙人接近浮島。

我們跨越棧橋，奔跑穿越森林。

只要使用察覺魔力，就可以感應到有魔物正在靠近我們。

不過不死生物基本上動作緩慢，除了骷髏騎士以外的不死生物跟不上我們的速度。

「迅速打倒牠們吧。」

賽拉揮舞著用祝福賦予聖屬性的斧頭，帶頭逐一打倒骷髏騎士。

雖然有魔石掉落，但我們忽略那些繼續趕路。以免在撿拾時遭到速度緩慢的骷髏和歐克殭屍追上。

你可能會想，這樣還需要祝福嗎？然而打倒魔物的速度會不同。

再加上賽拉她們使用的祕銀武器上還施加過我的賦予魔力，所以格外鋒利。不過由於MP的關係，只能給賽拉和盧莉卡賦予魔力。

拜此所賜，我們能在日出前抵達距離樓梯最近的最後一個聚落。

在那裡於樓梯一側設置了許多干擾系的陷阱後進入森林，雖然隨著太陽升起，聽到背後傳來歐克的怒吼，但最終沒有受到魔物追擊，平安地抵達樓梯。

閒話・4

「那麼請在這裡休息一會兒。」

把周圍的魔物全部消滅後，一半的人坐下來，其餘的人則負責警戒魔物。

在地下城裡，魔物的出現經常會導致難以預見的情況發生。

所以消滅所有魔物後就覺得放心，是二流冒險者才會做的事情。

話說回來……

我將視線投向黑衣男子帶來的那些人。

專門解除陷阱的那些傢伙沒有問題，不過包含黑衣男子在內的其他人都太弱了。老實說他們都是累贅，但也只能忍受。

這是黑衣男子的要求，而且如果情況變危險，只要捨棄他們就行了。

即便捨不得這筆收入，我們到目前為止已經賺了不少錢。

而且那些專門負責陷阱的傢伙，雖然是專家，也有一定的戰鬥能力。至少有放著不管也足以自衛的實力。

但最好的是他們的態度。他們非常了解自己的立場。

對待我們的態度卑躬屈膝。只是稍微誇獎兩句就會很高興，最重要的是，看著我們的尊敬眼神感覺充滿崇拜。

在休息時，他們也會趁黑衣男子不注意時偷偷來詢問。

「要怎麼做才能成為大哥你們的同伴呢？」

像這一類的話。

「那麼這次要走到哪裡呢？」

「我想想……我想在第二十八層收集一定數量的巫妖魔石，這可行嗎？」

黑衣男子用一如往常的語氣回答，然後將手中的杯子遞給我。

我正好口渴了。唯有在這種方面無微不至的貼心值得稱讚。他們自知是累贅，明白自己該做的事。我瞥了四周一眼，黑衣男子的同伴們正一邊低頭致意一邊分發飲料。

巫妖在不死生物中也是使用魔法的麻煩對手。

但黑衣男子大方地準備了對抗魔法的魔道具，所以不成問題。

「知道了，那就去狩獵巫妖吧。」

對於我的話，同伴們充滿自信地點頭回應。

巫妖的確是高階的不死生物，但不是我們的對手。

真正的敵人另有其人。

我們在第二十八層消滅許多巫妖，獲得大量的魔石。

在那裡進入不知是第幾次的休息，當我喝下黑衣男子遞來的水，意識變得模糊。

回過神時已經趴倒在地上。

轉動稍微能動的脖子側過頭，看到同伴們也同樣倒下了。

「看來藥總算生效了。不愧是頭腦簡單四肢發達，藥效可能沒那麼好。」

聽到黑衣男子的話，周圍的人發出笑聲。

「嗯，就讓他們作為人偶派上用場吧。目標還要一段時間才會到達。趁現在找個適合的地方吧。」

當黑衣男子一拍手，我的身體就自己動起來。

我感到困惑，不知道發生了什麼事時，與黑衣男子四目交會。

他什麼也沒說，只是似乎覺得很有趣地笑著。

但是我明白，現在這個狀況全都是眼前的男人所策劃。

我憤怒地想揍他，身體卻違背我的意志動也不動。

「你們大展身手的場面快到了。在那段時間，請好好休息吧。」

那句話讓我的意識逐漸下沉，與入睡的感覺很像。

彷彿要抗拒這種感覺在心中發出怒吼。

絕不會原諒你！一次又一次在心中吶喊，直到意識完全消失為止……

第6章

「空，我聽說了喔。你們突破了第二十五層呢。」

「啊，是蕾拉嗎，好久不見。」

當我在冒險者學程閱讀下次要前往的樓層資料時，久違地遇見蕾拉。

「還說什麼好久不見。真是的，聽說你們只有十一個人去挑戰，真是太莽撞了。如果來找我商量，明明能幫上忙的！」

「因為蕾拉看起來也很忙碌。而且假如判斷無法突破，我們就會折返。」

「……真是的。我知道空很強。但是希望你不要太亂來。特別是那一層一次出現的魔物數量非常多。」

正如蕾拉所言，有時候一百隻普通魔物比一隻高階種更有威脅性。魔物潮就是好例子。

「那空你們會休息一陣子嗎？」

「嗯，我們計劃休息一會兒再去下一層。因為大家都累積了不少疲勞。蕾拉妳們呢？」

不過同伴中大約有兩人精力旺盛，正在參加冒險者學程的模擬戰鬥。

嗯，我也打算前往各個頭目房間。

「我們預計在兩天後出發。那個，如果方便，今天一起出去找個地方逛逛如何？我、我想放鬆一下。」

今天稍晚血腥玫瑰的成員們，還有要一起去第二十八層的學園生們會一起去鎮上。雖然這趟外出的目的是要去道具店等地方對攜帶的物品進行最後確認，實際上似乎是為了加深情誼。

「我們這些無關的人去那種場合，不是只會礙事嗎？」

「沒這回事。其實有不少人都想和空你們交談喔？不僅是攻略地下城的速度，最大的原因是讓赫里歐老師的學生們洗心革面，有許多人都在關注這一點喔。」

對了，記得在學園裡也看過有人稱賽拉為大姊頭。

既然是這麼回事，我和她約好中午過後在校門前集合然後暫時分別了。

「初、初次見面。我是千枚金幣的隊長托特。」

在校門前除了血腥玫瑰之外，還有六名學生。其中一人擔任代表報上名字，向我們介紹了其他人。

千枚金幣似乎是他們的小隊名稱。

托特金髮碧眼，外表很有魅力，但……

「沒有存在感。」

光的一句話讓托特捂住胸口。

看到他的反應，小隊成員們傷腦筋地慌張起來。

「是、是啊。妳說得對……」

托特一邊喃喃自語，一邊弓起背垂下頭。

「你、你看，那只是小孩子說的話，托特也不該太放在心上。」

接著蕾拉的安慰話語，其他人也用鼓勵的話語為他打氣。

「好、好了，小光也要道歉喔。」

不忍心看到托特沒能恢復精神的樣子，蕾拉開口懇求。

看來托特很在意他沒有存在感這件事。

雖然我沒有說出口，但第一印象也的確這麼想。

「嗯？這句話是稱讚，他卻沮喪，真不可思議？」

然而光說出了令人意外的話。

就連托特聽到光的話以後也不禁抬起頭。周遭的大家也有點驚訝，把目光集中在光身上。

「光，那是什麼意思？」

「沒有存在感不容易被敵人發現。對斥候非常重要。難得的才能。」

她的解釋簡短又難以理解，但就光的看法，沒有存在感似乎是一種讚美。

我試著使用察覺氣息來確認，發現他的確只是站著而已，反應卻很微弱。他可能不自覺地使用了遮蔽氣息系的技能。但如果這不是技能，那的確是很厲害的才能……我是這麼認為喔？

在光的話使得托特恢復精神後，我們開始移動。

因為一群人聚集在校門前會妨礙通行呢。

「呵呵，你是不是小光被搶走覺得寂寞了？」

看向窗外，有四個人坐在附近的露天座位上。

那是托特與光、盧莉卡與塔莉亞四人，都是擅長斥候和探索的人。

雖然不知道他們在談些什麼，托特正在認真地聆聽女生們說話。

只是光和塔莉亞都沉默寡言，說話又簡潔，盧莉卡乍看之下擅長說明，有時卻有些草率，所以令人擔心。她在細心的地方的確細心，但偶爾會有訴諸感覺的一面。

回想起來當她進入那種狀態的時候，會不能理解她在說什麼。

而且三個可愛的女孩圍繞著一個有貴族公子風采的男子這樣的組合，再加上他們是瑪基亞斯魔法學園的學生，非常顯眼。路過的人們都會看他們一眼。

「更重要的是，道具已經確認完畢了嗎？」

「確認完了。也買到治療異常狀態的回復道具，這麼一來就沒問題了。」

「中毒、麻痺、石化與詛咒嗎……只有石化回復藥價格便宜，因為品質低嗎？」

「沒錯。至少在這裡的地下城，至今都不曾收到有人中了石化異常狀態的報告。所以沒有高品質的回復藥。還有聽說石化異常狀態的回復藥本身就很難製作。」

蕾拉的說明，讓我回想起在資料上讀到的內容。

毒和麻痺有中了地下城的陷阱而造成狀態異常的紀錄。

另外弓箭手系的魔物有時箭上也會淬毒。記得在第二十層的頭目房間，出現的哥布林弓箭手用的箭是毒箭，第二十五層的歐克弓箭手使用毒和麻痺箭。

詛咒是不死生物會對冒險者使用，特別是在第二十八層和第二十九層，記得巫妖會使用強力的詛咒攻擊？紀錄上也曾有人在第二十九層目擊長老巫妖。

順帶一提，聖水也可以解除詛咒，但使用祝福也可以預防詛咒。

「藥水和魔力藥水準備得怎麼樣？我用在第五層採集的剩餘藥草又製作了藥水，可以分一點給你們喔。」

「……若是這樣可以拜託你嗎？我們沒買到效果好的藥水。」

我把藥水交給蕾拉並收了錢。

「還有謝謝你。其實我想更早向你道謝的。」

當我疑惑地歪歪頭，她告訴我原因。

「不僅是約書亞他們的事情，還有你在第五層採集藥草和發現那種果實的事。由於有了即使不去地下城的下方樓層也能賺錢的選擇，硬是冒著風險的人似乎減少了。」

而且蕾拉她們前往聖王國後，似乎認為在地下城的第五層或第十五層這種與外界相同的環境中的經驗也很重要。

像生於這個城鎮的冒險者的確也是如此，有許多人習慣迷宮，不擅長應對特殊場地的樓層。

因此幾乎沒有人去探索這些地方，至今也沒有人想到採集果實來賺錢這種事。

我不知道該如何回答才好，只是浮現苦笑。

採集藥草是製作我們自用的藥水需要做的事，關於堅果與果實，如果沒有希耶爾，我大概不會那麼認真去尋找。

瞥了旁邊一眼，希耶爾有點得意地挺起胸膛。不，妳只是貪吃而已喔？

接下來我們跟蕾拉她們道別，去了一趟防具店委託老闆修補裝備。

蕾拉她們說下次要去第二十七層。如果能抵達第二十八層，她們會進行觀察性質的探索，不如說會跟魔物戰鬥確認情況後再回來。

這種做法似乎相當常見，先嘗試和下一層出現的魔物戰鬥來確認要如何攻略，或是判斷自己的小隊現有的實力是否無法應對。

還有這次的探索會由蕾拉她們學園組和冒險者的混合小隊進行。

她覺得很可惜地說，如果我們再早一點完成第二十五層的攻略，就能一起前往了。

◇◇◇

我們按照計畫，和賽風他們一起下到二十六層。

因為前方依然是一片漆黑的世界，所以使用夜視技能在地下城內行走。

用ＭＡＰ確認，發現空間不只廣闊，路線更是錯綜複雜得不愧為迷宮之名，看來前進會相當困難。

「你們可以稍等一下嗎？」

因為只是大略掃一眼都有很多死路，最好先查清楚前進路線再走。

我運用平行思考來分析迷宮。如果不知道這個技能，看來得花費不少工夫。

若不知道路線就前進，其中也有假如不走運，可能會浪費一整天的路線。一條路一直延伸，途中分成三條岔路，但其實每一條都是死路。

從這個設計只能感受到惡意。

直到第二十四層為止，樓層的構造都沒有這麼惡劣。

本來以為除了【守護之劍】以外的氏族會無法更新樓層數而處於停滯狀態，代表在實力上有相當大的差距，但可能還有其他因素。

分析迷宮花費了三十分鐘。

「沒事吧？你流了好多汗喔。」

如此說道的米亞幫我擦去額頭浮現的汗水。

「我沒事。因為沒想到會在這種地方分析迷宮……總之我們前進吧。」

聽到我的話，原本陪著影的光小碎步走過來。

雖然MAP上顯示了有人迷路走進死路的反應，但也只能讓他們自行努力了。因為我們沒有辦法通知對方。

「空，請別太勉強自己。我們也能做料理。」

「對啊，主人一個人處理太多事情了。」

「呵呵，那賽拉要不要也試著烹飪看看？」

克莉絲和賽拉都很擔心我，盧莉卡一邊調侃賽拉，一邊也開口要我好好休息。

這些不經意的對話治癒了我疲憊的心。雖然即使走路身體也不會疲倦，還是會有精神上的消耗，有時我自己也感覺得到，所以這種關懷很有幫助。

我在三人烹煮食物時去休息，當米亞端來料理時，注意到她的手腕綁著一條沒見過的布。

「這個是怎麼了？」

「啊，這是優諾小姐為我做的。你看，我們之前不是有教她做料理嗎？這是她滿久之前送我的謝禮。空完全沒注意到呢。」

「主人，我也有。」

「呵呵，對呀。我給大家每人都做了一條。不過就算忙著攻略地下城，希望空能更早一點注意到呢。」

不只米亞和光，優諾似乎也有送給克莉絲她們三人。

「還有賽莉絲小姐也很擔心喔？她擔心是不是因為她的請求，害得你太勉強自己。」

最近我的確滿腦子都想著地下城相關的事，處理事務以外可能沒有花多少時間和大家相處。

決定要重新注意度過假日的方式。

走了十天，終於抵達第二十七層。

「那麼要怎麼做？要繼續前進，還是返回？」

面對賽風的提問，我猶豫不決。

如果是以前，我會試圖直接前進到第三十層，但考慮到在第二十六層花費的時間，雖然要看樓梯的位置而定，一口氣前往可能需要將近五十天。

不過走到通往第二十八層的樓梯，然後返回第二十六層入口，可能也需要花差不多的時間。
當然了，我們對走過的路有一定程度的記憶，走過一次的路就會知道大約多久能夠抵達，所以回程比較好走。特別是我以外的人需要考慮體力的分配。
我們之所以能在地下城內長時間活動，是因為我可以使用MAP和道具箱，其他人大多是每通過一層就會返回外面。
還有帶著緊急情況時用來逃脫的回歸石也是一部分原因。
「可以讓我先用MAP確認第二十七層的情況後再決定嗎？因為出現的魔物好像是我至今戰鬥過的種類，戰鬥方面不會有問題。」
大家接受了我的提議，決定先下到第二十七層。
如果蕾拉他們回來了，或許能遇見。
一邊這麼想，一邊開啟MAP並使用察覺氣息，但沒有顯示他們的反應。
這代表他們進入第二十八層了嗎？
為了確認魔物的狀況，我使用察覺魔力並將視線落在MAP上。
MAP上接連顯示出清晰的反應，唯獨有一個反應令我在意。
那是一個不穩定，而且微弱得彷彿隨時會消失的反應。
從前進方向來看，那個反應似乎正在朝我們這邊過來。
「有一個讓人在意的反應，你們有什麼看法？」
我向大家說明MAP上顯示的情況。

「只有一個反應這一點令人在意呢……那種微弱的反應什麼時候會出現呢？」

賽風摸著下巴詢問。

「如果是魔物，就是虛弱的時候。如果是人類，可能是使用魔道具的時候吧？」

老實說我也不太確定。因為使用察覺氣息時沒有顯示，我知道的只有如果這是人類，對方應該有類似遮蔽氣息的技能。

「……或許最好過去看看。雖然說這種話不太吉利，但也有可能是倖存者。」

賽風暗示只有一個反應，可能是其他隊員已經死亡，只有一個人倖存並走向出口。

「那麼必須去救人！」

米亞第一個做出反應，我們在那句呼籲的驅動下開始奔跑。

在經過幾次戰鬥擊退魔物前進後，我們找到了……一名冒險者？

那個人披著帶兜帽的披風，腳步蹣跚地向這邊走來。仔細一看那件披風上有被劃破的痕跡，那部分看起來浸濕了。

那人在我們靠近前絆了一下差點摔倒，賽拉在他撞上地面前接住他。

「……是托特。」

我越過賽拉的肩膀看著兜帽內，的確是進入地下城前見過面的千枚金幣隊長托特。

「好嚴重的傷勢。賽拉，妳繼續扶著他。」

米亞詠唱治癒魔法，但血液掩蓋了傷口，難以判斷治療效果。

我使用洗淨魔法沖掉血跡後，才看出傷口已經癒合。

根據他的傷勢準備萬能造血劑，但在那之前，托特醒了。

「這、這裡是……」

「這裡是地下城第二十七層。比起這個，你認得我們嗎？」

「你們是……記得是空和小光，還有盧莉卡嗎……」

可能是意識模糊，他的眼神空洞沒有焦點。

「……對了！求你們救救蕾拉大人她們還有千枚金幣的大家……第二十八層……遇襲……」

托特只說了這句話就再次失去意識。

我試著對托特進行鑑定，狀態顯示為衰弱：睡眠不足。

細看之下發現他掛著黑眼圈，或許是沒有睡覺一直走到了這裡。

又從他的披風上感受到魔力的氣息而試著鑑定，得知上面施加了遮蔽氣息等效果。

「雖然不知道發生了什麼事，必須去救蕾拉她們。只是……」

我看著昏迷的托特。如果他至少有意識，就可以讓他用回歸石逃離地下城……

由於回歸石的效力只適用於進入地下城前登記過的小隊成員，賽風他們無法和托特一起用回歸石回去。

儘管如此，等待托特醒來會浪費時間，要帶著托特前往第二十八層也很困難。

他處於衰弱到失去意識的狀態。一邊保護托特一邊前進，進入發生了某種危險情況的第二十八層太危險了。而且即便這麼說不好聽，但他會變成累贅，使得我們無法迅速移動。

「賽風，你認為該怎麼做？」

我徵詢經驗豐富的冒險者賽風的意見，賽風移動視線瞥了托特一眼後——

「我認為應該回去。對我來說在場隊員的安全才是最優先的。也許你會覺得我無情，可是不能為了一個不太熟悉的傢伙涉險。」

他斷然說道。

這個意見或許殘酷，但我認為很合理。

如果只是千枚金幣……我們可能會猶豫，不過最終會和賽風有同樣的看法。

可能有人會說生命是平等的，但世界不是光說漂亮話就能生存下去。

然而在這個情況下很難抉擇。要說重要性，米亞她們當然更重要。雖然更重要……

「我……還是想去救她們。這是我的任性之舉，大……」

「空，再說下去我要生氣了，想救援蕾拉她們的人不是只有你而已。」

「嗯，我和主人一起去。」

「我也會跟隨主人，因為蕾拉她們對我很好。」

「既然賽拉說要去，那我也得去。而且儘管認識不久，蕾拉她們在學園裡會關照我。」

「嗯，我也贊成。」

我理解米亞她們的決定，但盧莉卡和克莉絲也說要一起去……對於這兩人來說，這應該是理所當然的事情吧。

相反地賽風他們感到為難，面面相覷。

「分頭行動可能有危險，不過可以請賽風你們帶托特回去嗎？如果是你們應該沒問題。還有拜託你們向公會報告。」

我想起了等級的事情，提出有點強人所難的請求。

賽風他們一開始猶豫該怎麼做，最終決定帶托特回去。

關於路線，為了讓我們放心，奧爾嘉和金說他們記得路，所以不成問題。

「賽風，這個給你。」

「……兩顆回歸石和道具袋？」

「如果情況變得危險就使用吧。我認為最重要的還是哥……小隊的大家。還有在道具袋裡放了叫萬能造血劑的藥劑。假如托特恢復意識，就讓他喝下吧。」

另外也放了料理和回復藥之類的消耗品。

我交給他兩顆回歸石，是為了讓托特醒來時，賽風他們和托特雙方都可以分別使用回歸石逃出去。

雖然如此一來我們就沒有回歸石了，但在最糟的情況下只要走到第三十層就行。

「不，我們也有一顆，所以這顆還給你。」

賽風收下一顆回歸石和道具袋，然後朝第二十六層奔跑。失去意識的托特由蓋茲揹負。

即使想救人，做出無奈選擇的時刻也可能會來臨。如果發生了捨棄托特的狀況，在這裡選擇分頭行動的我也有責任。雖然理想情況是所有人都能平安逃離地下城啦。

目送他們離開後，首先對魔像核心施加賦予魔力重新充填魔力，然後仔細確認ＭＡＰ。

雖然空間變得更廣闊，但看起來沒有二十六層那麼複雜。

或許我們可以用比通過第二十六層更快的速度通過第二十七層。

「因為總之要先奔跑……米亞和克莉絲，妳們可以坐在影身上嗎？」

儘管兩人的體力也隨著等級提升漸漸增強，還是不如其他人。

如果以速度為優先行動，我認為讓影運送她們會更快。這是因為光平常就會坐在影身上，看來牠可以再載一個人。

「妳們要好好地抓緊……影，你能做到讓她們不會被甩下去嗎？」

當我如此詢問，影從自己的身體延伸出影子束縛住兩人的身體，彷彿在說「交給我吧」一樣點了點頭。

「呵呵，空才是呢，跑步沒問題嗎？因為知道路的人可是你。要好好引導我們喔。」

對於盧莉卡的話，我露出苦笑。

的確，如果持續奔跑，我不會疲倦的優勢就不存在了。

但是我的漫步技能等級升級了，狀態值也有所提升。啊，把職業從鍊金術士換回探子吧。我曾猶豫是否要換成提升體力的戰士系職業，但還是選擇了提升ＳＰ和敏捷的探子。因為不知道在第二十八層事實上發生了什麼情況，擅長探索和偵察的職業探子是最適合的選擇。

我們在五天後抵達第二十八層。

我覺得已經很努力了。儘管累得差點跪下，不能露出那種狼狽的樣子。

不如說看起來若無其事的光她們很奇怪。

除去賽拉以外，我的漫步等級比光她們來得高，難道說是我的狀態值很低嗎？但是進行模擬戰鬥時，力量和速度都勝過她們，應該沒這種事才對……

「因為空跑步的方式有很多多餘的動作，回去以後最好特訓一下喔？」

「主人，交給我吧。我教你。」

看樣子是我的跑步姿勢不佳。

但是現在有更嚴重的問題。

就在進入第二十八層的瞬間，影變回了魔像核心。

「感覺魔力不穩定。」

我看向克莉絲，在那裡的是變成銀髮尖耳妖精模樣的克莉絲。

「克莉絲，魔道具似乎沒有正常運作。」

被我這麼一說，她似乎也注意到了。雖然勉強能用變化魔法卻無法維持，效果立刻解除。

另外施加過魔力賦予的祕銀之劍上的魔力也消失了，而已經賦予魔法的投擲武器似乎還保持原樣。

「這個樣子不能出現在蕾拉她們面前……」

「啊，我來試著像賽莉絲小姐那樣用頭髮遮住耳朵。還有從賽拉那邊聽說過，以前空用來改變髮色等顏色的東西還在嗎？」

確實還在。

克莉絲使用後，頭髮的顏色改變了，她調整髮型遮住耳朵，然後緊緊地戴上兜帽。

「我會戴上兜帽，雖然可能會讓人起疑……」

在地下城裡戴兜帽的人意外地少呢。

「克莉絲，不要緊嗎？」

「嗯，不要緊，小盧莉卡。和人命相比，我的真實身分曝光只是小事。」

克莉絲露出笑容回答擔心的盧莉卡。

我明白盧莉卡擔心的心情。

聽賽莉絲說過現在這時代很少看到尖耳妖精。至少她上次遇見尖耳妖精是數十年前的事了。

也想起在奴隸商行也聽過類似的事情。

「好了，空，我們走吧。」

聽到克莉絲的話，我開啟ＭＡＰ，但畫面就像有雜訊般晃動模糊。

當我持續注入魔力，畫面慢慢地變得穩定，達到勉強能查看的水準。

但是要維持這種狀態應該很困難吧。

迅速地確認顯示的情報，將路線記在腦海中。ＭＡＰ左上角的牆邊有人類的反應，有魔物的反應朝著那邊前進，在魔物的後方也有人類的反應。

是試圖救援被追逐的人們的團體嗎？

雖然不清楚情況，總之人類的反應就是那兩組。其中一組肯定是蕾拉等人。

只是有一件事令人在意。記得這一層出現的魔物應該是巫妖。但不知為何使用察覺氣息時卻顯示了魔物的反應。通常來說，不死族應該是對察覺魔力有反應，而非察覺氣息……

思考到這裡搖了搖頭。現在比起思考，先行動才是當務之急。

我們踏入魔力混亂的迷宮，再度開始奔跑。

◇蕾拉視角・1

我們踏入第二十八層確認魔物的強度時，發現了一名受傷的男子。

向那個人詢問情況，他的小隊似乎遭到魔物襲擊而潰敗，他為了求助走到這裡。

我們猶豫不決，但最後選擇幫助他。

因為根據與第二十八層的敵人戰鬥的感覺，我們知道自己有足夠的能力對付牠們。

但是……在事件發生後才知道這就是一切的錯誤開始。

在由他帶路前往的地方，的確有一群受傷的人。

可是接近之後，我察覺情況不對勁。

與我們組成小隊的冒險者似乎也發現了這一點，停下腳步。

事件就在此時發生。

從背後傳來了驚叫聲。

回過頭看到那個受傷的男人揮動著武器。

當我們伸手拿劍準備去救援時，這次換成前方的團體湧了過來。

他們的人數跟我們相當，雖然動作有點不自然，但力量勢均力敵。
意想不到的事情又繼續發生了。
整座地下城大幅搖晃起來。搖晃的幅度之大，讓我不禁腳步踉蹌。
晃動持續了一陣子，接著傳來像是野獸的吼叫聲和響亮的腳步聲？
這是在這一層不可能發生的現象。
因為這一層出現的魔物是巫妖。
牠們會詠唱魔法，但不會發出那樣的聲音。最重要的是，巫妖是飄浮在空中移動，不會發出腳步聲。
「退後！撤退，快跑！」
不知道那是誰的聲音。
只是連我也知道。從那個走道的前方感受到異樣的氣息。本能發出警告，要我趕快離開這個地方。
我打飛眼前的襲擊者，為了幫助附近正在戰鬥的同伴一次又一次地揮劍。
多虧這樣，成功地把襲擊者從大家身邊帶開。就在那時——
「蕾拉大人！」
我聽到了小凱西的聲音，同時被撞飛出去。
身體重重地撞了一下，但疼痛感僅此而已。
我迅速地起身，看到小凱西倒在地上。

「小凱西……？」

抱起她時感到不對勁……好重？

仔細一看，小凱西的手腳變成了灰色。

她的額頭冒出冷汗，顯得非常痛苦。

「小凱西！」

我的呼喊讓小凱西微微睜開眼睛——

「蕾拉大人，請快逃吧。我……」

小凱西的話還沒說完就中斷了。看來她昏過去了。

然後才知道是小凱西救了我。因為有她擋下攻擊，我才會安然無恙。

「蕾拉，要撤退了。動作快！那是……雞蛇！」

受到那個聲音的驅使，我抱起小凱西專心一志地奔跑。

我們背後傳來戰鬥的聲音，但我甚至已經沒有餘力回頭。

一方面是因為沃爾特先生催促著我們。

當我注意到時，已經移動到了不知是哪裡的地方。

我們在那裡確認損傷狀況，發現有幾名冒險者下落不明。

根據冒險者一方的隊長沃爾特先生的說法，為了讓我們逃跑，他們留下來阻攔敵人了。

「妳不需要感到在意。而且他們也不是因為妳是領主大人的女兒才會犧牲自己保護妳。他們是為了自己的自尊心，為了幫助有前途的年輕人而戰。」

沃爾特先生對產生罪惡感的我這麼說，並露出笑容。然而他的表情既像是在哭泣，又像是感到驕傲。

然後我們得知，中了石化異常狀態的人不只凱西，在托特的小隊中也有一人，沃爾特先生他們的冒險者小隊中則有六人。

其中有兩人用石化治療藥治癒，另外兩人則是以小特麗莎他們這些神聖魔法使用者的恢復魔法治癒了。

包含小凱西在內的其他四人則無法進行治療。

因此我們試圖使用回歸石立刻脫離地下城，但在那時候才首次發現回歸石無法使用。

「這是怎麼回事？」

沃爾特先生的喃喃自語，彷彿代表了在場所有人的想法。

後來我們發現魔道具無法使用，嘗試施展魔法也會不穩定等各種情況而陷入混亂，但每當魔物的聲音接近時，我們就反覆地移動。

其實我想讓小凱西他們好好休息，卻無法做到。

也試過返回第二十七層，然而我們不只是單純的迷路，沃爾特先生的一位同伴說，迷宮的通道本身像發生變遷時一樣正在變化。

沃爾特先生聽到那番話後告訴我們，雖然沒有確實的證據，但這可能是一種陷阱。

「記得曾在陳年舊資料中看到過，有可以強制引起變遷的陷阱。不過從未聽說過出現原本不應出現的魔物這種事。」

儘管覺得難以置信，我知道迷宮裡存在許多的謎。

因為在這裡有時候會發生常識難以想像的事情。

而且事實上我們已遇到原本應該不存在的魔物。

在那之後只能照料隨著時間流逝愈來愈虛弱的小凱西，滿心焦急卻束手無策。

目前我們只能靠小特麗莎的神聖魔法恢復來暫時緩解疼痛。

在這種情況中，托特告訴我他要去找人求援。

我們阻止了他，但最後敵不過托特的熱情，決定讓他出發。

可是在我心中某處，卻有個狡猾的自己在偷偷支持他。因為腦中閃過了一個念頭，如果托特能去求援，小凱西或許就能得救。

我利用了他對同伴的感情。

托特披上從沃爾特先生那裡得到的魔道具披風，然後離開了我們。

雖然披風的功能在這一層不起作用，但只要能抵達第二十七層，應該會派上用場。我們本來想把回歸石也交給托特，但他表示之後說不定會變得能使用，所以拒絕收下。

從那之後，我們一邊與魔物戰鬥一邊逃跑。

幸運的是其中沒有看到雞蛇的身影。

然而這場逃亡戲碼緩緩地侵蝕我們的心靈。

最先精神變得不穩定的是千枚金幣的成員們。雖然沃爾特先生等人出口安慰，設法鼓勵，但明顯可以看出他們的狀況日漸惡化。我也會傾聽他們的想法，不過面對那些流著淚，染上絕望色彩的眼眸也不禁會想，或許乾脆放任自己陷入絕望會更輕鬆。

但我忍耐下來。

因為知道有人曾挺身對抗絕望。

所以我不會放棄。

直到這條生命結束的那一刻為止。

然而彷彿在嘲笑我的決心，那個魔物現身了。

雞蛇——噴出石化的吐息，宛如惡魔的魔物。讓小凱西變成這副模樣的可恨對手。

雞蛇就像是魔物群的首領，自己留在原地，以帶來的魔物攻擊我們。

其中有歐克和巨魔，還有這個地下城應該不會出現的蜘蛛系魔物等等。

「小特麗莎，這個拜託妳了。」

我把回歸石交給小特麗莎，和沃爾特先生一起迎戰魔物。

好讓我為了生存，去做能做的事。

◇◇◇

我控制呼吸後，靠著牆壁探頭窺視通道前方。

幾個黑衣人和十幾個看起來像冒險者的人正集體行走著。

可能是多虧了隱蔽技能，或是他們對後方毫不警覺，看來沒有發現我們的跡象。

「主人，那些人是壞人。」

「這是什麼意思？」

當我正在觀察情況時，光小聲地說。

「嗯，他們在商量襲擊蕾拉她們。」

我們保持警戒狀態，從光那裡得知了情況。

由於距離較遠，我沒有聽見，但光似乎聽到了。

總結光所聽到的內容，那些人的目標似乎是蕾拉。

他們的計畫是最好能抓住她，如果不行就殺了。原因不是因為蕾拉是領主的女兒，她被盯上的原因似乎與她的母親有關。

這麼說來之前與威爾見面時，他完全沒有提及蕾拉的母親，也沒有見到她。

「空，要怎麼做？」

「就算打倒眼前這群人，前面還有魔物吧。如果他們想抓住她，我想魔物會成為阻礙……」

這代表那些人的理想目標是抓住人，不太在乎生死嗎？

還是說那些魔物是黑衣男子們操縱的？

在可學習的技能裡面有役使這種技能，他們之中或許有人擁有像魔物使一樣可以役使魔物的技能。

而且魔物的群體應該差不多與在魔物另一頭的……大概是蕾拉一行人接觸了。魔物中有一個特別大的反應，我想趕快過去救援。

「……我認為用空賦予過魔法的小刀讓他們陷入混亂是最快的方法，你說過魔法會發動，但效力可能很弱，不過我認為可以用來打亂對方的開局。」

我聽著盧莉卡的說明，一點一點恢復冷靜。一開始因為蕾拉的事情而感到動搖，隨著時間過去，動搖也漸漸平息。

或許是盧莉卡預料到這一點，才用比平常緩慢的語調來說明戰術。

「謝謝，我冷靜下來了。」

當我道謝時，盧莉卡臉上浮現微笑。

我呼出一口氣，和光她們一樣雙手拿好投擲用的小刀，隨著信號一起投擲出去。

這次偷襲非常完美，那些黑衣人卻避開了攻擊。

小刀在半空中爆炸，發出巨響。

就像與黑衣男子們交替一般，那些看起來像冒險者的男人衝向我們開始戰鬥。

光、盧莉卡和賽拉分別與對手短兵相接，其他幾人則正朝這邊過來。

我舉起盾牌接下那些男人的攻擊，有時則把武器彈開，在這段期間，克莉絲施放的魔法襲向他們。

那些看起來像冒險者的男人人數雖然多，動作感覺有些僵硬。

我一邊看著那個景象，一邊咬緊牙關。

持劍的手加重力道顫抖著。

這時候MAP的情報出現在視野一角。

看見原本在前進的魔物有一半正朝這邊過來。可能是那次爆炸聲的關係。

魔物從黑衣男子們的背後悄悄靠近，無視他們衝了過來。

其中還有巨魔。這些魔物沒有記載在地下城的資料中。

巨魔的一擊非常強勁，攻擊我們時連同眼前的冒險者也一併攻擊。一名冒險者被打中後，撞上牆壁動也不動了。

混戰開始了，我抵擋冒險者的攻擊，同時將魔力瞬間注入祕銀之劍打倒魔物。

光她們也一面對上自己容易打倒的魔物，一面有時候用魔物當作障礙來與冒險者們交戰。

「空，危險！」

聽到克莉絲的話，我立刻舉起盾牌。

金屬敲擊聲響起，一把短劍掉落在腳邊。

我抬起頭看到黑衣男子朝著這邊走來。

看看周圍，光她們也正在和黑衣男子們交戰。

我嘗試用盾牌擋住黑衣男子的攻擊，但他在劍擊中的瞬間抽回劍，使我錯失時機。

原本準備反擊的我調整姿勢，用右手的劍擋下攻擊。

頓時感覺到一股寒意竄過背脊。

跟那些看起來像冒險者的男人不同，黑衣男子們的攻擊犀利又迅速。

如果這種時候能用護盾魔法該有多好，但是進入這一層後，護盾魔法就無法正常運作，所以我沒有使用。

在空間魔法中，唯一正常運作的是道具箱。

黑衣男子們的人數逐漸增加，攻勢也變得更加猛烈。

因為克莉絲以攻擊魔法，米亞以神聖魔法的輔助魔法為中心提供支援，才能勉強堅持住。平行思考也正在全力運轉。

由於黑衣男子們也理解這一點，他們試圖繞到我背後攻擊兩人，而我努力奮戰阻止他們。

然後我的一劍砍斷了對手的劍，反手一劍砍向黑衣男子的手臂……就在即將砍中時，劍尖停住了。

不，是我無法將劍完全揮出去。

那一瞬間的破綻給了敵人反擊的機會。

對方整個身體撞過來，我眼冒金星，被撞飛到後方。附近似乎響起了東西掉落的聲響。

跌坐在地上抬起頭，看到黑衣男子揮起長劍。

我立刻試圖站起來迎擊，但身體不聽使喚。

就在劍即將落下……的時候，一個影子從旁邊飛撲過來。

黑衣男子差點被撞飛，他站穩腳步將攻擊目標轉向飛撲過來的人。

飛撲過來的人……克莉絲試圖用盾牌接下那一擊卻被彈開，發出驚叫。

我跌跌撞撞地去擒抱準備追擊的黑衣男子。

但這個動作沒有成功，遭到他的反擊一腳踢中心窩。

劇痛以心窩為中心蔓延開來，我咬緊牙關移動身體。

至少繞到能幫摔倒的克莉絲當肉盾的位置。
當我抬起頭，眼前再度出現那名黑衣男子的身影。
這簡直似曾相識。
從道具箱裡取出備用的劍試圖阻止。然而不知是因為動搖還是剛才那一擊起了作用，我沒拿穩從道具箱中取出的劍，脫手掉落了。
高高舉起的劍再度落下……金屬敲擊聲響起。

◇賽風視角・2

「賽風？」
我突然停下腳步，讓金皺起眉頭。
的確，在快速奔跑時突然停下來，別人當然會感到訝異。
「我有種不好的預感。」
「……是往常那種預感嗎？」
我對金的話點點頭並感到後頸刺痛。
成為冒險者後，有時會遇到這種場面。
雖然無法說明為什麼會有那種感覺，但我按照預感行動，避開了許多危險也是事實。

「我覺得他們有危險。」

可是我們現在正帶著托特在第二十六層往回走。

雖然也考慮過如果托特醒了就把回歸石交給他，讓他一個人回去，但他可能非常疲憊，至今一次也沒有醒來過。

「……賽風，這裡就交給我們，你可以和奧爾嘉一起過去嗎？」

聽到金的提議，我不禁看著優諾。

在這裡分頭行動會使危險倍增。特別是帶著奧爾嘉，代表是以三個人走回程路。而且蓋茲揹著托特，所以無法期待他發揮戰力。實質上等於以兩個人和魔物交戰。

「其實我想丟下他所有人一起過去，但不能這麼做吧？而且你也可以更加信任我們，多依靠我們。」

聽到金的話，我不禁苦笑。

一直都很依靠你們啊。我在心中呢喃，切換了思維。

「那就拜託了。還有這個交給你保管……優諾，他們兩個交給妳了。」

「好的，你也要小心。」

我點點頭，和奧爾嘉一起原路折返。

老實說我一個人去也可以，不過有奧爾嘉在更有幫助。

因為我不擅長那個嘛。

抵達第二十七層後，和奧爾嘉並排奔跑。

我在跑步中無法追蹤，奧爾嘉真有一套。他一邊跑步還能一邊準確地尋找痕跡。

「沒問題嗎？」

對我的提問，奧爾嘉輕鬆地回答：「沒有問題。」

現在我們正沿著空他們走過的路前進。正確來說，是在追蹤送給克莉絲和盧莉卡的手飾。

雖然覺得這樣做不太好，為了萬一在地下城裡分散時使用，還是給了她們手飾。

本來不知道該怎麼交給她們，後來是以教導優諾烹飪的謝禮為名義送手飾，並在上面做了記號。不過效果隨著時間流逝會漸漸減弱，遲早會失效。這麼一來就只是普通的手飾了。

沒想到會以這種形式馬上就派上用場。

但是從抵達第二十八層開始，追蹤的速度變慢了。

奧爾嘉說痕跡漸漸變淺，在跑步中很可能會錯過。我們使用的魔導具狀況也不好，我認為這一層可能發生了什麼異狀。

看來需要繃緊神經。

接下來每次遇到通道的岔路口就會停下來，謹慎地尋找痕跡。

然後在抵達第二十八層的兩天後。在我們轉彎進入通道的瞬間，聽到了金屬撞擊聲和魔物的咆哮。

我和奧爾嘉對看一眼，一口氣加快奔跑的速度。

不久後在走廊前方戰鬥的一群人進入眼簾。

即使遠遠望去也知道那是空他們。

因為那套學園的制服很顯眼。
我再次加速，看到空即將被黑衣男子一劍砍下的背影。
看來空正在保護克莉絲，那件附兜帽的長袍無疑是她的衣物。
我集中力量在踏步的腳掌上，重踏地面。
身體呈前傾姿勢，一直線飛也似的往前衝，猛力彈開黑衣男子的劍，然後反手一劍擊倒他。
設法趕上了。
在視野的一角看到奧爾嘉正在支援。
我保持警戒回過頭……
「沒事吧，空！還有……尖耳妖精大人？」
看見那個身影，我說不出話來。

◇◇◇

驚訝得張大眼睛的賽風就在我眼前。
但是我也一樣驚訝。他為什麼會在這裡？托特他們呢？
雖然心中湧現疑問，現在沒有時間慢慢思考這種事。
因為看到另一個黑衣男子正從賽風的背後來襲。
「賽風，後面！」

賽風聽到後像彈開一樣轉過身，在轉身的同時砍倒黑衣男子。

「空……沒事吧？」

聽到克莉絲呢喃般的那句話，我伸手摸臉，發現面具不見了。

低下頭看到面具掉落在地。

同時在看到克莉絲的臉龐後渾身僵硬。

兜帽被劃破而捲了起來。

幸好她臉上沒有傷，但本來用頭髮遮住的獨特的耳朵露了出來。

這時候，賽風之前的喃喃自語在腦海中復甦。

他呼喚我的名字之後，的確說了「尖耳妖精大人」。

那麼這代表賽風知道了克莉絲的祕密。

「空，不要緊的。」

克莉絲的話讓我回過神來，看到她浮現笑容的溫柔表情。

看來我把想法表現在臉上了。

「現在要先處理蕾拉她們的事情。」

聽到那句話，我把備用的長袍交給克莉絲，繼續打倒魔物。在過程中撿起掉在地上的祕銀之劍和面具。

有賽風和奧爾嘉加入戰局，我們扭轉了劣勢，戰鬥沒多久後就結束了。

但問題還在，那就是克莉絲的祕密已經被賽風知道。

當盧莉卡知道這件事後，她做出的意外舉動也在某種意義上令人震撼。

她突然揮劍劈向賽風。

「小、小盧莉卡，住手！」

當克莉絲從背後抱住她制止，這次盧莉卡開始哭泣，情況變得更加混亂。

「可是，可是……」

克莉絲一邊安慰啜泣的盧莉卡——

「對不起。」

一邊低頭道歉。

賽風一開始感到困惑，但立刻露出苦笑原諒兩人。

「……發生了什麼事？」

「是奧爾嘉嗎？比起這個，那些傢伙呢？」

「抱歉，我漏掉了一個人……」

「……去追吧。必須封住他的嘴。因為他可能看到了。」

賽風寒冷徹骨的聲音在現場響起。

奧爾嘉點頭，獨自消失在通道前方。

「奧爾嘉要去哪裡了？」

「似乎有一個人逃走了。他說不定看到了克莉絲的樣子。我想封口，所以讓他去追了。」

「……聽這個口氣，賽風你們已經知道克莉絲的事情了？」

聽到我的聲音，哭泣的盧莉卡抬起頭。

「……嗯，詳情等之後再談。現在要緊的是先幫助那邊……但是有個棘手的傢伙啊。」

儘管還有其他事情想問，現在的當務之急是幫助蕾拉他們，我轉換了想法。

「那是……雞蛇嗎？」

看到那隻魔物，克莉絲的表情也變得僵硬。

「嗯，牠混在裡面。而且體型看起來比普通個體更大。雖然我們有治療石化的藥，但若是可以，我不想被牠的吐息噴中呢。」

據他所說，雞蛇是用會造成石化異常狀態的吐息來攻擊的討厭魔物。

賽風表示即使如此，在這個狀況戰鬥下還算是比較好的。

「雞蛇本來會從上空保持距離進行攻擊，所以要打倒牠非常困難。但這裡是封閉的空間，我們的攻擊也更容易擊中。不過反過來說，也有很難避開對方的吐息攻擊這個問題。」

雖然到了第二十八層，樓層的高度和寬度都擴大了，但由於雞蛇的體型龐大，即使能振翅起飛，也無法完全自由地飛行。賽風喃喃地說，如果是在第二十五層之類的地方那就麻煩了。

「……那麼可以把雞蛇交給我來對付嗎？」

聽到一旦進入近戰距離，雞蛇就會失去優勢，我想起自己的異常狀態抗性等級這麼說道。

現在的異常狀態抗性技能等級為7級，所以中毒、麻痺和石化都對我無效。

順帶一提7級會獲得魅惑抗性，9級會獲得詛咒抗性，8和10級分別會讓魅惑和詛咒失效。

「你有什麼辦法吧？那就拜託了。我們去狩獵周圍的魔物。既然空要上前，就拜託盧莉卡護衛克莉絲她們。雖然我認為應該不會有事，但敵人不知會從哪裡出現。」

就這樣，我們為了援助在前方戰鬥的蕾拉等人，從背後突襲魔物。

雞蛇發現我靠近便發動吐息攻擊。

我故作驚慌地大幅往後跳躲開攻擊，一邊砍倒衝過來的魔物，一邊趕往雞蛇身邊。

此時在雞蛇眼中，我看起來一定是畏懼吐息的人類。

因為據賽風所說，雞蛇是狡猾又具有高度智慧的魔物。

然後當我終於進入攻擊範圍時，雞蛇飛起來遠離我。牠不打算讓我進入攻擊範圍。儘管雞蛇飛行範圍狹窄，如果讓牠飛到上空，攻擊的手段就會受限。

為了不讓牠得逞，我投擲小刀進行攻擊，卻被牠揮動翅膀產生的風壓打落了。

不過這是誘餌。

我朝雞蛇施放已準備好的龍捲風魔法。

即使沒有像平常一樣用風刃切割目標的威力，已足以干擾飛行。

被打個措手不及的雞蛇失去平衡墜落下來。

我趁機再度試著接近，突然感到與雞蛇目光交會了。

牠的眼睛閃爍著詭異的光芒，然後張大嘴。

口中噴出具有石化效果的凶惡吐息。

由於距離很近，我正在全力奔跑，所以無法躲避。

雖然全身被吐息噴個正著，我毫不在乎地繼續前進。

因為石化無效的效果，即使受到吐息攻擊也可以行動。
當我穿過吐息出現在雞蛇眼前，看出雞蛇明顯地動搖了。
我沒有錯過那個機會，斬下了雞蛇的頭顱。
由於雞蛇死亡使得魔物的戰線崩潰，蕾拉一方的冒險者們也轉守為攻，正好形成夾擊局面。
不久後魔物便被狩獵殆盡，我們成功救出蕾拉一行人。

◇蕾拉視角．2

面對逼近的魔物，我做了深呼吸讓精神冷靜下來。
身體的疲勞沒有完全消除，老實說我的身體狀況糟糕透頂。
儘管如此，如果在這裡退卻，等待著我們的就是全滅。
特別是那些遭到石化而動不了的人肯定會……
在逃跑途中，我們進行過許多次討論。
有人提議要拋下那些被石化的人逃走。
我知道每次都是沃爾特先生和其他隊長級的人出面說服了他們。
而且還有為了幫助我們，獨自選擇走上危險之路的托特。
我很擔心他，但現在要專注於眼前的事。

我們把那些動不了的人搬到通道看不見的位置，然後來到魔物眼前。

當我們出現在視野中，魔物們加快了腳步。

對我們來說幸運的是，這時雞蛇與在牠身邊的魔物都沒有行動。

我們以盾牌手為中心，採取以防禦為主的戰術與魔物戰鬥。

大家已經疲憊不堪，長期戰鬥對我方不利，但雞蛇的存在讓我們對採取攻勢感到遲疑。

但唯獨這一刻，上天選擇站在我們這邊。

當魔物的後方響起爆炸聲，原本在雞蛇周圍的魔物幾乎都掉頭前往聲音傳來的方向。

看到那一幕，我覺得身體似乎恢復了力量，但那是錯覺。

不對，因為看到那一幕而被打亂節奏的代價，在一會兒之後侵襲了我的身體。

我們眼前的確倒著無數魔物的屍體，然而也有受傷的人退到後方。

我認為自己之所以還能戰鬥下去，是因為有不能退後的理由。

然而不管意志有多強烈，極限在不久後到來。

我只能勉強用劍支撐住自己，連移動都有困難。

還在繼續戰鬥的沃爾特先生等人的背影，看起來非常巨大。

然後我看到比他們巨大的背影更加龐大的雞蛇，開始緩緩地移動。

我用目光慢慢追逐著牠的動作。

但是雞蛇不是朝我們這邊過來，而是往反方向移動。

那時能看見本來被雞蛇身軀擋住的另一頭——空在那裡。

不，不只是空。小光和賽拉也在那裡。

空令人驚訝地正面迎戰雞蛇，被吐息噴中全身。

雖然空仔細調查過地下城裡出現的魔物，但他可能不知道雞蛇的吐息。因為這種魔物不應該出現在這個地下城裡……

這個念頭閃過腦海，不過空令人意外地安然無恙。

然後他輕鬆地打倒了雞蛇。

沒多久之後魔物被狩獵殆盡，我在原地癱坐下來。

◇◇◇

「沒事吧，蕾拉？」

「空……你為什麼會在這裡？」

「嗯，其實我們在第二十七層遇到托特，所以就過來這裡了。總之先幫妳治療喔。」

她說他們的藥水快用完了，所以我和米亞分頭進行治療。

我能治療她的傷勢，但無法回復她的體力，所以扶著她走向據說在通道前方的傷患們。

在那裡的人狀況更糟糕，與其說是在接受治療，不如說只是讓他們休息而已。

雖然有特麗莎和另一名神聖魔法使用者，但聽說他們已耗盡魔力，無法進行治療。

「米亞小姐……」

「妳很努力了，接下來就交給我吧。」

當米亞對她這麼說，特麗莎便安心地睡著了。

一問之下，聽說她會定期對那些被石化的人施展恢復魔法。

據說他們帶來的石化治療藥對凱西等四個人沒有作用，而且石化的範圍還隨著時間過去而擴大，因此用恢復魔法來設法阻止石化狀態惡化。

「米亞可以治好他們嗎？」

「我不確定，但會試試看。」

米亞集中精神，對他們逐一詠唱恢復魔法。

於是四人中有一人的石化痊癒了。其餘三人的石化範圍似乎也縮小了點，但沒有完全痊癒。

「抱歉。這似乎是我能做的極限。最好趕快回去安排治療藥……或是拜託司祭大人治療。」

米亞低頭道歉，不過沒有任何人責怪她。

豈止沒有，看到石化狀態稍微減輕，他們甚至很感謝她。

但是米亞對這樣的結果感到很不甘心。

「對不起，蕾拉。都是我能力不足。」

她一次又一次為了無法治好凱西一事向蕾拉道歉。

「這也無可奈何。而且我很久沒看到凱西表情這麼安祥地入睡了。這無疑是多虧了米亞。」

據說中了石化異常狀態的四個人一直無法好好睡覺，為此受到折磨。

她說考慮到這一點，米亞的恢復魔法能夠起作用非常厲害。

聽到這些，我認為可能是米亞的等級在地下城裡升級而有所成長，或是她身為聖女能夠治療特麗莎他們無法治療的症狀。

「總之先吃東西吧。我來做些方便食用的食物。」

當我在做料理時，光和賽拉回收了魔物的屍體。特別是雞蛇和巨魔是這個地下城不會出現的魔物，我們非常想入手。

吃完料理後，蕾拉他們就像死去一樣進入沉睡。

由於之前神經緊繃，似乎無法好好休息。實際上他們的眼睛下都掛著嚴重的黑眼圈。

於是我們決定代為守夜，但老實說也很疲倦。當然跟蕾拉他們比起來狀況還算不錯，不過我們一路上都在快速趕路。

「……賽風，可以借一步說話嗎？」

我走近正在守夜的賽風開口攀談。

「別瞪我別瞪我。是關於克莉絲的事吧？我也對那件事感到很驚訝，不過有點理解了。而且關於那件事，等到回去後再談吧。因為這裡不適合談論。還有我承諾不會對外透露此事。」

那時賽風的表情十分認真，我認為他這番話沒有說謊，所以也不再多說什麼。

「……比起這個，你們為什麼回來了？」

「有點難以說明……嗯，就類似直覺在發揮作用。我感覺會發生不好的事情……雖然無法說明清楚。」

賽風一臉傷腦筋地搔搔臉頰。

「那麼托特他們怎麼樣了？」

「托特還沒有恢復意識，我把那邊的事情交給金他們。別擔心，即使只有三個人，他們是我引以為豪的同伴們。沒問題的。」

賽風斬釘截鐵地說道，從他身上感受到對於金他們完全的信賴。

「這樣啊……還有雖然現在說有點晚了，謝謝你救了我。」

聽到我的話，賽風冷淡地回答「不用謝」，但沒有漏掉他的耳朵微微發紅的反應。

然後我們在這裡度過了兩天。

這段期間，盧莉卡一直黏著克莉絲不肯離開。

後來我們開始移動，原先考慮返回第二十七層，不過發現通往第二十九層的樓梯離得更近，決定前往那裡。

我在途中問賽風，奧爾嘉沒有回來是否沒事，他說奧爾嘉帶著回歸石，應該是用它來追逐逃走的黑衣男子了。

我們在開始移動的三天後抵達第二十九層，因為發現在那裡可以使用回歸石，於是分別使用它逃離了地下城。

◇◇◇

我們自地下城歸來後也很忙碌。

首先石化沒有解除的三人被送往類似冒險者公會醫療室的地方。他們似乎要使用公會所保管的石化治療藥，為了保險起見，也安排了教會的司祭。

另外托特他們似乎已安全抵達，蕾拉等人被要求報告發生的事情，沃爾特和蕾拉擔任代表，我和賽風則是以目擊者身分被找過去。

我叫克莉絲她們先回家休息。

「發生了這樣的事……」

「襲擊者們的遺體由空小弟回收了。但依據小弟他們所說，有一個人逃走了。」

「我們會立刻安排人手處理。有人知道那個人的長相嗎？」

「我有印象。」

「那麼賽風先生，可以請你說明給他聽嗎？」

雷潔介紹了坐在她旁邊第二個座位上的男子，賽風與男子一起移動到另一個房間。

之後我把遺體交給公會，與沃爾特他們分配在第二十八層打倒的魔物。

雖然沃爾特和蕾拉表示這次受到我們幫助，想放棄戰利品，但除了將雞蛇讓給我們以外，其他都照常分配了。

「空，這次真感謝你。如果沒有你們，我們一定無法像這樣回來。」

「那麼最好慰勞一下托特吧。假如沒有他，我們也不會趕到。」

「嗯，你說得沒錯。」

當我和蕾拉並肩回到櫃檯時，在那裡看到了光和米亞的身影。

「妳們不是先回去了嗎？」

「我在等主人，然後米亞姊姊……」

「空，我想再看看凱西他們的情況……雖然司祭大人們的力量可能已經治好了他們。」

蕾拉似乎也打算去看情況，於是我們四人一起去了醫療室。

醫療室裡一片忙亂，我看見尚未完成石化治療的冒險者們的同伴們聚集在房間角落。

根據他們的說法，公會裡的石化治療藥和司祭施展的恢復魔法都沒有效果。

「小凱西也是，那兩個無法治療的人可能也是因為承受了雞蛇大量的石化吐息所導致。」

蕾拉告訴我們她被凱西所救時的事情，憂心忡忡地注視躺在床上的她。

「那個，蕾拉。我可以再試一次魔法嗎？」

「米亞……」

「雖然結果可能還是沒變……」

面對米亞認真的眼神，蕾拉即使困惑，還是點頭同意了。

她大概是想到米亞如果治療失敗時的情況，覺得擔心吧。

徵得正在照顧患者的冒險者們同意後，米亞再次詠唱恢復魔法。

她的表情非常認真，但可以看出她很緊繃，應該說很緊張。

於是不知怎麼回事，在第二十八層無法治療的兩名冒險者的石化狀態解除了。

冒險者們發出驚呼，異口同聲地向她表達謝意。他們強烈的喜悅之情讓米亞都被鎮住。

米亞看到這一幕後露出安心的表情，她雖然提出要施法治療，但很擔心是否真的可以治好。

我在這時想到第二十八層的環境。

在第二十八層，魔法與魔力相關的效果明顯降低了。

所以當時恢復魔法也未能充分發揮效果。

米亞可能也有這種感覺，才會想再試一次。

然後她對剩下的一人……凱西也使用了恢復魔法。

米亞的手隨著咒語發出光芒，漸漸包圍凱西的身體。

每個人都期待會發生和剛才同樣的結果……當魔法光芒消失後，覆蓋凱西整隻右手的石化痕跡徹底消失了，但是石化狀態並未完全解除。

在那之後，米亞持續詠唱了許多次恢復魔法。

即使我們制止，她依然固執地持續下去，最後可能是耗盡魔力倒下了。

「空，請告訴米亞不要介意。」

「嗯，我知道。我也會試著尋找能不能用鍊金術製作出強效的石化治療藥。」

我揹著昏迷的米亞，和光一起走出公會。

當我們走出公會，賽風和奧爾嘉站在外面，告訴我們沒抓到那個黑衣男子。

「對不起。」

奧爾嘉道歉，但這種情況也是無可奈何，只得接受。

如果沒有追蹤技能，尋找一個人是很困難的。首先他也有可能還留在地下城裡。

雖然公會收到報告後封鎖了城鎮，但黑衣男子說不定已經逃出城鎮，假如不擇手段，甚至可以翻越外牆。

即使不知道黑衣男子是否發現了克莉絲是尖耳妖精，這方面或許還是需要因應對策。包含他們盯上了蕾拉這件事在內。

「那麼，空。我有許多事情想和你談談。早點談比較好，但今天看來是不行了，所以我們明天上午會過去找你。」

賽風這麼說完後，和奧爾嘉一邊談論著什麼事情，一邊消失在城鎮的人群中。

「主人……那個可能是王國的人。」

在回家的路上，光突然對我說。

「妳說的那個，是指黑衣男子嗎？」

「嗯，我隱約感覺到了那種氣息。」

氣息？不是氣氛嗎？

若是這樣不只克莉絲，連我也會有危險嗎？是否別再繼續攻略地下城，離開這裡會更好？

「主人，沒事吧？」

「總之先保持警戒，而且今天也無法立刻行動。」

我是不是該在庭院的角落建造小屋，讓影在那裡監視，順便用結界術的護盾圍住整棟房子？

正當我思考這些事時，背上的米亞恢復了意識。

「空？這裡是？」

「喔，我們正在回家的路上。」

「這……樣啊……」

「怎麼了？」

「……我救不了她。只有凱西……我救不了我的朋友……」

「……那是無可奈何的，不是米亞的錯。」

「……我明白。可是……如果我更有力量……雖然被稱為聖女……到頭來只是有名無實的存在，只是個花瓶。」

才沒有這回事。這句話我怎麼也無法說出口。

米亞抓住我的手臂加重力道，抱緊了我。

聽見她小聲地一遍又一遍道歉。

「米亞姊姊。」

光擔心地看著她那副模樣。

在她身旁，希耶爾也不知所措地在我們的周圍飛來飛去。

閒話・5

計畫失敗了。

直到埋伏的部分為止明明都按照計畫進行了……

第一個失算是那個冒險者，貪圖錢財的無能男人。

然而他最後卻採取了超出計畫外的行動。

沒想到他會在那個地方啟動陷阱。

而且那個陷阱糟糕透頂，震動了整座地下城，不應該出現在這個地下城裡的魔物接連被召喚出來。

雖然幻術技能對那些魔物也管用，由於對大量魔物使用，似乎對身體造成了很大的負擔。幻術讓魔物以為我們是魔物的同伴。

多虧了幻術的效果，我們成功地引導了魔物，但原本的抓人計畫變得難以實現。

下一個失算是遭地下城探索者襲擊。

雖然無法否認被來自背後的奇襲打得措手不及，沒想到會有對戰鬥如此熟嫻的學生。

我不認為那是巧合，那絕對是針對我們的襲擊。

魔物的加入讓我們得以展開反擊，但最終因為新出現的冒險者，許多同伴被打倒了，我也被迫撤退。
本來失敗意味著死亡，但我決定優先把這個消息帶回去。
不會有錯。那時候在那個地方的人是13號，以及那張臉……是已撤銷的通緝畫像上的異世界人，而且還有尖耳妖精。
只要帶這個消息回去報告，這次的失敗想必不會受到追究。
擺脫了追來的冒險者後，我決定優先離開這個城鎮。

「成功了呢。」
我回來時，城鎮已經被封鎖，可惜的是對我來說並不管用。
當然了，還是需要保持警戒，不能掉以輕心。
想著這些事的時候，那名男子出現在眼前。
擋在面前的男子……是人類嗎？光是與他對峙，我心中已響起最高級的警報。
本能告訴我馬上離開這裡，身體卻無法動彈。
接著，眼前那名男子的身體輪廓扭曲了。沒錯，看起來像是扭曲了。
下一瞬間，站在那裡的是……
「魔……人？」
沒錯，是魔人。
他頭上長著兩根角，背上長著翅膀。

我使用幻術技能企圖爭取時間，卻以失敗告終。

伸手想去拿劍，但魔人踏出一步已經來到眼前。

我聽到某種呢喃聲，雖然魔人的手臂……沒有刺穿我的身體，然而意識漸漸變得模糊。

魔人的聲音聽起來很遙遠，我的嘴巴違背意志地張開。

我覺得自己正在說出不該說的話，卻無法停下來。

「辛苦了，你已經沒有用了。」

那是我聽到的最後一句話。

第7章

隔天早上，賽風他們按照約定在相當早的時間來訪。

當我告訴伊蘿哈和愛爾莎他們有重要的事情要談後，他們說要去購物和找諾曼他們，然後便出門了。

除了光和米亞之外的地下城攻略小隊成員，現在都聚集在客廳裡。

光和米亞不在場，是因為米亞的身體狀況不佳。她似乎還對無法治好凱西耿耿於懷。希耶爾可能也很擔心，從昨晚一直陪伴著米亞。

盧莉卡依然保持警戒，她的態度毫不掩飾這一點。克莉絲露出有點為難的表情。

「……啊～我就直截了當地說了，其實我們來自愛爾德共和國。然後呢。我想把這個交給克莉絲妳們。我們本來打算不說的，不過為了獲得信任，也只好這麼做了。」

如此說道的賽風遞出一封以蠟封緘的信。

克莉絲接過信件，露出困惑的表情。

「克莉絲，怎麼了？」

看到克莉絲的樣子，盧莉卡擔心地詢問。

「啊，嗯。我曾看過這個封章，記得在奶奶收到的信上也有同樣的封章。」

克莉絲打開信封確認內容後，把信交給盧莉卡。

盧莉卡讀過一遍後，先看了賽風一眼，然後再次開始閱讀信件。

「這個……是真的嗎？」

「啊～抱歉。我不知道那封信的內容。」

盧莉卡聽到那句話後把信還給賽風，賽風看了信，臉頰抽搐起來。

「好、好了，這麼一來，妳們明白我們是自己人了吧？」

賽風的聲音變調了，那封信上寫了些什麼呢？

「咳咳，最重要的是……克莉絲大人。我們哥布林的嘆息全體成員，想請您允許我們再次同行。」

賽風他們站起身，跪下來對克莉絲行禮。

這突如其來的舉動讓克莉絲感到困惑，她問賽風為何要採取這種態度，據說在賽風他們出生成長的城鎮有某種尖耳妖精信仰。

「我們從小就被父母教導，之所以能夠維持生計都是拜尖耳妖精大人所賜。」

似乎是這麼回事。

實際上當克莉絲變成尖耳妖精的模樣時，連金都開始祈禱，看得我有點害怕。

然後我在無傷大雅的範圍內向賽風詢問情況，據說他們本來只會在王國內關注克莉絲他們。

在艾法魔導國的首都相遇真的是巧合，一開始是因為優諾的熟人在普雷克斯，他們計劃前往普雷克斯的地下城。

但是他們無法進入普雷克斯的地下城，在商量往後的計畫時收到了指令，指出克莉絲她們在瑪喬利卡攻略地下城，要求他們盡可能保護她們。

他們也對那時交給她們附帶追蹤功能的手飾一事道歉。

「雖然我們查到克莉絲她們在學園上課，這裡的安全措施相當嚴密，我們商量好要一邊進入地下城，一邊尋找機會接觸。在得知佛瑞德認識克莉絲妳們的熟人時，感到很驚訝，但認為這是個機會。不過沒想到那個熟人就是空本人，讓我更加驚訝了。」

所以當佛瑞德他們接受威爾的委託時，賽風他們才會拒絕，選擇跟我們一起進入地下城啊。

「那麼你們還是要繼續攻略地下城嗎？我們是希望你們能避免去做太危險的事情。」

「我個人有收集素材的需求，而且我們有必須攻略地下城的原因。」

我向賽風他們說明了現在發生的情況。

賽風他們似乎也有關於魔物遊行的知識，聽完說明後也理解了公會花大錢收購下方樓層素材推薦冒險者去討伐的理由。

但即使如此，可能是因為知道地下城的危險性，他們還是顯得猶豫不決。

「那、那個，我也知道這很危險。但這件事是住在這座城鎮的同族提出的請託！」

克莉絲可能是有些慌張，不小心說溜嘴。她一定產生了危機感，擔心遭到反對，行動受到限制吧。

不過那句話對賽風他們起了作用。聽到是來自尖耳妖精的請求，態度為之一變。

在那之後我們討論了未來的計畫，在討論中賽風就像想起什麼般說道：

「對了，有件事必須告訴你們。其實今天早上公會找我過去確認。」

「確認？」

「對，是有關於逃走的黑衣男子。據說發現了一具和我們報告的男子相似的屍體，公會方面請我和奧爾嘉去確認。毫無疑問就是那名逃走的男子。」

「那麼這代表我們暫時可以放心了嗎？」

如果這是真的，可以說是好消息。

「我認為最好還是建議保持警戒。因為他也有可能向別人報告過了。不過聽公會的人說他們已經控制那些人的據點，那裡沒有他曾去過的跡象。」

談完關於地下城的事情後，我們開始聊起分別後的各種事情。

現在想想，自從坦白了真實身分後，我們還沒有好好地談過彼此的事。這時候，我告訴他們光是被魔物毀滅的村莊的倖存者。關於米亞，則說她和賽拉一樣是從奴隸商那裡買來的，因為實在不能照實說出她是聖女。

於是當我走到家門外送賽風他們離開時，賽風對我開口：

「對了，我又想起一件事。像空你們這樣的黑髮不是很少見嗎？那麼空在王國有親戚嗎？」

「不，沒有，為什麼這麼問？」

「喔，在前往普雷克斯途中，我看到了王國的馬車。車窗剛好開著，可以看見車廂內部。雖然對方立刻關上車窗，但總覺得看到車上有黑髮的人。如果和空沒關係那就算了。」

說完這些後，賽風他們回去了。

我聽到那番話，想起了在王城分別的那些人。

雖然一方面因為忙於自己的事情，但這可能是自從和伊格尼斯交談後，第一次像這樣回想起他們。

儘管不時會想起另一個世界……像是烹飪的事情之類的。

他們在待遇上受到優待，所以應該平安無事，但考慮到光的情況，我就對他們會被迫做什麼事情感到不安。

那一夜我和米亞說了話，她還是無精打采。

比起安慰的話語，最重要的是治好凱西。

我一邊確認狀態值，一邊尋找能夠用創造做到的事。

姓名「藤宮空」　職業「探子」　種族「異世界人」　無等級
HP520／520　MP520／520　SP520／520（＋100）
力量……510（＋0）　體力……510（＋0）　速度……510（＋100）
魔力……510（＋0）　敏捷……510（＋0）　幸運……510（＋100）
技能「漫步Lv51」
效果「不管走多少路也不會累（每走一步就會獲得1點經驗值）」

經驗值計數器　８９２４０６／１１０００００
技能點數　３
已習得技能
【鑑定ＬｖＭＡＸ】【阻礙鑑定Ｌｖ５】【身體強化ＬｖＭＡＸ】【魔力操作ＬｖＭＡＸ】【生活魔法ＬｖＭＡＸ】【察覺氣息ＬｖＭＡＸ】【劍術ＬｖＭＡＸ】【空間魔法ＬｖＭＡＸ】【平行思考ＬｖＭＡＸ】【提升自然回復ＬｖＭＡＸ】【遮蔽氣息ＬｖＭＡＸ】【鍊金術ＬｖＭＡＸ】【烹飪ＬｖＭＡＸ】【投擲・射擊Ｌｖ９】【火魔法ＬｖＭＡＸ】【水魔法Ｌｖ９】【心電感應Ｌｖ９】【夜視ＬｖＭＡＸ】【劍技Ｌｖ８】【異常狀態抗性Ｌｖ７】【土魔法ＬｖＭＡＸ】【風魔法ＬｖＭＡＸ】【偽裝Ｌｖ９】【土木・建築Ｌｖ９】【盾牌術Ｌｖ８】【挑釁Ｌｖ９】【陷阱Ｌｖ７】【登山Ｌｖ２】
高階技能
【人物鑑定ＬｖＭＡＸ】【察覺魔力ＬｖＭＡＸ】【賦予術ＬｖＭＡＸ】【創造Ｌｖ８】【賦予魔力Ｌｖ３】【隱蔽Ｌｖ３】
契約技能
【神聖魔法Ｌｖ５】

稱號
【與精靈締結契約之人】
等級提升後技能點數增加了，但要製作治療藥應該是用創造技能吧？

【卡爾卡托克斯之藥】治療石化狀態的藥。良藥苦口。建議塗抹使用。

從效果說明來看像是石化治療藥，有多少效果是個謎。
不過公會準備的既有石化治療藥，即使是高品質的藥劑也未能治好凱西。
許多以創造製作出的東西都比普通道具更有用，我認為值得嘗試。

【卡爾卡托克斯之藥】
所需素材——全效藥水。雞蛇的血。雞蛇的毒腺。魔石。

關於雞蛇的血和毒腺，應該可以從屍體上回收吧。
問題在於全效藥水，第一次聽到這個名稱。
如果只需要一瓶，可以消耗MP製作，但那是最後的手段。

用鍊金術確認清單，沒有這個名稱。

也就是說在創造那邊嗎？

試著確認，在創造的清單中有這一項。

【全效藥水】可以回復HP、MP、SP的藥水，具一石三鳥效果的優秀物品。

可以一併回復HP等的藥水嗎？很難選擇使用時機呢。

我經常會使用魔法消耗MP，使用技能消耗SP，所以這很有幫助，但像我這樣的人很少。

因為基本上魔法師只用魔法，使用攻擊、探索系技能的人只用技能，所以他們只會用其中一種的回復藥。不過這種藥水還是很方便。

【全效藥水】

所需材料——回復藥水。魔力藥水。精力藥水。魔石。

材料可以輕易備齊，也製作一點拿來自用吧。

我先做了幾瓶全效藥水後，這次去找光和盧莉卡。

光與愛爾莎及阿爾特在一起，盧莉卡似乎剛洗完澡正在擦乾頭髮。

「怎麼了？如果你要洗澡，克莉絲正在洗，偷看的話要負責喔？」

這時候應該要警告我別偷看才對吧？

不過看來她已恢復平常的狀態，真是太好了。

因為自從賽風他們知道克莉絲是尖耳妖精後，氣氛一直相當緊張。愛爾莎和阿爾特昨天也有點怕盧莉卡。

「不是，我有事情想問，盧莉卡妳們能解體雞蛇嗎？」

「我可能沒辦法，小光呢？」

「沒做過。」

若是這樣明天問問賽風他們吧？如果不行，可能需要在公會提出委託。

◇◇◇

隔天，我帶著米亞和大家一起出門。目的地是諾曼的家，但為了轉換心情決定繞路在城鎮上走一走。

學生街由於瑪基亞斯魔法學園的學生都住宿舍，所以早上人應該不多，然而在地下城地區訂不到旅館的許多冒險者都來到這裡，因此這裡非常熱鬧。

結果我們在出門一個小時後才到達諾曼家。

一到諾曼家，孩子們就紛紛湧上拉走米亞。因為米亞很受歡迎也很會照顧人，以前當聖女的時候，好像也會進行慰問孤兒院之類的活動。

「今天過來有什麼事嗎？」

昨天討論時的確說過今天是自由活動的日子，所以看到我們來訪會感到驚訝吧。

「我有事想問，賽風你們能夠解體雞蛇嗎？」

我告訴他們，想使用雞蛇的血和毒腺當作鍊金術的素材。

「嗯，奧爾嘉應該做得到。怎麼樣？妳們也想來看嗎？」

對此感興趣的光和盧莉卡點點頭，奧爾嘉的解體教學開始了。

我也參加了，諾曼他們之中經常進行解體的人也來參觀學習。

奧爾嘉的說明很容易理解，但可能是因為最近幾乎沒有動手解體，我有點跟不上。以後或許應該更努力一點？

雞蛇的肉靠近內臟的部分不能食用，其他部分據說很美味。

難得有機會，晚點再來辦一場肉食節吧？光用充滿期待的眼神看著我，諾曼他們雖然覺得過意不去，但也不時偷偷瞄過來。

我先收下血和毒腺離開解體房間，借了一間作業室用創造技能做出幾瓶卡爾卡托克斯之藥。由於毒腺的量不多，留下了一半。因為或許還有其他的用途。

由於藥完成了，便告訴正在指導少女們的伊蘿哈我想去探望凱西。她表示會安排讓我明天能去探病。

「米亞，明天我準備去探望凱西，妳要一起去嗎？」

我在屋中走動尋找米亞，發現她與克莉絲在一起。

原本在一起的孩子們，似乎已經去和伊蘿哈與愛爾莎他們一起做事了。

「空，我也可以一起去嗎？」

雖然對克莉絲的提議感到不可思議，但我覺得沒有什麼問題，點頭同意了。

在那之後我們久違地悠閒聊著學園的事情度過時光，中午和大家一起共進午餐，晚上用迫不及待想品嘗的雞蛇肉舉行了肉食節。當然也有準備其他肉類。

諾曼他們一邊說真希望這樣的日子能永遠持續，一邊享用雞蛇肉排。

現在有我們在，的確可以在一定程度關照他們。

但是等到地下城攻略結束後，我們肯定會離開這個城鎮。因為有尋找愛麗絲這個目的。

即便克莉絲說不需要勉強，但這是我想做的事，最重要的是想遊歷更多國家是我的願望。雖然這個動機有點輕率。

想到這件事，需要考慮諾曼他們在我們離開後的生活基礎。

這方面愛爾莎和阿爾特也一樣，我認為他們和諾曼他們一起住就行了。

「有很多事情必須考慮呢。」

我們現在已經到達地下城的第二十九層。

接下來要更進一步深入可能會變得困難，但的確相當接近目標第四十層了。

隔天我們來到蕾拉的家。

因為知道凱西在這裡療養。

進房間後看到特麗莎，她似乎會定期用恢復魔法進行治療。

「如果放著不管，凱西的石化狀態好像會惡化。所以我拜託特麗莎過來治療。」

由於只靠特麗莎一個人負擔太重，她好像也拜託了神聖魔法研究會中能使用恢復魔法的人來幫忙。

看來即使是領主，也無法輕易找來教會的司祭並讓人留下來。

「那麼我聽伊蘿哈提到了石化治療藥的事……」

「嗯，因為和既有的藥物不同，所以不知道會有什麼效果，但用塗抹方式似乎也有效，可以請妳們試試看嗎？」

她詢問不需要餵凱西喝下嗎，我告訴她這種藥的味道相當難喝。

藥水也是如此，雖然會依受傷的部位而定，有時候以飲用方式攝取的確會有更好的效果。

但是那個味道啊……回想起試著舔一口藥劑時的感受，忍不住表情扭曲。那是最後的手段。那種味道簡直跟多羅斯之果不相上下。

在房間外等待了幾分鐘後聽到一些騷動聲，一看見走出房間的蕾拉，立刻明白結果失敗了。

根據蕾拉的說法，石化症狀一度完全痊癒了。但是過了一會兒後，石化的症狀再度出現，變回原本的狀態。

「……蕾拉小姐，可以讓我們幾個單獨看一下嗎？」

克莉絲聽到後，這麼請求蕾拉。

克莉絲突然的話語讓蕾拉露出困惑的表情。我也有點吃驚。

「我、空和克莉絲想三人單獨看看凱西的病況，可以請其他人離開房間嗎？」

當米亞說明後，克莉絲面紅耳赤地垂下頭。她似乎發現自己沒有把事情說明清楚，話說得不夠完整，因此感到很尷尬。

蕾拉擔心地看著米亞，接著看了看我的臉後准許了。不，我也沒有得到任何說明，正覺得困惑喔？

進入房間，只剩下我們三人後，克莉絲再重新說明要做什麼。

「用我和米亞的神聖魔法治療？可是我不會恢復魔法喔？」

「是的。正確來說是透過我來連接兩人的力量強化神聖魔法。這有點難以用言語來解釋。」

根據克莉絲的說法，我們三人要牽手圍成圓圈，讓魔力循環得以增強米亞的神聖魔法。

若是這樣，用我和米亞兩人傳遞魔力的方法應該也可以，但似乎非得三個人一起不可。

「這個方法不是我想出來的，是希耶爾想的。」

我看向飄浮在空中的希耶爾，她大幅揮揮耳朵，彷彿在說：「怎麼樣？」

以人類的動作來說，就是拍拍胸口的感覺吧？

「凱西，可能會有點難受，但我們要搬動妳了喔。」

聽到米亞的聲音，凱西微微睜開眼睛並點點頭。

我依照米亞的指示抱起凱西，讓她坐在椅子上。

可能是身體沒有力氣，凱西差點滑下椅子，我們費了一番工夫調整姿勢。因為我不能隨便觸摸她，這方面的最後調整交給兩人來做。

「那麼開始吧。」

我們三人圍繞著凱西圍成圓圈。

米亞握住我的右手，克莉絲握住我的左手。米亞和克莉絲也牽著手。

感受到克莉絲的魔力提升，包圍了我們。

那時腦海中聽到了類似聲音的東西。

那是呢喃般的聲音，難以聽清楚。

不過那個聲音我有印象。

將視線投向飄浮在空中的希耶爾，看到她的身體被光芒包圍。

那副模樣散發出一股從平常輕飄飄的希耶爾身上無法想像，嚴肅又有點難以靠近的氣氛。

聲音在腦海中緩緩變響亮，但聽起來就像是不成意義的聲響。

但是那聲響不久後匯聚為一體，腦海中浮現了詞語。

「『恢復！』」

那個魔法名稱自然地從口中說出來。

我和米亞同時詠唱，希耶爾身上的光芒瞬間大增。

那道光芒隨即向凱西延伸，溫柔地包裹她的身體進入體內。

同時希耶爾身上的光芒消失，她順著重力墜落。

我慌忙鬆開手接住她，但視野的一角看到克莉絲的身體往前倒下。

於是伸手驚險地接住克莉絲的身體，但手臂在那時碰到了有點柔軟的觸感，這是不可抗力。

「空！」

所以米亞突然的叫喊嚇了我一跳，但米亞看的並不是我們，而是凱西。

「凱西？妳沒事吧？有沒有哪裡會痛？」

聽到米亞的呼喚，凱西睜開眼睛盯著自己的手。

然後她伸手撫摸身體，小心翼翼地站起來。

「我、我沒事，身體會動……身體可以動了！」

凱西流著淚說完這句話後，劇烈地咳嗽。

因為聽說她先前一度痊癒後又變回石化狀態，所以我使用鑑定確認狀況，似乎沒有問題，完全痊癒了。

「妳先冷靜下來，休息一會兒。空就……！克莉絲沒事嗎？」

「這好像是一口氣消耗魔力的反作用力。我去叫蕾拉，順便借個能讓她休息的地方。」

當我走出房間告訴蕾拉凱西的情況，蕾拉她們慌張地衝進房間。

聽著背後響起的歡呼聲，我請女僕帶我前往房間。

看著克莉絲的睡臉，我想到自己也昏倒過好幾次，是否也讓大家感受到這樣的心情。嗯，以後要多注意。

因為希耶爾也沒有恢復意識，便讓她一起躺在枕邊。

當我看著一人和一隻的樣子時，響起了敲門聲，以為是米亞來了，但站在門外的人是蕾拉的父親威爾。

「啊，不用行禮。更重要的是謝謝你。多虧了你們，我重要好友的女兒才能得救。」

這麼說來蕾拉以前提過這件事。

「對了，這位小姐還好嗎？」

「是的，她只是耗盡魔力而已。」

「這樣嗎……還有不僅是凱西的事，蕾拉的事也感謝你們相助。沒想到在許多人從普雷克斯湧入的時機，會有間諜混進來。雖然我們已保持警戒了。」

威爾從可能性的觀點告訴我，蕾拉會被盯上的原因。

他說那些人雖然也有想藉由襲擊領主的女兒使瑪喬利卡陷入混亂的意圖，但最大的目的應該是想對這個國家的高層……蕾拉的母親施壓。

聽他講述詳情，蕾拉的母親在這個國家的首都擔任要職，參與國政。

「第十五層的礦石之事也是如此，我們受到你們的幫助。所以如果有什麼需要，我會出力相助。還有關於這次的襲擊，公會大概也提醒過了，請勿將此事外傳。我想避免恐慌蔓延，而且要是民眾變得疑神疑鬼就麻煩了。」

我以為黑衣男子是幕後黑手，不過根據檢查遺體的人的說法，那些襲擊者似乎是從普雷克斯流入的冒險者。

當威爾離開房間後，米亞走進房間。

聽到威爾那句「我會出力相助」，腦海中浮現愛爾莎和諾曼他們的臉孔，但這不是我一個人能做決定的事，需要和大家商量。因為這次能夠救援蕾拉他們，不是單靠我的力量。特別是在與黑衣男子們的戰鬥中，坦白說我沒有派上用場。

「凱西的情況怎麼樣？」

「嗯，我們觀察了一陣子，沒有出現石化症狀。我今天會留下來看情況，空打算怎麼做？」

我猶豫了一下，選擇帶著克莉絲回去。

雖然賽克特的項鍊的效果讓她外表看起來變成人類，但我認為把失去意識的克莉絲留在這裡很危險。

米亞似乎會一直陪在凱西身邊，而且我在別人家中與她們一整天待在同個空間也不太妥當。

當我告訴他們我們要回去時，受到蕾拉他們挽留，但我決定直接回家。

由於他們準備了接送的馬車，便接受了這份好意。

當我揹著失去意識的克莉絲回來時，大家都很吃驚。講述在蕾拉家發生的事情，告訴大家凱西已順利康復時，包含伊蘿哈在內的所有人都非常高興。

「那麼……希耶爾沒事吧？」

盧莉卡很擔心克莉絲，似乎也很擔心希耶爾。

「總之關於希耶爾我也有許多不明白的地方。如果等到克莉絲醒來時希耶爾還沒有醒，會再找她商量。」

所以我避免說出不適當的話，把希耶爾也放在克莉絲的房間裡後，決定今天就此休息。

儘管很擔心，克莉絲隔天早上就恢復了精神。

希耶爾也正常地醒來，要了比平常更多的食物，除此之外沒有什麼變化。

反倒是我出現了變化，變得可以使用神聖魔法的恢復。

之後詳細詢問克莉絲，事情的開端似乎是希耶爾看到米亞陷入沮喪，想設法幫助她，於是去找克莉絲商量。

克莉絲說她擔任希耶爾與他人之間的橋樑，然而被希耶爾超出預期的力量擺布，耗盡魔力倒下了。

另外我前往學園詢問賽莉絲地下城的事情。

問的是關於這次的陷阱。至少我不知道有陷阱會讓地下城內出現不該出現的魔物。

當然了，無法否認有可能是尚未探索的樓層出現的魔物，但我不能不問。

賽莉絲的回答是，她不知道。

她說地下城充滿了謎，即使發生這種事情也不足為奇。還告訴我，也有可以強制改變地下城內部結構的陷阱存在。

我們到目前為止都是解除所有陷阱後再前進，但我認為以後需要更加小心謹慎。

考量到這一點，為下次的地下城探索進行準備，在這時候發現了一件事。

那就是帶托特折返的金、蓋茲和優諾三人，以及去追逐黑衣男子的奧爾嘉，還沒有完成第二十九層的登記。

當我找賽風商量這件事時——

「別擔心，我們會單獨去地下城完成登記。空你們經歷了各種事情應該很累了，就在這段時間好好休息吧。」

雖然他一派輕鬆地這麼說，但我說服他，有能使用MAP和隱蔽技能的我在會比較安全，然後我們一起跳到第二十七層，花費六天時間抵達了第二十九層。

從結論來說，跟他們一起行動讓我再次切身感受到賽風他們的厲害。他們以精確的動作長時間奔跑移動，即使遇到魔物也能乾淨俐落地解決。這讓我完全明白為何賽風會毫無顧慮地斷然說出把托特託付給三人了。

就這樣，我們在第二十九層完成登記，經過三天的休息和準備後再次開始地下城攻略。

因為當我問賽風不休息更久是否沒問題，他回答沒問題。

第二十九層基本上似乎和第二十八層沒有差別。

我們因為陷阱的影響而不知道，但基本上出現的魔物是在第二十八層也會出現的巫妖，其中也會夾雜出現長老巫妖。

因為查看MAP時，上面有散發強大魔力的個體反應，那或許就是長老巫妖。

然後是關於第二十八層，由於魔力還處於紊亂狀態，公會發出了警告呼籲。

雖然這裡有這座地下城不會出現的魔物的消息傳開，吸引了一些人的興趣，但聽說魔物之中有雞蛇後，就沒人敢接近了。

想前往下方樓層的人被迫停下來，沒有人打算強行通過這一層。

考慮到這個，我認為我們從地下城歸來時選擇自第二十九層的樓梯返回是正確的決定。

結果我們用七天通過了第二十九層，決定在頭目房間前度過一天，直接挑戰頭目。

這是因為與第十層或第二十層不同，抵達這裡的人不多，以及我們沒有很累。

我照慣例對門使用鑑定。

【☆歐克國王　1．☆歐克領主　1．歐克將軍　3．歐克法師　12．歐克弓箭手　12．歐克戰士　30】

根據資料知道會出現歐克國王和歐克領主，我之前在猜想哪一個才是頭目，看來雙方都是頭目定位。

「賽風，頭目房間會出現的魔物是……」

我把根據門的鑑定結果得知的魔物及數量告訴他，但他一開始不解地歪頭。

所以我說明了門上寫著出現的魔物及數量，使用鑑定可以閱讀那些訊息。

「真的嗎？那不是很厲害嗎？直到這一層為止都有資料，知道會出現什麼魔物所以倒還好，但如果第四十層也是頭目房間，我們即使第一次去也能安排對策了。」

我也認為這的確是很大的優勢。

「那麼就邊吃飯邊討論如何戰鬥，來設計策略吧？」

這頓飯……女性們會全員出動負責烹煮，所以我拿著光她們的祕銀武器，逐一賦予魔力。

由於盡可能在有餘力的時候使用賦予魔力，因此技能等級也提升不少，一次可以使用的次數也漸漸增加。

不過即使如此，我還是無法一次為所有人的武器賦予魔力。

「雖然現在才提，賽風你們也換了裝備呢。」

「因為我們平常是以普通冒險者身分活動，帶著太好的裝備會很顯眼呢。」

那些裝備的確從外觀來看就有點高調。

實際鑑定後得知那是很不錯的精品。

在那之後我們吃了料理，這時希耶爾也一起用餐。

我向賽風他們說明過，有個精靈跟我們一起行動，她是個貪吃的孩子。

他們一開始被料理突然消失嚇了一跳，但知道真的有精靈在這裡後，不知為何開始膜拜。

我不禁很好奇，愛爾德共和國到底是什麼樣的國家呢？

不過克莉絲認為這只限於一部分的地區。

我們和賽風他們之間關係變得更親近了，我認為這是因為我們分享了彼此的故事。

雖然克莉絲有時會受到過度保護的對待，她似乎對此感到頭疼。

第三十層頭目房間的場地是濕原地帶。

那裡乍看之下與草原沒有差別，但是地面潮濕，如果踩錯地方腳就會陷下去。假如那裡是淺處還好，聽說偶爾也有很深的地方，所以得非常小心。
由於也有一眼就能看出的大水窪，因為看得見，我們的行動反倒會受到限制。因為那種地方肯定不能走。
「本來希望把魔物引導至容易戰鬥的地方。因為歐克的高階種有時候會具備較高的智能。」
特別是這次有歐克國王和歐克領主兩隻。
順便一提，我問過哪一種更強，基本上似乎是歐克國王更強一點。從印象來看，本來以為是歐克領主更強。
「到頭來都有個體差異，兩者都很強。而且牠們無疑都是難纏的對手。」
首先我們一邊等待魔物出現，一邊開始探索周邊。這主要用來尋找容易戰鬥的地點。
影在這時候大顯身手，其實我也有所貢獻。
正確來說是陷阱技能大放異彩。
當我一邊發動陷阱技能一邊行走，就可以看出濕原上潮濕的地方與被水淹沒的地方。
影也使用特殊能力延伸影子，告訴我們乍看之下分辨不出來但淹沒於水中的地方。
雖然魔物已經出現，我們沒有前往那裡，而是仔細地挑選容易戰鬥的地點。
然後等到準備妥當後，影衝出去把歐克們引誘過來。
本來以為牠們可能不會受到引誘，但不知道影是以什麼方式挑釁，歐克們追著牠過來了。
戰略是把將歐克國王和歐克領主拆開來進行戰鬥，我們和賽風他們分別負責一隻。
由於最後的拆分有兩隻歐克將軍去了賽風他們那邊，使得他們交戰的魔物數量是我們的兩倍以上。

魔物會分成兩群，是影在戲耍牠們時，我們用挑釁技能和遠距離攻擊進行擾亂的結果。特別是克莉絲使用的精靈魔法威力強大，歐克們陷入了混亂。

聽不懂牠們在說什麼，但的確聽到歐克急迫的聲音。

雖然賽風他們得與大量的歐克交戰，但他們更換裝備後沒有死角，蓋茲使用的魔法盾完全封鎖了歐克的遠距離攻擊，優諾的魔法爆發威力不斷擴大歐克方的損失。

果然僅僅是更換裝備，戰力就會大幅提升。

奧爾嘉也使用他平常不用的弓箭支援兩名前鋒，賽風和金拉近距離，陸續打倒倖存的歐克。

注意到時，已經只剩下歐克領主和歐克將軍還站著了。

我也決定不能輸給他們，但已賦予魔力的祕銀武器威力強大，三名前鋒接連葬送歐克。

我所做的頂多是妨礙歐克弓箭手和歐克法師的遠距離攻擊而已。

高階種歐克國王則是被壓制到令人覺得可憐的程度。賽拉太強了。

「賽、賽拉真強啊。難怪有人喊她大姊頭。」

賽風他們看得有點畏縮。

因為只看等級賽拉是最高的，再加上具備獸人特有的優秀體能。施加了賦予魔力也是讓她變得更強的一大原因吧。

當包含兩隻頭目在內的所有魔物都討伐結束後，寶箱出現了。

由於沒有陷阱，我們立刻打開寶箱，裡面只有一塊拳頭大小的祕銀。

這已經是很不錯的寶物，但我為什麼並不怎麼高興呢？

「我說賽風，我想收購歐克國王和歐克領主的魔石，可以嗎？」

「這是無所謂，但你要用來做什麼？用在鍊金術上嗎？」

「啊～比起用口頭說明，不如直接做給你看會更快。還有我也可以順帶收購那塊祕銀嗎？」

由於祕銀沒有庫存，請他也讓我收購了祕銀。

開銷增加了……在我們小隊裡最缺錢的可能就是我。看來又得靠採藥草之類的方式賺錢了？

我一邊這麼想，一邊製作魔像核心。這次使用的素材是魔像的魔石。祕銀（礦石①）。魔鐵鋼（礦石②）。歐克國王的魔石（魔石①）。歐克領主的魔石。

因為想針對第四十層製作強大的魔像，於是毫不吝惜地使用珍貴的魔石。

【魔像核心・守衛類型】

看到我以創造製作出的東西，賽風他們很驚訝。

進一步為魔像核心賦予魔力後，一個高大的人型魔像出現了。

「喂、喂。這是……」

「這是我的技能之一。雖然需要各種素材，我可以製作魔像。」

「那麼這代表那個不是從寶箱中獲得的，而是空製作的嗎？」

賽風指著影說道，所以我點點頭。

「難怪王國那些傢伙會盯上你。」

我聽到這樣的話，但決定先確認新魔像的動作。

◇◇◇

「這樣啊～終於突破到第三十層了呢～嗯～這代表我沒有看走眼～」

賽莉絲將目光投向與希耶爾玩耍的盧莉卡，非常高興地說道。

防止魔物遊行與保衛城鎮息息相關。我感受到對於賽莉絲而言，這個城鎮有多麼重要。

「那麼～你們下次什麼時候去地下城呢～？」

「我們會在四天後去第三十一層，但在那之前預定會挑戰第十層和第二十層的頭目房間吧？因為想測試新魔像的性能。」

我認為牠很強，但想在去第三十一層前，在不用擔心旁人眼光的情況下累積經驗。

由於一個人前往會有危險，我們決定六人一起前往。

從結論來說，魔像艾克斯（由光命名）強大得不需要影的支援。

雖然目前不清楚牠是否能使用特殊能力，最大的特點就是可以裝備武器和防具吧。

希望牠負責監視，所以理想的情況是以長槍和盾為基本裝備，若敵人接近時則用劍應戰吧？

若是可以，也想讓牠攜帶弓箭等遠距離武器。期待未來的發展。

順帶一提，我問光如何決定名字，她似乎是依照直覺命名。

關於第三十一層到第三十四層，可能是多虧在之前地下城攻略中的成長，我們得以沒怎麼陷入苦戰就順利前進。

查看MAP的反應，也召喚出影和艾克斯使用。

由於從第三十三層開始完全沒有人類的反應，我們可以不用擔心旁人眼光，盡情使用牠們。

這件事在我們不知情的情況下，似乎帶來相當大的衝擊。

按常理想想，許多頂尖氏族都處於停滯不前的狀態，由學生和冒險者組成的小型隊伍卻超越了他們，這或許是非常合理的反應。

不理會周遭的反應，我們的腦海中全想著下一層的事情。

到了這時候，根據【守護之劍】的報告製成的資料已完成，我反覆閱讀了那些內容許多次。

第三十五層出現的魔物樹妖已經很出名，另外還會出現無聲殺手蜂和幽靈。

無聲殺手蜂的特徵是移動時不會發出振翅聲，是別名暗殺者的棘手魔物。據說因為有這傢伙存在，他們時時刻刻都無法得到休息。

幽靈在強弱上似乎是這一層最弱的魔物，但由於其特性，要打倒這種魔物似乎極其麻煩。

幽靈屬於不死生物類別，因為沒有實體，物理攻擊對其無效。而賦予聖屬性的武器也一樣。需要用神聖魔法或光魔法才能打倒牠們。

不過由於幽靈本身沒有攻擊力，不一定需要勉強打倒牠們，但因為幽靈具有特殊攻擊，所以變成了無法忽視的存在。

幽靈的特殊攻擊是附身，牠會占據人的身體，奪走自由，企圖讓冒險者們自相殘殺。

要防禦這種攻擊，需要用聖屬性的魔道具……護身符或神聖魔法的祝福等等來保護自己。用聖水淨化自己也是一個方法。

我心想米亞的負擔在這裡也可能會加重，目光落在可學習技能的清單上。

光魔法果然不在清單中。確認過好幾次，所以不會有錯。

如果我能夠使用光魔法，就可以減輕米亞的負擔，然而我甚至不知道是根本無法學習，還是有什麼條件。

倘若是不死生物，只要忽略魔石就能用拳腳打倒，但幽靈沒有實體，因此不能用這個方法。

真的從第二十一層開始就一直在依靠米亞啊。

當我思考這些事時，咚咚的敲門聲響起，米亞來到我的房間。

「空，可以打擾一下嗎？啊，你在做什麼？」

「喔，這算是用來提升技能熟練度的練習吧？」

米亞會感到驚訝或許也是沒辦法的事。

我現在使用水系的魔法製造水球，讓好幾顆水球飄浮在空中，像玩拋豆袋一樣旋轉著。

要說為什麼做這種事，那是因為現在水魔法的等級是四種屬性中唯一沒升到ＭＡＸ。

於是突然想到，也許當四種屬性的魔法全部升到ＭＡＸ以後，光魔法或許就會出現在可學習技能清單中。

因為兩人說過光魔法比四屬性魔法更難使用，所以浮現了光魔法屬於高階技能的想法，這就是最初的開端。

因此一有空就會使用水系魔法，但由於這個魔法在分類上屬於生活魔法中的水系魔法，與一般的水魔法相比，熟練度提升的速度比較慢。

因為總不能在家裡或在城鎮中施放水魔法。

「那麼妳有什麼事？」

當我問起她來訪的原因，她說想要精製聖水所需的用水。

雖然聖水用普通的水也能製作，據說使用魔法水，效果和做出聖水的成功率都會提升。

「我們明天要去地下城，不要緊嗎？」

「嗯，我不會太勉強自己。又不是空。」

「聽妳這麼說，我什麼話也無法反駁，但米亞其實也經常亂來喔。」

「呵呵，那是因為我把空當成榜樣吧？」

她對我如此說道。不必學習我不好的地方喔。而且可愛地歪著頭說話很犯規。

把以魔法製出的水裝進大瓶子裡交給她後，她哼著歌走出房間。

我在米亞離開後繼續看著房門，希耶爾來到眼前大大地揮動耳朵。

「這意思是『包在我身上』嗎？」

希耶爾對我的話點點頭，追著米亞離開了房間。

◇◇◇

惡夢之森——因為出現的魔物非常麻煩而這麼命名。

擬態成樹木，難以分辨的樹妖。無聲地偷偷接近的無聲殺手蜂。附身並襲擊人的幽靈。在某種意義上惱人的魔物都齊聚在這裡。

據說第三十五層是有多座森林的場地，森林中偶爾會出現一片空曠的空地。

只是根據【守護之劍】成員們的證詞，那些看來像安全區的地方正是最危險的，他們在那裡露營的時候曾遭到樹妖包圍。

而且環境整體昏暗。雖然並非夜晚，但陽光被雲遮住無法照射到地上，由於霧氣瀰漫，視野也不佳。

無聲殺手蜂和幽靈的威脅性可能因此更加提高了。

我如往常確認了MAP。

首先用察覺氣息，接著使用察覺魔力。

在使用察覺魔力時增加的反應是幽靈嗎？

但是顯示在MAP上的魔物數量相當多。也有一些地方魔物的數量較少，雖然得繞遠路，可能還是走那邊會比較好。

「我想想……我們沒有和樹妖，或者說這一層出現的魔物交戰過的經驗。我想在魔物數量少的地方體驗一下。」

召喚出兩具魔像，把影配置在最前排，艾克斯配置在最後排並向前走。

森林中有些地方樹木的間距寬敞得可以輕鬆通過，也有些地方樹木密集地交錯，狹窄得只有光可以勉強通過，情況各不相同。

因此有種看似是我在選擇前進的方向，其實正受到引導的錯覺。

「前方有反應！」

聽到我的話，本來正警惕地前進的前鋒們舉起武器。

進入森林中，使得視野變得更差。

就算用風魔法驅散霧氣，也立刻再度受到霧氣包圍，即使如此，光和奧爾嘉可能是在那個瞬間看見了無聲殺手蜂的身影而消失在霧中，影也跟著衝進霧中。

大家保持警戒地等待了五分鐘，背上載著殺手蜂屍體的影和兩人出現了。

「辛苦了。」

賽拉開口慰勞歸來的兩人和一隻。

由於我們目前所在的森林樹木的間距狹窄，斧頭和劍因為武器長度太長不便戰鬥，所以是以光和奧爾嘉為中心來戰鬥。奧爾嘉靈活地運用各種武器，而且操作每一種武器的技巧都相當好。

雖然他本人說只是樣樣通，樣樣鬆。

「再前進一段路有其他反應。目前沒有動靜，但說不定是樹妖。」

聽到那句話，盧莉卡抬起頭。

「小盧莉卡，不可以焦急喔。」

克莉絲勸告突然充滿幹勁的盧莉卡。

盧莉卡會露出這種態度，是因為她知道製作艾麗安娜之瞳——能讓人看見精靈的魔道具，需要樹妖的樹枝和魔石作為材料。

對，我說溜嘴了。

順帶一提，製作艾麗安娜之瞳需要的素材如下。

【艾麗安娜之瞳】
所需素材——獨眼巨人之瞳。樹妖的樹枝。＊＊＊。獨眼巨人的魔石。樹妖的魔石。魔石。

假如使用創造技能，即使缺少一個素材也可以製作，但我非常好奇最後一個素材是什麼。

這次換成我和影走在前面，身上分別施加了護盾魔法。一邊留意腳下一邊舉起盾牌時，魔力反應增強了。

影從那裡退後，我用盾牌擋下攻擊。樹妖伸出樹枝攻擊我。

攻擊並非只有一擊就結束，樹妖同時使用了好幾根樹枝揮出第二擊、第三擊攻擊過來。

我依靠察覺魔力感應到的魔力流動以及樹枝發出的聲響，移動盾牌彈開攻擊，同時揮劍砍斷樹枝。

像是樹妖發出的聲音在森林中迴盪，但不知道是因為樹枝被斬斷而發出的哀鳴，還是對我發出的憤怒吼叫……

戰鬥沒有立刻分出勝負，樹妖在十分鐘後才完全沉默。

樹妖在某種意義上類似魔像，不管砍斷幾次樹枝都會重生。打倒樹妖的方法是等待牠魔力耗盡，或是破壞牠的魔石。

如果使用破壞魔石這個方法，樹妖的樹枝與樹幹等部位就會失去作為素材的價值。不可思議的是，其強度和品質會明顯降低許多。

這次戰鬥花了不少時間是因為砍斷的是樹枝，假如攻擊屬於軀幹部位的樹幹，應該可以更快打倒牠。

我沒有那麼做，目的是想讓影累積戰鬥經驗，以及這裡空間很狹窄。

「果然得靠近到一定程度，才能用眼睛辨識魔物呢。」

「若是如此，在森林裡可能會很麻煩。」

「這應該是【守護之劍】在開闊空地露營的原因吧。」

聽到盧莉卡的話，正在煩惱該怎麼選擇露營地點時，感覺到好幾個反應正在靠近這裡。

盧莉卡似乎也同樣注意到了，立刻進入臨戰狀態。

其他人看到後也開始警戒，我們聽到類似地面震動的聲音。

地面震動聲逐漸變大，還響起了樹木倒下的聲音。

克莉絲用風魔法驅散了聲音傳來方向的霧氣後，看到一群樹妖正朝這邊衝過來。

「原來那個聲音是召喚同伴的聲音嗎？」

聽到賽風的話查看MAP，發現不只是前方，右側也有反應正在接近。

「魔法師組用風魔法確保視野清晰！別考慮素材，先削減數量！」

聽到賽風的話，大家分別開始行動。

這次蓋茲代替我站在前面舉起盾牌。光和奧爾嘉消失在森林中，似乎打算奇襲。

賽風、賽拉和盧莉卡保持距離舉起武器，金則過來保護我們。

這麼一來我也能幫忙用風魔法驅散霧氣。不過有餘力時，也會使用水屬性的攻擊魔法。

雖然演變成破壞森林的大規模戰鬥，我們設法打倒了所有樹妖。

許多樹木因為樹妖的肆虐遭到推倒，這在某種意義上清理了地面，我覺得正好適合露營。

我們討伐的樹妖總計多達二十六隻，其中十八隻由於魔石已被破壞，可能只剩下用來當柴火的用途。

這次戰鬥中表現最活躍的人果然是米亞。

她本來使用保護和祝福提供支援，由於半途中出現了幽靈，因此也負責處理牠們。

「賽風，今天我想在這裡休息，可以嗎？」

聽到我的話，賽風看到米亞疲憊的樣子，可能也判斷今天已經無法繼續前進，決定就在原地休息。

米亞對於提早露營顯得很過意不去，但其實也有所收穫。

「是這些樹的葉子在生成霧氣嗎？」

在倒下的樹木周邊的空間沒有霧氣瀰漫。

於是我進行鑑定，結果得知是這種樹的葉子生成了霧氣。另外還發現用光線照射可以抑制霧氣生成。

也許會認為都是魔法，在花費的勞力上沒有差異，但我們也發現，在生活魔法中是照明魔法能讓霧氣停止生成的時間更長，所以我和克莉絲決定以後都使用照明魔法。至於優諾，她好像不擅長生活魔法……

「這個真是方便呢。」

「嗯，主人好厲害。」

我們以盧莉卡和光帶頭在森林中前進。

我也站在兩人旁邊，一邊使用照明一邊行走。

優諾擔心我使用太多魔法，雖然發動魔法時MP的確會減少，只要走路就能馬上回復，所以沒有問題。因為還有提升自然回復的效果。

「要是向公會報告這件事，看來會引起很大的騷動啊。即使還沒有人能使用這裡的狩獵場，假如難度降低這麼多，樹妖的素材價值看來會暴跌。」

因為光是視野變清晰，狩獵魔物就會變得容易很多，所以我對賽風的看法有同感。

「不會這樣喔，賽風。因為能使用這種方法的人並不多。最重要的是，我認為要湊齊能使用那個的人員很困難。」

但是金看來反對那個看法，其他人也點點頭，似乎贊同金的看法。

我們受到許多樹妖包圍還是能正常戰鬥，但金說這有一大部分在於我們可以看穿擬態，阻止樹妖突襲。

因為光也說除非距離相當接近，否則難以分辨樹妖的擬態，這代表ＭＡＰ功能很優秀吧。而且比起察覺氣息，察覺魔力似乎更適合用來找出樹妖。

我們就這樣抵達前往第三十六層的樓梯並返回公會，繳交了自用部分以外的大量素材，將第三十五層的情報傳達給他們，然後離開公會。

據說我們使用的攻略方法，下次會交由【守護之劍】進行確認。

三天後，當我們為下一次的地下城探索做準備時，收到正在探索第三十九層的【守護之劍】小隊潰敗的消息。

據說雖然沒有全員死亡，但有好幾人喪命，生還的人中有七成是負傷歸來。

去學園時，所有人也都在談論這個話題。其中蕾拉和約書亞的樣子特別憔悴。因為以前和蕾拉組過隊的亞修在隊伍中，約書亞則是崇拜亞修。兩人的眼睛底下掛著黑眼圈，那副情緒低落的沉鬱模樣，讓我感到猶豫而沒有過去攀談。

不只是學園，在冒險者公會似乎也發生了一樣的事。久違遇到的佛瑞德告訴了我那個情況。

「我們也是昨天從地下城回來，聽到了那個消息。公會裡明明有人卻一片鴉雀無聲，完全感覺不到活力。如果換成普通的冒險者，我認為情況不會那麼嚴重。」

佛瑞德提到氣氛很沉重後便回去了，他的步伐看起來也有些沉重。

第8章

我拜訪圖書館，向賽莉絲報告了第三十五層發生的事。

特別是當我告訴她消除霧氣的方法時，她似乎很驚訝。

「還有那樣的方法？那我以前借助小奇的力量，強行吹散霧氣所付出的勞力是……？」

她嘴裡叨唸著什麼，眼神望向遠方。

「算、算了～恭喜～你們～但是～空你們接下來打算怎麼做～？」

「嗯？我們會按照妳的請託，朝第四十層前進喔。」

「……沒關係嗎～？」

賽莉絲會感到擔憂，似乎是因為發生了【守護之劍】的事情。

經驗那麼豐富的團隊潰敗了。最好認為第三十九層的難度與第三十八層截然不同……或者是在第三十九層首度出現的巨人守衛很強。

記得資料上記載第三十八層會出現的魔物只有巨人，第三十九層則會出現巨人和巨人守衛。

然後這次是【守護之劍】第三次探索第三十九層。

原本地下城是愈深入下方難度愈高，出現的魔物也愈強。

因此一般的攻略方法以分好幾次慢慢適應環境並攻略那一層為主流。

我們的方法可說是非正規做法，普通人無法做到。

我的MAP功能與道具箱、賽風他們的經驗以及魔像的存在這些因素都很重要。

還有最重要的是成員之間的均衡性很好，這可能是最大的理由。

其中克莉絲還能使用精靈魔法，而我認為米亞以神聖魔法使用者來說已達到一流水準。她施展的魔法效果已經超越這個城鎮最優秀的神聖魔法使用者司祭。

「賽莉絲小姐認為【守護之劍】潰敗的原因是什麼？」

據說巨人的身高接近四公尺，肩寬也接近兩公尺。

迷宮的通道的確變寬了，但巨人體型如此龐大，一次能戰鬥的數量有限。而且因為實際上會揮舞武器，通道應該無法容納五個巨人並排。如果牠們組成陣形衝撞就另當別論了。

「嗯～記得聽說他們一次被許多魔物包圍了～或許是有房間呢～？」

「房間？」

「啊～偶爾會有喔～在迷宮型的地下城裡～會產生通道外的寬廣空間～那種地方叫做房間～」

那麼這代表他們是被數量多得出乎意料的魔物同時襲擊了嗎？

「可是如果知道房間很寬敞，應該也能撤退……為何他們沒有這麼做呢？」

「說不定是直到遇襲前都沒有察覺～例如用幻術讓房間看起來像是通道～等冒險者到達無法逃脫的地點後才解除幻術之類的～因為地下城有這樣的地方呢～」

我在至今探索的樓層沒有看過那麼大的空間，這只是運氣好而已嗎？

無論如何，這表示從下次探索開始，在前進時需要注意這一點。

「那麼～空，如果你們抵達第四十層了～就過來找我一趟～當然了，每次回來都過來露臉也可以喔～一定要來喔～」

明天終於要重新開始地下城探索了。

「明天終於就要出發啦～」

「呵呵，小盧莉卡很緊張嗎？」

「那、那是當然了～克莉絲也一樣緊張對吧？」

正在檢查行李時，盧莉卡和克莉絲可能是為了轉移注意力，用特別開朗的語氣聊天。

我看了過去，兩人一邊交談，一邊認真地檢查著行李。

她們的樣子看來很冷靜，似乎沒有受到【守護之劍】潰敗的影響。

「別擔心，我會好好保護大家。」

「嗯，我會好好找出魔物。」

「空也不要亂勉強自己喔。」

「放心吧。而且如果有危險可以立刻逃走。」

另外三人看起來也沒有問題。

我把之前交給他們保管的回歸石拿回來了。

賽風他們似乎也另外得到了回歸石。雖然現在價格應該上漲不少，但賽風他們似乎也暗中去刷過頭目房間。

我和賽風說好了，如果情況有危險就立刻使用。

因為只要還活著，就能夠重新來過。

「那麼今天早點睡覺，為明天做準備吧。」

聽到我的話，五人和一隻點點頭。

◇◇◇

由於第三十六層和第三十七層出現的魔物都是現有的魔物，我們沒有遇到什麼困難。

總之我們決定攻略完這兩層後就回去一趟，度過休息日後，再挑戰第三十八層。

在城鎮的期間我有時候去學園露臉轉換心情，有時候和諾曼他們共度時光，有時教愛爾莎他們做料理，做了各種事情。為了因應突發狀況，當然也沒有忘了走路。這很重要。

特別是在學園，想打聽地下城情況的學生似乎很多，除了我以外，我經常看到大家身邊圍了一群學生。

我？由於自稱是旅行商人，所以除了一部分人之外，大家都認為我是行李搬運工，所以過得很平靜。才不覺得寂寞喔？

「其實你很羨慕吧～？」

賽莉絲也曾這樣取笑我。

但是受到最大打擊的人是盧莉卡。

由於每次去圖書館時都會有人跟著，使得她無法和希耶爾玩耍。從某種意義來說，她來學園上課的最大樂趣被剝奪了。

希耶爾也因為不能跟大家一起用餐而顯得很寂寞，向賽莉絲撒嬌。

我覺得她可以來向我撒嬌，但這個想法要保密。

另外可能是聽說了我們的地下城探索，【守護之劍】的成員來到家中拜訪，告訴我們巨人和巨人守衛的訊息。其中也有亞修的身影。

他們也說出當時在第三十九層所發生的事。他們應該不願回想這件事，卻為我們仔細地做了說明。

狀況正如賽莉絲說過的一樣，據說他們在通道中前進時，通道突然變成擴大的空間，回過神時已經被魔物包圍了。

面對突然的狀況陷入混亂，以及帶著回歸石的人最先受傷的影響也很大。

「並不是有陷阱的關係。不過也有可能只是我們沒發現而已。」

亞修留下這樣的話以後回去了。

然後第二天，我們下到了第三十八層。

◇賽莉絲視角

「現在空他們在地下城裡嗎～」

我站在圖書館的窗邊望向外面。

下方可以看到孩子們四處奔跑的身影。

就在那時候感受到魔力的擠壓，大幅的搖晃在下一瞬間襲來。

我無法站立，於是蹲在地板上。

書本掉落的聲音接連傳入耳中。

當搖晃停止時，圖書館內已經變成慘不忍睹的狀態。

雖然書架沒有倒下，但書本散落一地。

想到要清理這片慘狀就頭痛。

也沒有人會幫……叫副校長過來好了？

因為這次的搖晃比上次更加強烈。

這時候聽見外面傳來學生們的聲音。

我慢吞吞地站起身往外看，好像有人還倒在地上站不起來。

「差不多快到極限了嗎～？」

至今因為有克莉絲的幫助，我還能夠壓制，然而地下城的力量或許增強到讓壓制漸漸失去作用了。

剩下的時間可能已經不多了。

很遺憾的是，我不知道那個會在什麼時候發生。
也許明天就會發生魔物遊行，也許還要等到很久以後。
但是需要做好準備。
依情況而定，這裡的學生們也可能需要動員。
那方面的事情威爾、校長與冒險者公會的會長將會商議決定吧。
……還有另一件事讓我猶豫。那就是是否該把頭目交給空他們對付。
當時因為魔物遊行的事情……與一點私人恩怨，我請求他們打倒頭目。
但隨著和空他們的相處，我開始不確定那真的是正確的作法嗎？
如果能攻略地下城，魔物遊行的確就再也不會發生。
即使如此把年紀尚輕，與這個城鎮無關的他們捲入以前我們未能完成的事情中，這樣好嗎？
我產生了這種想法。
頭目毫無疑問非常強大，這一點我切身體會過。
聽說了這個城鎮最強的氏族【守護之劍】在第三十九層潰敗的消息，可能讓我更加這麼想。
如果至少能和【守護之劍】一起挑戰……忍不住如此心想。
「那個人～不會幫忙吧～」
雖然不知道原因，那個人似乎正好在這個城鎮。
只是那個人如果出現在群眾面前，反倒會引起混亂……
不過他為什麼會長期留在這個城鎮呢？

他對身為異世界人的空感興趣？

若是如此，他可以接觸空，但似乎也沒有這麼做，不明白的事情太多了。

我一邊望著從這裡看不見的地下城，一邊嘆了口氣。

◇◇◇

攻略第三十八層時，我們和巨人交戰了好幾次。

巨人身高超過四公尺，因此需要抬頭仰望，牠揮落的棍棒即使用盾牌擋住，力道也很沉重。一方面是因為棍棒從高處帶著氣勢揮落，但牠的力氣果然很大。

打倒巨人的方法不是一擊打倒，而是以先打傷巨人的腳奪走機動能力，等到巨人無法移動後再解決牠為主流。這是以近戰攻擊為主時的情況。

關於遠距離攻擊，包含巨人在內的巨人族似乎都對魔法的抗性很高，所以效果不佳。雖然可以直接攻擊臉部等弱點，但魔物也明白這一點，防禦得十分嚴密。

「看來是空製作的投擲小刀最有效。」

在不知第幾次的戰鬥結束後，賽風說道。

已賦予魔法的投擲小刀即使不適合用來確保素材，威力不容小看。

「還有就是小光的短劍。巨人被麻痺後行動會變得遲鈍，很有幫助呢。」

聽到盧莉卡的話，光有點高興。儘管直接使用短劍難以造成傷害，需要在上面注入魔力。

希耶爾也用臉頰貼貼光的臉頰，彷彿在表達對光的誇讚。

當戰鬥熟練到一定程度，形成戰鬥模式後，接著我們一邊設想各種情況一邊進行戰鬥。

例如在少了我與蓋茲的情況下戰鬥，我也使用祕銀之劍戰鬥等等，我們進行訓練，以便在有人由於某些原因脫離戰線時也能應付得當。

可能會有人覺得，在生死攸關的戰鬥中進行訓練不是很危險嗎？因為第三十九層的事情，我認為有這個必要，和大家討論後決定這麼做。

因為一旦被包圍，一定會出現我和蓋茲兩人無法顧及的地方。

在這次戰鬥中也首次於實戰中試用了新技巧。

NEW
【盾技Lv3】

可以把這想成是劍技的盾牌版。當我學到技能時，已經可以使用幾種技能，而且隨著升級似乎還會增加。順便一提，學習這個技能消費的技能點數是1點。

等級會提升，是因為模擬戰鬥與這次的戰鬥而升級的。

雖然也有盾牌重擊這種使敵人失去平衡的反擊招式，主要學到的好像是強化防禦系的技能。

蓋茲在上次的頭目戰中完全封鎖遠距離攻擊，也不僅是魔法盾的效果，還使用了技能進行強化，這是我在學到盾技後首度知道的。

之後抵達了通往第三十九層的樓梯，直接繼續往下走。

我在第三十九層做的第一件事就是查看MAP。

「怎麼樣？」

「在我的MAP上的確可以看到一個寬廣的空間，但是……」

對於盧莉卡的話，我不知道該如何回應。

因為已聽說過【守護之劍】遇襲的大概位置，首先以那裡為中心確認了MAP。

那裡的空間確實變得比較寬廣，比起通道更像是房間。

但是在其他地方卻找不到類似的寬廣空間。

「如果有其他類似的地方，用MAP可能無法識別。」

我說明了現狀，並解釋如果是陷阱等原因造成空間擴大，那除非到了發動的時候，否則無法發現。

根據他們在通道變寬時被魔物包圍的經歷，我認為如果在本來顯示為牆的地方有魔物或陷阱的反應，那個地方或許很可疑，但這種情況也沒有出現。

「那麼大家的疲勞狀態如何？要回去一趟嗎？」

從距離來說，回到第三十五層雖然比較遠，但出現的魔物比較弱。

因為大型氏族會用回歸石返回，所以進入下方樓層的氏族愈多，回歸石的價格就漲得愈高。

我由於技能的效果不會感到疲勞，所以詢問大家想怎麼做。

最後因為帶著回歸石，決定繼續前進。

我們物資充足，而且整體上大家的等級都提升了，所以體力可能也增強了。賽拉以外的人與一開始挑戰地下城時相比都提升了不少。

但是只有克莉絲的等級比其他人來得低。

鑑於克莉絲第一次進入地下城時等級比米亞高，尖耳妖精種族升級所需的類似經驗值的東西可能比人類種族更多。

【名字「光」　職業「特殊奴隸」　Lv「49」　種族「人類」　狀態「——」】
【名字「米亞」　職業「債務奴隸」　Lv「42」　種族「人類」　狀態「緊張」】
【名字「賽拉」　職業「債務奴隸」　Lv「70」　種族「獸人」　狀態「——」】
【名字「盧莉卡」　職業「冒險者」　Lv「47」　種族「人類」　狀態「——」】
【名字「克莉絲」　職業「冒險者」　Lv「36」　種族「高等尖耳妖精」　狀態「緊張」】

這是五人目前的等級。

賽風他們五人都升到了五十幾級。

我們決定組成十字隊形前進。

巨人守衛的體格比巨人略小一點，但那只是跟巨人相比。

不過體型變小使得巨人守衛變得更加敏捷，而且裝備也更為豪華。

影可以輕鬆應對，艾克斯則感覺被耍得團團轉。

艾克斯似乎也學到追逐巨人守衛無效，轉而採取以防禦為主伺機反擊的戰鬥方式。牠面對強勁的攻擊也文風不動的堅韌，讓我看了覺得很安心。

「快到那個地方了對吧？我感覺到強烈的魔物氣息，數量很多嗎？」

盧莉卡停下腳步，擦去額頭上的汗水。

從ＭＡＰ上得知，在【守護之劍】遭到襲擊的空間裡存在超過十頭魔物。牠們似乎都聚集在房間的中央。

「試試能不能用影把魔物引出來。」

我對影下達指令，派牠跑出去。

影沒多久後衝進房間內，我從ＭＡＰ上確認到魔物們在移動。

影似乎暫時停止行動，但當魔物們拉近到一定距離後，牠就折返往回跑。

魔物也追逐著影，但在即將離開房間之際停下來，沒有進入通道，而是回到房間的中央。

影看到那個情況後再次突擊，結果卻依然不變。牠收到我的心電感應指示返回後，看起來顯得有點沮喪。光和希耶爾一起安慰影，那種反應也是學習的結果嗎？

我看著那一幕露出苦笑，向大家說明在ＭＡＰ上看到的情況。

「可能有某種規則吧。順帶問一下，我們能繞過這裡向前進嗎？」

「從ＭＡＰ來看似乎做不到喔？」

「那就只能前進了啊。我們已經知道那是怎樣的地方是個優勢，問題在於會不會追加出現更多魔物。魔物有增加嗎？」

「沒有喔，但我認為需要保持警戒。」

接下來我們討論了戰鬥的策略，並決定前進。

在房間裡展開的攻防戰，克莉絲以精靈魔法發動的第一擊太過強大，將魔物群毀掉一半，之後我們一邊提防可能追加出現的魔物一邊戰鬥，結果沒有出現魔物，戰鬥結束了。

「多虧有情報呢。」

「嗯，我們之所以能避免包圍戰鬥，是【守護之劍】的大家的功勞。」

對於克莉絲的話，盧莉卡他們也點頭表示同意。

在後續的探索中，我們僅有一次陷入通道突然變寬並被魔物包圍的狀況，因為在前進時保持警戒，所以能夠應對。

艾克斯、蓋茲和我保護後衛組，在這段期間，其他人則以賽拉為中心逐一削減魔物數量。兩名魔法師一面使用攻擊魔法支援，一面對來襲的魔物施放牽制魔法，米亞則使用保護等輔助魔法提供支援。

一開始看不太出效果的保護魔法，近來也漸漸能明顯感受到差異。

因為用盾牌接住攻擊時受到的衝擊明顯改變了。

但是受益最多的，似乎是影和艾克斯這兩具魔像。從魔力的消耗量也可以看出，牠們的耐力明顯提升了。

之後久違地找到寶箱，抵達了第四十層。

我們除了頭目戰以外找不到寶箱，因為寶箱大多位於通道的死路。

既然有ＭＡＰ，就不會想特地走死路。

這次幸運的是距離死路並不遠，可以用肉眼看見寶箱，因此才能取得。

寶箱裡的東西是……

「得歸還給他們呢。」

「嗯。」

光聽了盧莉卡的話後點點頭，她手中握著一把有【守護之劍】標記的短劍。

從寶箱中會發現各式各樣的東西，其中也有在地下城中喪命的冒險者的裝備。

這次打開的寶箱裡，放著包含冒險者卡在內的各種東西。

「那麼確認過門以後，今天就回去吧。」

抵達頭目房間前，我以鑑定確認魔物的情報。

【☆獨眼巨人　1・獨眼巨人　5・巨人守衛　10】

我覺得就頭目房間出現的魔物數量來說，這數量似乎偏少。

另外令我在意的是，訊息上顯示的獨眼巨人名字分成兩部分。

總之賽莉絲交代過我抵達第四十層後要向她報告，連同這件事一起告訴她就行了吧？

這時我的注意力被將會出現艾麗安娜之瞳的素材來源——獨眼巨人所吸引，沒有深入思考。

離開地下城回到公會後，感覺到一股緊張的氣氛。

平常公會裡應該有更多人，但冒險者的人數似乎有些少。

大家都去地下城了嗎？

公會的櫃檯小姐注意到我們，露出驚訝的表情揮揮手。

「發生了什麼事嗎？」

賽風如此詢問，當我們在地下城裡時據說外面發生了大地震。

她問到地下城裡的狀況是否沒事，但我們並沒有感受到搖晃。

「那麼各位這次探索的情況如何？」

「嗯，我們通過第三十九層抵達了第四十層。第四十層和至今的樓層一樣是頭目房間。」

賽風遞出卡片，櫃檯小姐確認過後發出了驚呼。

這讓我們受到關注，被在場的人們圍在中間接受祝福，然後前往另一個房間舉行報告會議。

因為公會人員說，如果我們感到疲憊可以改天報告，所以我和賽風留下來講述了在第三十九層的探索結果，並在這時把從寶箱發現的【守護之劍】成員遺物交給公會職員保管。

也打聽了地震發生時的情況，他們說城鎮也受到不少損害，領主和冒險者公會會長已下達指示要求加強警戒。

或許距離魔物遊行的發生，已經沒有多少時間了。

◇◇◇

「這樣啊～終於抵達第四十層了～」

聽到我的報告，賽莉絲露出看來既高興又悲傷的複雜表情。

「……明天～請帶著和你一起進行地下城探索的冒險者再過來一趟～」

「不是只有相關人員才能進入學園嗎？」

「那方面～我會想辦法的～只是～可能需要和你們談一下～是關於地下城的重要事情～所以一定要帶他們來喔～」

她的說話口吻依舊拖長音調，讓人聽了感覺幾乎放鬆下來，但我從這時的賽莉絲身上感受到不容拒絕的氣息。

我們在從學園回家的路上去了諾曼家，告訴賽風一行人希望他們前來學園，順便對在學生們面前講話的事情，但他露出非常不樂意的表情。

本來以為擅長照顧人的賽風會二話不說地答應，看樣子他不喜歡當著許多人面前講話。

「我做不到！」

賽風大聲抗議，最後還是在克莉絲的請求下妥協了。

第二天，緊張得僵硬的賽風他們在類似魔法學園禮堂的地方講述了地下城的事情，之後移動到格鬥場指導學生們戰鬥方法。

可能因為是身居地下城探索最前線，時下當紅的名人，他們非常受歡迎。

因為學園方面也很歡迎他們。我看到副校長特別充滿幹勁……不會吧？

之後吃完飯的賽風他們與我們一起去見賽莉絲，拜訪據說成為副校長研究室的塔頂。

原因似乎是不管如何設下規定，還是可能有人會去圖書館，在這裡就不會有人來嗎？我覺得副校長可以哭了。

順帶一提，第一次見到賽莉絲的賽風他們停止了動作。

優諾生氣地給了賽風胸口一記肘擊，那算是賽風的錯嗎？

因為金他們在看到那一幕後繃緊神經，卻還是忍不住看得著迷。

我也沒資格說別人，所以保持了沉默。

賽莉絲所說的，是關於她親身「經歷過」的第四十層頭目房間的事。

據說那一片白色的室內宛如神殿，正面放著一張大椅子。

那不像地下城的景象——正確來說，是和其他地下城最深處的房間有類似構造——吸引了她的目光，但感受到魔物的氣息看向正面，只見像是頭目的獨眼巨人坐在那張椅子上。其手持法杖的模樣配上周遭環境，看起來簡直就像一名神官。

據說賽莉絲和那個獨眼巨人率領的巨人們戰鬥了很長的時間。

「那是……真的嗎？」

「是的～你覺得難以相信嗎～？」

面對賽風的詢問，賽莉絲撥起頭髮露出原本遮住的耳朵。
賽風他們看到後停止動作，臉上露出緊張的表情，是因為知道賽莉絲是尖耳妖精吧。
「但是～老實說我猶豫不決～那時提出請求～拜託空打倒第四十層的頭目～攻略地下城……可是冷靜一想，我覺得很危險～」
賽莉絲說多虧克莉絲，他們已爭取到準備因應魔物遊行的時間，所以不需要勉強進行攻略。
「不過只要打倒魔王完成地下城攻略，就可以防止魔物遊行吧？而且不只是這次，是永遠不會再發生。」
「的確沒錯～但是～……」
賽莉絲點頭同意我的話，聲音慢慢變小變微弱。
雖然對賽莉絲來說這座城鎮很重要，她大概也很擔心我們吧。
「……我還是想繼續攻略地下城。妳看，因為空說如果有獨眼巨人的素材和魔石，就可以製作能讓人看見精靈的艾麗安娜之瞳了。」
盧莉卡儘量用開朗的語氣對擔心的賽莉絲說道。
聽到那番話，不僅是賽莉絲，賽風他們也很驚訝。
其實聽說了【守護之劍】在第三十九層潰敗的消息後，我們六人多次針對地下城攻略進行過討論。
我個人以大家的安全為優先，認為假如遇到危險，即使半途放棄也無可奈何。特別是進入頭目房間後無法重來，因此認為需要特別謹慎。

但是盧莉卡、克莉絲和賽拉三人認為如果有方法可以阻止魔物遊行發生，她們想達成那個方法。這是在知道第四十層出現的魔物是獨眼巨人前的事情。

所以盧莉卡所說的理由是後來才附加的。

「因為看到城鎮和居民受創讓人悲傷。對不起，我說了任性的話。」

克莉絲在兩人獨處時，曾有一次這樣向我道歉。

這時突然想起以前從盧莉卡和克莉絲那裡聽到的事情。

那是她們因為波斯海爾帝國入侵而失去了故鄉城鎮的故事。

她們一定是把魔物遊行可能造成的損害，與過去的經歷重疊在一起了。

「我們的想法正如盧莉卡所說。那麼賽莉絲小姐，可以更詳細地告訴我們妳和頭目戰鬥的經歷嗎？」

不知是明白了我們有多認真，還是感到高興，賽莉絲露出為難的微笑，更進一步詳細告訴我們以前她與頭目交戰時的情況。

「……說得也對～我會把知道的一切都說出來～」

根據賽莉絲所說，第四十層的頭目獨眼巨人是變異種。

外觀上顏色不同，體格比普通的獨眼巨人來得小一點。

她也說出關於獨眼巨人這種魔物的事情。其實我在公會針對獨眼巨人做了調查，但沒有找到任何情報。

獨眼巨人是只有一隻眼睛的巨人，具備巨人族特有的強大重生能力。同時其皮膚堅硬，對物理和魔法攻擊都具備很高的抗性。這種感覺似乎是指相較於其他魔物而言。其弱點是光魔法，要說她為何會知道這件事，是因為從前的同伴中有人擁有識破弱點的技能。

「棘手的是～那個變異種獨眼巨人使用的特殊能力～以強弱來說，一開始和普通的獨眼巨人差不多呢～」

根據賽莉絲的說明，那個變異種具有四種特殊能力。用黑色粉末發動的攻擊，由黑霧進行的防禦，還有吸收和召喚。

黑色粉末的效果不在於直接的殺傷力，而在於花費時間折磨目標。

「黑色粉末呢～一接觸到就會中異常狀態～一位中過詛咒的同伴說，感覺與詛咒很類似～我自己接觸後的感覺是……魔力好像衰退了吧～？」

可能是回想起當時的情況，賽莉絲握緊拳頭。

她說雖然黑色粉末沒有直接殺傷力，一次接觸到大量粉末會很危險。

本來受到詛咒時，只要詛咒效果還在持續，大多不會再中同樣的詛咒。然而這個黑色粉末不屬於這種情況，詛咒會不斷累積。

另外就如同以粉末來描述所示，細小的粉末會在相當大的範圍內飄散，要躲避也非常困難。儘管可以用魔法吹散，那種粉末直到接觸到人或地面之前都不會消失。

「接著是黑霧～這個可以像鎧甲一樣穿在身上，似乎也具有治療效果喔～」

據說那對賽莉絲他們來說簡直是惡夢。

黑霧不僅會提升變異種的重生能力，還能復活已被打倒的其他魔物。

據說就算打碎魔石，把身體切成碎片，魔物也會一次又一次地復活。

再加上那種黑霧似乎也有接觸後會賦予詛咒的效果，可以同時用來防禦與攻擊。

賽莉絲說，讓這兩種特殊能力失效的關鍵也在於光魔法。

我詢問神聖魔法是否有效，她回答神聖魔法無法消除黑色粉末和黑霧。

「然後是吸收和召喚～我認為我們也有設法堅持住並反擊～把那個變異種逼到絕路喔～」

她說感覺只差一點就能打倒牠了。

可是就在那時候，變異種吞食了同伴。正確來說是用黑霧包裹住其他魔物，吸收到體內。

她和吸收魔物後的變異種戰鬥的想法是牠變強了。

而且還不只這樣，牠甚至召喚了已吸收的魔物。

那個情況一次又一次反覆發生，變異種獲得了驚人的成長。最後賽莉絲他們耗盡消耗品，靠一位同伴使用的技能，從原本無法逃脫的頭目房間撤退了。

只是據說使用那個技能的本人無法逃脫。

「這就是……我所知的事情～」

「我們是不是想得太簡單了……」

在回家的路上，盧莉卡仰望著天空說道。

氣氛變得有點沉重。

我再次明白了賽莉絲阻止我們的原因。

她一開始向我提起攻略地下城的事情時，似乎也經過一番考慮，由於擔心魔物遊行才會不禁向我提出請求。她偷偷對我說，讓他們逃離地下城的那位同伴跟我很像，因此忍不住產生期待。

但是……聽完她的話，我認為討伐或許有可能成功。

主要的原因在於從賽莉絲那裡聽到了頭目的戰鬥風格和弱點。

光魔法……以前在可學習技能清單上沒有這個魔法，其實昨天確認時，發現追加上去了。學習所需的技能點數是2點。我認為正如所料，是因為水魔法等級已經練滿的緣故。

我要學習這個技能，攻擊牠的弱點以在短期內分出勝負。

然後是魔像的運用，異常狀態對魔像無效，所以即使接觸到黑色粉末也還是可以正常行動。如果有什麼值得擔心，那就是魔力的衰退效果。

還有關於吸收和召喚，我認為假如順利，或許可以阻止吸收的發生。這一點可以說也適用於回復。

「總之先做準備吧。我覺得以魔像為主體來打倒頭目是最可靠的方法，但也需要有因應詛咒的對策。米亞，抱歉，聖水就拜託妳了。若是可以，能問問特麗莎他們是否也能幫忙嗎？盧莉卡妳們來協助我吧。」

「空，你聽了那段經歷也還要挑戰嗎？」

對於我的話，賽風驚訝地問道。不過不只是賽風，其他人的反應也一樣。

「對，可能性並非為零……即使最後決定放棄，做準備還是自由的吧？」

「唉……那有什麼是我們能做的嗎？」

「你們願意幫忙嗎？」

「……嗯，照這樣下去，你們很可能會六個人衝進去。而且……我不想後悔。」

賽風露出苦笑看著盧莉卡她們。

直到方才還原本垂頭喪氣的她們，眼中的確已經重新燃起鬥志。

「那麼可以拜託賽風你們收集高品質的藥草類嗎？」

就這樣，我們再次開始為攻略第四十層做準備。

◇◇◇

NEW
【光魔法Lv1】

這是讓人可以使用光屬性魔法的技能。雖然需要提升技能等級，我認為一定會派上用場，也發現光魔法看來和其他屬性魔法一樣，可以賦予在武器上。

而且當我學會光魔法的時候，也追加了新的職業。

那就是魔導士。這好像是魔術士的高階職業，所以這次把職業更換成這個。

「我們先以這裡當據點，在米亞和賽風他們過來會合前訓練艾克斯吧。」

我們目前位於第四十層頭目房間前的等候區。

由於獨眼巨人和巨人守衛據說體格相近，我打算在第三十九層讓艾克斯累積經驗，盡可能變得更強。這一點影也一樣。

另一個目的是提升盧莉卡她們本身的等級。其實也想帶米亞一起來，但我請她以準備消耗品聖水為優先。

如果以短期決戰分出勝負那或許用不到，然而不知道會發生什麼狀況，這是為了以防萬一所做的準備。

接下來的三天裡，只要時間允許我們就不停戰鬥。即便是以艾克斯和影為中心來戰鬥，我們也在尋找有效率地打倒牠們的方法。因為頭目房間裡也會出現巨人守衛。

「不過精靈魔法果然很強呢。賽莉絲小姐也會用吧？如果她能一起戰鬥，或許會很安心。」

對於盧莉卡的話，腦海中浮現了賽莉絲歉疚的表情。

如果可以，她似乎也想一起戰鬥，但不知為何，賽莉絲他們無法進入第四十層的頭目房間。

據說他們回到外面後，曾經一度重新鍛煉自己，想再次挑戰頭目。

可是他們無法進入頭目房間，結果未能如願。

經過三天，我們在米亞前來會合後進一步強化團隊合作，在兩天後，賽風他們也來會合。

我用從賽風他們那裡收到的藥草盡可能製作許多全效藥水，在這段期間，大家似乎去第三十九層狩獵了。

我問他們在明天正式行動前，這樣做沒關係嗎？

「因為身體變遲鈍了，這是為了明天的行動做暖身運動。」
他們如此回答。
之後回來的賽風——
「那是艾克斯吧？裝備看起來變得好豪華啊。」
驚訝地這麼說道。
現在的艾克斯裝備大劍，穿戴全罩式頭盔與全副鎧甲。
即使乍看之下難以迅速行動，艾克斯無論是否裝備全副鎧甲，動作都沒有差異。那副外觀看來只像是普通的騎士，除了身高太高這一點以外。
「那麼來進行最後確認……」
我們一邊吃飯一邊談論明天的頭目戰，在餐後一起閒聊。
聊的內容主要是關於地面上的狀況，據說為了防備魔物遊行，騎士們已部署就位，許多在下方樓層活動的冒險者也返回擔任防衛工作。
「那這個的用法是什麼？」
「只要戴在身上就有效果。只是不知道它能承受多少詛咒，希望大家要注意這一點。」

【菲爾的庇佑】保護佩帶者不受詛咒。當耐用度耗盡就會損壞。耐用度１００。

【菲爾的庇佑】
所需素材——聖水×10。魔水晶。巫妖的魔石。魔石。

這是我尋找有沒有對防禦詛咒有用的道具時，碰巧找到的東西。
儘管幾乎用光米亞帶來的聖水，我設法做出了足夠分給所有人的數量。真的很感謝米亞和特麗莎他們。
這麼一來接下來只要能打倒頭目，阻止這次魔物遊行並獲得心心念念的獨眼巨人素材就無可挑剔了。

◇◇◇

隔天我們進入第四十層。
進入第四十層後，腦海中首先浮現的是賽莉絲說過的「像神殿一樣」這句話。
在統一為白色的室內，以相等間距聳立的柱子一直伸展到天花板。我覺得高度不到十公尺。寬度也和頭目房間不同，大約只有足球場大小。
正面有一張大椅子造型的裝置，記得頭目會出現在椅子上，手下們則會出現在其前方。
「按照計畫採用分開變異種和其他魔物的戰術！」
我們在魔物出現前縮短一定的距離後，一度停下腳步。

在這段期間召喚魔像，讓牠們繞到椅子附近。當魔像抵達最接近的柱子後，命令牠們在那裡等待時機來臨。

於是頭目終於出現了。

那個頭目正如賽莉絲所說是獨眼的巨人，皮膚呈現暗紅色。那些手下們只在腰際圍著一件蓑衣，唯獨那傢伙穿著上等的長袍。看起來因肌肉發達，長袍感覺有點緊繃。

坐在椅子上的變異種舉起錫杖，發出咆哮。

我覺得空氣似乎在震動，好強烈的存在感。這是因為牠是變異種而且是頭目嗎？即便如此，周圍的獨眼巨人根本無法與之相比。

或許是因為這樣吧，我使用鑑定觀看了那個魔物。

【名字「——」　職業「——」　Lv「78」　種族「亞神」　狀態「歡喜」】

身為手下的獨眼巨人等級是52。但是變異種的等級是78。儘管是頭目，等級差距也太大。而且種族不是巨人，而是變成了亞神。

根據賽莉絲的話，一開始牠們的強度差不多，但變異種在吸收魔物後實力增強了……

難道說牠繼承了上次和賽莉絲他們戰鬥時的狀態？

「空！要來了。」

我不禁陷入思考中。

賽風的吶喊讓我回過神抬起頭，發現巨人守衛和獨眼巨人正朝我們衝過來。

牠們跨的每一步都很大，所以很快就會到達了吧。

不過這正合我意。

因為本來就計劃使用挑釁等技能將牠們引誘過來。

我們一邊後退，一邊儘量和變異種拉開距離。

後衛們先行退下，我和蓋茲用盾牌接下攻擊並一點一點往後退。

魔物們在不知不覺間遮住了變異種的身影，但察覺氣息感覺到的反應讓我知道牠沒有移動。

「空，黑色粉末來了！」

正如米亞所指出的，我們的頭頂突然出現類似烏雲的東西。

這就是那個黑色粉末吧，我看到它緩緩落下。

「克莉絲和優諾用魔法爭取時間！若是可以，請吹到沒人的地方去。」

克莉絲和優諾用風魔法吹走黑色粉末，但新的粉末不斷產生，施法的速度追趕不上。

為數不少的黑色粉末朝我們落下，粉末接觸身體。

但可能是多虧了菲爾的庇佑，身體沒有出現任何異狀。實際用鑑定一看，大家的狀態也依然是「———」並未顯示中詛咒狀態。但我鑑定道具，發現耐用度降低了。

我用心電感應指示魔像們對變異種發動攻擊。

對影的爪子、艾克斯的大劍分別賦予光屬性，這樣應該會比普通武器更有效。

把變異種交給影他們對付，我們在這段期間打倒其餘的敵人。

由於在第三十九層訓練的成果，沒有陷入苦戰就打倒了魔物。

但是，此時發生了出乎意料的情況。

「唔！復活了？」

正如克莉絲所說，黑霧出現在我們打倒的巨人守衛附近，包裹住魔物並治療了牠們。

「喂喂，不是說只有靠近才會發動嗎？」

賽風說得沒錯。這和之前說的不一樣。

雖然這件事出乎意料，只要我構思的作戰計畫成功了就無所謂。

「蓋茲，防禦拜託你了。盧莉卡你們收斂一點戰鬥。賽拉和我一起確實地殺了牠們！」

這個在昨天討論時確認了好幾次。當時我拜託大家如果可能，就以不破壞魔石的方式打倒獨眼巨人。

「總之首先從最旁邊的獨眼巨人開始打倒吧。」

賽拉迅速地砍傷獨眼巨人的腳讓牠停止移動，我用賦予光屬性的劍施展揮劍猛砍，一口氣打倒了牠。

當獨眼巨人倒下，巨響傳遍整層樓，黑霧就像對聲音產生反應般出現在附近。

「光環護盾！」

我滑進黑霧與獨眼巨人之間，就像要保護獨眼巨人遠離黑霧般發動盾技的技能。

光環護盾是以作為軸心的盾牌為中心展開圓頂狀護盾，進行廣範圍防禦的技能。主要是用來為後方的同伴擋下範圍攻擊。

黑霧即使撞上光環護盾也繼續前進，但當我施放光箭……閃耀金光的箭矢後就消失了。

確認這一點後，迅速走到獨眼巨人的屍體旁邊收納屍體。

「賽拉，就照這樣削減牠們的數量吧。」

我們每殺死一隻魔物，都將屍體收進道具箱中，防止魔物復活。

再來只要魔物沒被召喚出來就可以了，但目前察覺氣息沒有感應到魔物數量增加的反應。

在那之後賽風他們打倒的魔物遭到復活，但我們每次打倒魔物都會用道具箱回收。看來黑霧也無法一次同時使用多個。

而且魔物數量減少後，視野變得開闊，可以直接看見直到剛才還被魔物擋住的影牠們與變異種的戰鬥情況。

變異種的等級很高，原本覺得擔心，看來針對弱點屬性的攻擊奏效，牠們維持住了戰線。

但是從椅子上站起來的變異種，看來像是在受到攻擊的同時朝這邊走來。

先不提牠是否正在考慮吸收，絕不能給牠接觸及成長的機會。最重要的是，黑霧即使遠離變異種也能進行治療，現在牠卻想要靠近，我認為這是因為牠無法在原地進行吸收。

雖然黑色粉末現在仍然持續產生，但多虧了克莉絲和優諾把傷害控制在最低限度。

「主人，獨眼巨人全部消失了，只剩下三隻巨人守衛。用這把斧頭與賦予過光魔法的武器似乎也能消除黑霧，你可以去支援影牠們。」

我對賽拉的話點點頭，用光箭消除出現的黑霧後趕向變異種那邊。

一邊聽著背後傳來的戰鬥聲一邊抵達的地方，宛如暴風雨襲擊過般一片狼藉。

壯觀的柱子被攔腰打碎，碎片散落一地。即使正在上演如此激烈的戰鬥，之前卻甚至連聲音都沒有聽到，可能是因為完全專注於自己的戰鬥上。

影和艾克斯到現在還平安無事，應該是拜牠們聯手作戰所賜。

影到處移動戲耍變異種，艾克斯也按照我的指令行動，基本上阻攔敵人並在牠出現破綻時給予一擊。

但如同我所擔心的，可能是因為接觸到黑色粉末，感覺魔力的消耗速度似乎加快了。這一點可以從艾克斯裝備的鎧甲上沒有受損的痕跡推測出來。鎧甲不是艾克斯身體的一部分，所以即使受損也不會被修復。會維持受損狀態。

鎧甲完好無損，代表艾克斯沒有受到直接的傷害，所以沒有為了重生消耗魔力。從運作時間來考慮魔力的消耗量，原因果然是黑色粉末的影響吧。實際上影也在消耗魔力，不過與艾克斯相比影的消耗量不多，這大概是因為牠以動作一邊避開黑色粉末一邊戰鬥的關係。

變異種發現我接近時，再次發出吼叫。

接近之後感受到比先前更強烈的壓力，但既然已經知道就承受得住。我用力繃緊腹肌。

『影、艾克斯，一口氣猛攻吧！』

長期戰對那傢伙有利。

我用挑釁吸引變異種，用盾牌擋住牠的攻擊。

那股衝擊力和重量，無疑是我所遇過最強大的威力。

如果沒有盾技或許就危險了。

現在使用的是盾技之一——格擋。

我更進一步繼續以盾技的盾牌重擊彈開錫杖，影和艾克斯趁著變異種失去平衡時發動襲擊。特別是艾克斯是從背後襲擊。

可能是理解艾克斯的大劍攻擊比影的攻擊更具威脅性，變異種試圖抵擋那一擊。

大概是至今的戰鬥經驗讓牠瞬間反應，或者是無意識地採取了那個行動吧。

在我的眼前可以看到變異種沒有防備的背部。

我雙手舉起劍，用察覺魔力捕捉魔石的位置並瞄準它。

變異種也察覺，在背後使用黑霧試圖防禦攻擊。

只可惜的是黑霧對我賦予過光屬性的劍不管用。

我的劍刺破黑霧，注入魔力的祕銀之劍也刺穿變異種堅硬的皮膚，順勢直接打碎了魔石。

變異種被這股氣勢推得向前倒下，就此不再動彈。

打倒了身為變異種的頭目後，賽風他們交戰的其他巨人守衛都化為塵土消失了。

「主人，你沒事吧？」

「嗯，或許是多虧了影和艾克斯，才能比預期中更輕鬆地打倒牠。」

「是嗎，影真了不起。」

當光招招手，影就小碎步走向她。

感覺真的很像寵物呢。

相反的，盧莉卡和賽拉走到艾克斯旁邊，輕輕地敲打鎧甲。看來好像是在慰勞牠。

當我把變異種的屍體收進道具箱，看到旁邊有一個寶箱。

由於鑑定後顯示沒有陷阱，我們照常由光打開寶箱。

寶箱裡裝著回歸石與魔法袋，空白卷軸與劍身龜裂的祕銀之劍，還有一本類似筆記的東西。

「總之等回去後再分配吧。更重要的是，我們也是地下城攻略者……」

就像要蓋過賽風的話頭，頭目出現時所坐的那張大椅子突然發出巨響崩塌了。

然後椅子原本所在的地方，出現了一扇足以讓體型龐大的獨眼巨人輕鬆通過的門。

我們不禁面面相覷，走到門前。

「欸，難道說還有下一層嗎？」

對於我的話，沒有人能夠回答。

突然回頭看著我們進來方向的牆壁。

那裡依然只是一面牆，似乎無法從另一頭出去。

「只能往前走了嗎？」

大家似乎也跟著我的視線看過去，靜靜地點點頭。

「那麼……走吧？」

當我觸碰那扇門，門緩緩地打開。

「啊！」

那時克莉絲發出輕呼——

「哇啊～」

接著不知是誰發出感嘆聲。

在門後展開的是另一個房間。

筆直延伸的道路上鋪滿白色瓷磚。以大小來說，似乎比頭目房間小一點？遠處還可以看見類似房屋的建築物。

我們沿著路前進，沿路開滿色彩繽紛的花朵。像蝴蝶的東西在那些花的周圍飛來飛去，但我在地下城裡不曾見過除了魔物以外的生物，所以感到很吃驚。只是不可思議的是，就算使用察覺氣息或察覺魔力都沒有反應。不禁伸出手想要觸摸，那東西便輕輕地從手中溜走了。

另外天空中飄浮的不是雲，而是類似岩石的東西。可惜的是那些岩石飄浮在十公尺以上的高空，看來無法碰觸。浮游石？看到後腦海浮現這樣的詞彙。

「簡直像巨人的房子一樣。」

在靠近以後發現那棟建築物的高度大約有七公尺。建築物看來不是兩層樓，而是單層房屋。仔細觀察那棟房屋，看到牆壁等地方有破壞的痕跡。

還有整棟房子似乎都是用石頭建造。

「反正也沒有人的氣息，要不要調查一下？」

對於我的話，沒有人表示反對。賽風他們在這方面也是冒險者吧。他們的眼神像孩子般閃閃發亮。

因為一個人探索很危險，我們決定分成兩組探索。

「對了，妳剛才好像發出驚呼，是發生了什麼事嗎？」

正要進入房子時，我突然好奇剛才的事，於是詢問克莉絲。

「……當空觸摸到門的瞬間，我感覺到強烈的魔力波動。雖然不能確定……但我覺得地下城裡累積的邪惡魔力似乎消失了。」

她這麼說道。

「這代表我們阻止了魔物遊行嗎？」

對於我的詢問，克莉絲沒有自信地微微點頭。

之後的房屋探索，因為家具尺寸都很大，調查起來很吃力。我有時用鍊金術做出踏板，有時則讓艾克斯協助。

我們調查屋內發現，所有家具都和這棟房屋一樣是以石頭製成，還有大小似乎正好適合巨人……類似像獨眼巨人之類的生物居住。那張床大得足以讓我們六人並排躺上去都還綽綽有餘。

不過收穫……或者說在探索房屋內時，找到了不可思議的礦石。

那是一種閃耀七彩光芒的石頭，經過鑑定後，得知那是【彩虹色礦石】。有好幾個。

除此之外，可惜沒找到其他有用的東西。

之後我們會合並繼續前進，發現了熟悉的台座。那是登記台。

而在那個台座的前面，是通往更下方的樓梯。

閒話・6

「伊格尼斯大人，您要回去的消息是真的嗎？」

「沒錯，我在這裡的事情已經全部辦完了。」

我溜出公會過來見伊格尼斯大人，因為收到他要離開這個城鎮的消息。

直到幾天前，由於城鎮處於戒嚴狀態，我不能像這樣自由行動。

那是為了防備魔物遊行。

公會裡有可以計測地下城活性化程度的測量機器。從大約一年前起，它偵測到顯示魔力的數值異常地不斷上升。

雖然不知道原因，但數值一度恢復穩定，最近卻又變得不穩定了。

數值已達到隨時可能發生魔物遊行的程度。

就在前幾天，活性化令人難以相信地平息了。

要說那時候是否發生了什麼大事，我能想到的就是有人打敗了第四十層的頭目。

儘管一時之間難以置信，我實際上以地下城卡確認過好幾次，所以不會有錯。因為也有魔物的屍體作為證據。

還有另一件事，我們發現地下城還有更下方的樓層。

這展示了獲得新素材的可能性。

話雖如此，就連原本站在攻略最前線的【守護之劍】都在第三十九層潰敗了。不可能立刻前往吧。

如果成功攻略了第四十層的空他們願意前進則另當別論，但他們的意願如何呢？

另外我還是有個問題無論如何都想問，所以鼓起勇氣發問了。

「伊格尼斯大人……我自知這麼問很冒昧，但您為何會在這個城鎮長期停留呢？」

對於我的問題，伊格尼斯大人露出思考的樣子，還是回答了我。

「我一方面的確在意異世界人少年的情況……但以重要度來說，高等尖耳妖精少女更重要。也有些事情想確認。」

高等尖耳妖精……這讓我想到這一代的魔王大人。

雖然沒有直接見過面，聽說這一代魔王大人的魔力在歷代之中也是頂尖等級，也聽說他跟強力的精靈締結了契約。

只是我也聽說魔王大人欠缺某種情感……意志。

「那個賊人的事情也有關係嗎？」

「……對，因為那個國家腐敗了。」

他那時的語氣充滿明確的憤怒。

那時候伊格尼斯大人的樣子讓我感到背脊發寒，但身為知道真相的人之一，十分能理解他的反應。

反倒是我應該更加警惕。因為我的眼睛可以看出對方的真實面貌。

「嗯，這一趟來對了。雖然有些不安，但似乎順利達成了目的。原本或許應該要阻止……」

最後的話有點難以聽清楚，我覺得他好像說了：「如果出了什麼事，我就沒有臉面對了。」

「假如又發生了什麼事就聯絡我吧。我會先去見朋友一面再回去，如果有急事，可能會是別的人過來。」

伊格尼斯大人如此說完後便回去了。

老朋友……從伊格尼斯大人的口吻猜想，會是龍王大人嗎？

尾聲

在我眼前，賽莉絲跪下來祈禱。

我們目前在瑪基亞斯魔法學園校地內的某個地方。

那裡是學園內湖中的小島之一……據說是賽莉絲過去的同伴們永眠的地方。

島中央豎立著石碑，周圍綻放色彩繽紛的花朵。看起來也有些像第二十五層的浮島。

賽莉絲把龜裂的祕銀之劍放在那座石碑前。那是第四十層頭目房間的寶箱中出現的道具。

我們與賽風他們分配道具時，我們收下空白卷軸、龜裂的祕銀之劍和一本筆記。

因為進行鑑定後得知，這些物品每一樣都是賽莉絲的同伴們的遺物。

我們過來把遺物交給賽莉絲，結果她帶我們來到這裡。

「空，這個給你使用吧～」

臨走時，賽莉絲把空白卷軸交給我。

其實這個乍看之下是空白的，但我能看到上面寫著文字。

這是一個技能卷軸，可以讓人學到異世界人使用過的【轉移】技能。

我也告訴賽莉絲這件事，不過她希望這對我們的旅途有所幫助，因此只將卷軸還給我。

「那麼往後～你們有什麼打算呢～？」

因為暫時阻止了魔物遊行的發生，我們在這個城鎮的目的算是達成了。

關於報酬，決定謝絕。這是我和米亞她們商量後所做的決定。

就我個人來說已得到技能卷軸，在第四十層的頭目房間也獲得了獨眼巨人之瞳和魔石。可惜的是變異種的魔石被打碎，但在那之前收進道具箱的獨眼巨人素材都完好無損。

另外在那個看起來像是巨人家的地方找到的彩虹色礦石，是創造艾麗安娜之瞳所需的最後一種素材。

獲得獨眼巨人的素材後，即使沒有彩虹色礦石，我也可以消耗ＭＰ製作艾麗安娜之瞳。但如果活用彩虹色礦石，就可以減少獨眼巨人素材的消耗量，做出好幾個艾麗安娜之瞳，這讓我很高興。因為考慮到未來，想保留寶貴的巨人素材而不是全部用光。

所以我付錢給賽風他們，收購了獨眼巨人之瞳和魔石。

倘若沒有接下賽莉絲的委託就無法得到這些素材，一定也無法製作艾麗安娜之瞳。

順帶一提，我在圖書館裡調查過，但沒有任何關於彩虹色礦石的紀錄。這可能是很珍貴的物品。也告訴賽風他們這件事，不過他們說交由我們使用就好。

對這個成果最高興的人果然是盧莉卡。我前陣子製作了艾麗安娜之瞳交給她後，她最近一有空就會一直和希耶爾待在一起。順帶一提由於可以選擇形狀，我做成了飾品類型。

希耶爾或許也很開心能得到關注，高興極了。現在也坐在盧莉卡頭上，眼睛迷濛地打盹。

只是盧莉卡無法觸摸到希耶爾，所以對此覺得很遺憾。

「沒有什麼魔道具可以讓我觸摸到希耶爾嗎？」

盧莉卡還這麼問過我。

其他人可能也是因為收穫豐富，覺得十分滿意。

「接下來大概是去路弗雷龍王國吧？不過還有事情要做，等到做完後才會出發。」

選擇去路弗雷龍王國的主要原因是為了尋找愛麗絲。雖然在第四十層看到那樣的景色之後，我們對前方的路途感到好奇，但探索可以等找到愛麗絲後再進行。

因此我們計劃近期搬離租下的房子，搬到諾曼他們住的地方，然而也只會待到完成旅行準備為止吧。

在那段期間裡，我想設法為他們建立好生活基礎。準備和威爾進行這方面的討論。

「這樣嗎～雖然會覺得寂寞，這也無可奈何～不過～如果威爾和冒險者公會、商業公會的人們知道了，或許會覺得很遺憾呢～」

第四十層不是終點，地下城還在繼續往下延伸，這代表新的可能性……例如可以期待獲得珍貴的素材等等，所以整個城鎮都變得熱鬧起來。

「我們會再來的！我也擔心愛爾莎他們。」

「嗯，我會帶好吃的食物過來。」

「沒錯，下次還會來玩。」

「是的，到時候請妳再教我各種事情。」

「對啊，我們還會再來，希耶爾也想再來吧？」

從米亞開始，光、賽拉、克莉絲和盧莉卡依次開口說道。

突然被叫到名字的希耶爾可能是嚇了一跳，移動的反作用力讓她從盧莉卡的頭上滾下來。

希耶爾在地上翻滾，停下來以後慌張地東張西望。她可能是睡昏頭了，好像不知道發生了什麼事。

看到她的樣子，我們忍不住笑了。

賽莉絲也撿起在地上的希耶爾抱在懷裡，一邊開心地笑著，一邊溫柔地摸摸她的頭。

截至目前為止的狀態值

藤宮空 Sora Fujimiya

【職業】魔導士 【種族】異世界人 【等級】無

【HP】560／560 【MP】560／560 (+200)【SP】560／560
【力量】550(+0) 【體力】550(+0) 【速度】550(+0)
【魔力】550 (+200) 【敏捷】550(+0) 【幸運】550(+0)

【技能】漫步　Lv55

效果：不管走多少路也不會累（每走一步就會獲得1點經驗值）
經驗值計數器：341822／1310000
累積經驗值：22096822
技能點數：4

已習得技能

【鑑定LvMAX】【阻礙鑑定Lv5】【身體強化LvMAX】
【魔力操作LvMAX】【生活魔法LvMAX】【察覺氣息LvMAX】
【劍術LvMAX】【空間魔法LvMAX】【平行思考LvMAX】
【提升自然回復LvMAX】【遮蔽氣息LvMAX】【鍊金術LvMAX】
【烹飪LvMAX】【投擲・射擊Lv9】【火魔法LvMAX】
【水魔法LvMAX】【心電感應Lv9】【夜視LvMAX】【劍技Lv9】
【異常狀態抗性Lv8】【土魔法LvMAX】【風魔法LvMAX】
【偽裝Lv9】【土木・建築Lv9】【盾牌術Lv9】【挑釁LvMAX】
【陷阱Lv7】【登山Lv2】【盾技Lv5】

高階技能

【人物鑑定LvMAX】【察覺魔力LvMAX】【賦予術LvMAX】
【創造Lv9】【賦予魔力Lv5】【隱蔽Lv5】【光魔法Lv4】

契約技能

【神聖魔法Lv6】

稱號

【與精靈締結契約之人】

後記

初次見面，或是好久不見，我是あるくひと。

非常感謝您這次拿起《異世界漫步4～艾法魔導國．攻略篇～》。

這次後記的頁數比平常多，讓我猶豫該寫些什麼……

本集是從十二月中旬開始執筆，在二月初告一段落。

基本上當寫作遇到瓶頸時，便會一邊走路一邊整理思緒，但在年底時腳受傷不能多走動，所以開始尋找轉換心情的新方法。

這次依靠的是ＹｏｕＴｕｂｅ（Ｖｔｕｂｅｒ）。

其實我遠遠落後於時代，到去年的十一月才第一次觀看，但看了傳聞中很熱門的第一人稱射擊遊戲……才五分鐘就感到頭暈目眩。玩那個遊戲的人，還有能夠觀看遊戲影片的人真是厲害。當時也觀看了網友在カクヨム留言中介紹的某個遊戲，由於視角切換得太快而感到頭暈。

結果在寫作時偶爾會放音樂或當作背景環境音來聽的直播，休息時則會一邊踩踏步機，一邊看聊天直播或不了解規則的麻將直播。例如直播者之間邊聊天邊打遇到吃、碰、槓一定要喊的麻將，真的很有趣呢。

缺點在於會看得忘記時間……不過手機的鬧鐘功能發揮了很好的作用。

好了，雖然話題扯遠，這次的第四集延續第三集，繼續描述在艾法魔導國的故事。相對於第三集以漫遊瑪喬利卡鎮為主題，第四集正如副標題所示，是以地下城為主的故事。寫作時最讓我煩惱的地方，還是空他們的小隊成員人數。即使新加入盧莉卡和克莉絲兩人後也只有六人。雖然以空為首的同伴們都擁有突出的能力，但與目前在最前線戰鬥的【守護之劍】相比，人數實在太少了，因此在攻略地下城時，那些令人懷念的角色會登場並加入成為同伴。

即使如此人數依然偏少，所以沒有讓後續情節走向依靠努力和毅力解決一切，而是活用空的技能來構思情節，讓他們能夠攻略地下城。

這部分是寫完WEB版艾法魔導國篇後，發現如果在攻略地下城時有這個就好了！於是追加了新點子。

由於這樣，WEB版只剩下一點痕跡，知道WEB版的讀者之中或許有人會認為那個版本更好，希望你們也能喜歡這個版本。

這次也在此宣傳一個消息。

當本書出版時，正在《マガジンポケット》上連載的漫畫版《異世界漫步》（漫畫：小川慧老師）第一集應該已經發售了（註：此為日本的出版狀況）。這方面也請大家多多支持。

那麼在最後，這次也在寫作本書的時候百忙之中陪我商量各種事宜、提出各種提案，有時尖銳地指出問題，引導我讓本書變成更出色作品的責編Ｏ。為本作描繪出充滿魅力的角色與插圖的ゆーにっと老師。指出我並未察覺的錯字等筆誤的校對人員們，真的非常感謝你們。

承蒙各位的支持，本書才得以順利完成並問世。

然後是拿起本書閱讀到這裡的讀者們、總是閱讀ＷＥＢ版並留下各種留言的各位，非常感謝你們。能夠努力持續寫作都是多虧了你們。如果有緣，希望在續集再會。

あるくひと

異世界悠閒農家 1~15 待續

Kadokawa Fantastic Novels

作者：內藤騎之介　插畫：やすも

密探們帶來的麻煩將大樹村捲入其中……！
「夏沙多市」附近發生大爆炸！

與魔王國之間的經濟能力和軍事力量持續拉開距離，導致人類國家陷入焦慮，相繼派出密探前往魔王國。然而入侵魔王國的密探們陸續在各地引發問題，甚至在「五號村」大鬧！村長因為拉麵問題被找去「五號村」！總而言之，在海的另一端對拉麵呼喊愛！

各 **NT$280~300/HK$90~100**

無職轉生~到了異世界就拿出真本事~ 1~25 待續

Kadokawa Fantastic Novels

作者：理不尽な孫の手　插畫：シロタカ

世界最強級別的戰力！
賭上魯迪烏斯等人命運的分歧點之戰！

各地的通訊石板與轉移魔法陣皆失去功能，魯迪烏斯與伙伴們集結在斯佩路德族的村子。狀況正如基斯所策劃，畢黑利爾王國的討伐隊逼近斯佩路德族的村子。而北神卡爾曼三世、前劍神加爾·法利昂及鬼神馬爾塔三人也隨著討伐隊一起出現──

各 **NT$250~270/HK$75~90**

國家圖書館出版品預行編目資料

異世界漫步. 4, 艾法魔導國.攻略編/あるくひと作
; K.K.譯. -- 初版. -- 臺北市：臺灣角川股份有限公
司, 2024.02

面；　公分. -- (Kadokawa fantastic novels)

譯自：異世界ウォーキング. 4, エーファ魔導国家
・攻略編

ISBN 978-626-378-600-4(平裝)

861.57　　　　112021363

Kadokawa
Fantastic
Novels

異世界漫步 4
～艾法魔導國・攻略篇～

（原著名：異世界ウォーキング4 ～エーファ魔導国家・攻略編～）

2024年2月19日　初版第1刷發行

作　者：あるくひと
插　畫：ゆーにっと
譯　者：K.K.

發 行 人：台灣角川股份有限公司
總　　監：呂慧君
總 編 輯：蔡佩芬
主　　編：林秀儒
編　　輯：楊芫青
設計指導：陳晞叡
美術設計：吳佳昀
印　　務：李明修（主任）、張加恩（主任）、張凱棋

發 行 所：台灣角川股份有限公司
地　　址：104台北市中山區松江路223號3樓
電　　話：（02）2515-3000
傳　　真：（02）2515-0033
網　　址：www.kadokawa.com.tw
劃撥帳戶：台灣角川股份有限公司
劃撥帳號：19487412
法律顧問：有澤法律事務所
製　　版：尚騰印刷事業有限公司
ISBN：978-626-378-600-4

ISEKAI WALKING Vol.4 ~EFA MADOKOKKA・KORYAKU HEN~

First published in Japan in 2023 by KADOKAWA CORPORATION, Tokyo.
Complex Chinese translation rights arranged with KADOKAWA CORPORATION, Tokyo.